嫡女策 2

風 文創 043

西蘭 著

目錄

第五十三章　妻妾爭鋒

看見杭天曜抱著落霞的景況，風荷只是微愣了愣，很快笑著上前見禮。「爺回來了。可曾用過飯？」

「還沒有呢，妳用過了？」杭天曜懶懶地推開落霞的身子，面上帶有薄薄的慍怒，似乎在怪罪風荷這個時候回來壞了他的好事。

看來傳聞非假，爺還在生少夫人的氣呢。落霞穩穩的站住，對此時風荷回來滿心不樂，卻能奈她何。想到少夫人回來壞了自己與少爺的好事，怕是少爺對少夫人的惱怒比自己還多吧，自己只管看好戲就成。

風荷眼角的餘光掃過落霞，略皺了皺眉，語氣中就帶了三分氣惱。「妾身陪祖母一起用了些，既然爺還未用，妾身這就命她們下去傳飯。」對男人嘛，偶爾也得吃吃醋，使點小性子，他們不就是喜歡看女人為自己爭風吃醋嗎，既然如此，自己就成全了你吧。

杭天曜自然注意到了風荷的不快，莫名的心下一軟，再也擺不出高高在上的姿態，含笑上前，挽了風荷的胳膊往正屋走。「那妳陪我一起用。」

「嗯。雲碧，讓廚房趕緊做幾個爺愛吃的菜過來，雲暮，將咱們的點心先取些來給爺墊墊。」風荷給了杭天曜一個粲然的笑臉，心情大好的樣子。這男人啊，不能寵也不能不寵，不能近也不能太遠，把握了度是關鍵，先給他幾天氣受，再服個軟，他心中的得意歡喜遠遠勝過妳對他千依百順。

杭天曜隱隱感到了風荷的小小心眼，他卻樂意為了她的小小心眼而愁悶、而開懷，一時間，他有些不認識自己了。

落霞看得有些目瞪口呆，爺不是剛才還生少夫人的氣嗎，怎麼一下子就好了，難道真是因為少夫人美貌無人能敵嗎？

用飯之時，風荷算得上恪盡一個做妻子的義務，為杭天曜布菜，勸他多用些，又把府裡近日來的事揀緊要的與他分說一遍。

燭光下，坐在自己身邊的那個女子輕輕淺淺的笑著，笑得他有些失神。如雲的秀髮綰了一個慵妝髻，流蘇上垂下的珍珠流動著瑩潤的光澤，髮鬢下截一朵碗口大的白色蓮花散發出若有若無的清香。芙蓉掩映笑顏開是不是這樣的？極為少見的玉色曲裾深衣勾勒出完美的身段，翡翠色的曲裾有如在周身開了一朵蓮花，有一種波光瀲灩的美。

就在方才催飯之時，風荷服侍杭天曜更衣之後，自己也略微梳洗了一番。

杭天曜很想吃飯，因為他真餓了，可是他總不能自主的將目光移到風荷身上，一顰一笑俱帶天然風致。

「爺，妾身的家人今兒來回說江南西北兩個莊子上的管事都到了京城，讓我抽空去見一見。妾身想著明兒無事，不如先去見了他們，也好早打發他們回去過年。爺覺得怎麼樣？」

風荷親自沏茶，上好的大紅袍，白瓷的茶碗顯得茶湯透亮透亮的。

風荷自然可以出府，但她畢竟是新婦，進門不足一月，獨自出府容易招人話柄，若有杭天曜陪著就無人敢說了。

「行啊，明早我陪妳一起去。看看妳究竟有多少私房？」杭天曜語帶調笑，他是真的以為一個將軍府不受寵的小姐定是沒什麼像樣的嫁妝的，估計那個書畫胡同的院子都破敗不堪了吧。

「爺看不起人。妾身知道，妾身是小門小戶出身的，陪嫁自然及不上什麼太傅家、侯爺府的千金萬金的大小姐。不過，妾身也不敢多花爺一個子兒，妾身就不信還能餓死了不成。」風荷假意氣得跺腳，紅唇噘著，輕嗔薄怒，嬌媚橫生。

杭天曜大笑著放下茶碗，手一牽，風荷跌倒在他懷裡，坐在他腿上。

「娘子是要投懷送抱嗎？喲，娘子妳這麼重啊，怕是不止千金萬金呢，幾萬金都有了。」

「你，你討厭，你既嫌我重就放開我。」風荷惱羞成怒，粉拳揪著杭天曜的衣領，氣焰囂張。

杭天曜越看越愛，愈加摟緊了她，嘴裡嚷著：「我不怕娘子重，就怕娘子自己心疼壓壞了我。」

風荷俏臉生暈，啐了杭天曜一口。「不要臉。」

夫妻二人笑鬧了一場，上床安歇了。杭天曜記著風荷之前的話，沒有亂來。

茜紗閣裡，柔姨娘滿以為杭天曜勉為其難去了一趟凝霜院，恰遇少夫人不在，就會很快回了自己房裡，不想這一去竟沒了動靜。一直等到二更，凝霜院大門落鎖之後，才肯相信杭天曜今晚是留宿在了少夫人那裡。

她不由又氣又悔，氣的是少夫人使手段留住了少爺，悔的是自己不該為了這個賢良的名兒勸少爺過去，真是賠了夫人又折兵。

第二日一早，杭天曜破例與風荷一起去給太妃請安，喜得太妃無可無不可，笑得見牙不見眼。尤其看著孫子氣色頗好的樣子，心裡更是大大開懷，她就說嘛，這小倆口哪裡會真個翻臉，年輕人，偶爾使使性子鬧個彆扭反而越發情熱呢。

杭天曜推說自己要去幫著風荷打理陪嫁的莊子，與風荷去臨江院一天，太妃有什麼不應的，一迭聲叫人備車子，還讓周嬤嬤從自己體己裡取了一包碎銀子，給風荷去打賞下人。

風荷欲要推託，早被杭天曜笑著接了。

杭天曜與她使眼色——老人家給妳東西，妳收了她才歡喜呢，妳不要她反而不快。

風荷也就罷了，就當給下人們嘉賞了。

二人辭別太妃，又去辭了王妃，同坐了一輛馬車，帶了幾個心腹之人就出發了。

到了書畫胡同永昌侯府別院不遠處，杭天曜想起兩人初次見面，揚眉笑問：「娘子可還記得咱們當日初遇時的情景？」

「爺還敢問，妾身還沒與爺算帳呢！那日為何非要見妾身，害得妾身大大丟了臉。」風荷作勢坐直了身子，雙手插腰，挑釁的瞪著杭天曜。

杭天曜眼中的風荷一直是得體高雅的，從沒見過她此番生氣故作粗野的樣子，忍不住捏了捏她的瓊鼻，大笑道：「娘子，為夫那不是擔心嘛。人人都傳聞董家大小姐相貌奇醜無比，面上全是斑斑點點，無人敢上門提親，迫於無奈才允了我們府的親事。妳說說，這樣的醜女叫我如何敢娶？

「誰料那日會遇上妳，我就尋思著，先見見何妨，倘若是個醜女，我大不了退了這門親事，退不成就逃婚。若是個絕色麗人，那不是白便宜了我嘛，我自然歡歡喜喜上門迎親。沒想到，娘子即便蒙著面紗，也是絕美無比，害得我魂牽夢縈，衣帶漸寬啊。」

風荷聽他說著謊話臉都不紅的，也覺得好笑，捂著嘴問他。「那你為何新婚當日棄我而去，害得我一整夜以淚洗面。」瞬著眼睛說瞎話誰不會啊。

「娘子，妳當時真的哭了，為何第二日見妳之時妳神采奕奕的呢？至少也得雙眼通紅才是啊！」杭天曜很像個好學的孩子，大睜著眼睛不恥下問。

「我，因為我是心裡流淚呢，當然眼圈不會紅了。」風荷試圖強辯，又覺得這理由實在牽強，抓起杭天曜的手咬了一口以洩憤。

「哎喲，娘子，痛，好痛，快放開。娘子，妳不過是一時口快用錯了一個成語，反正只有我聽見又有什麼大不了的，何必這樣傷心？我知道，娘子那是以淚洗心，不是以淚洗面，古人都太膚淺了，殊不知以淚洗心比以淚洗面更是傷心難過百倍呢。」杭天曜那哪裡是痛呢，分明是享受得很，不然豈會喋喋不休。

風荷是又好氣又好笑，掏出帕子拭著他的手，媚眼生春，朱唇輕啟。「痛還不安分點。」

杭天曜硬是把手伸到風荷眼下，扭著身子嚷著：「娘子，我要妳給我呼呼。」

他話音剛落，風荷柳眉未及豎起，就恍惚聽到車外有人喚杭天曜的名字——

「杭四，是你嗎？」

第五十四章 以圖後事

二人都是一愣，杭天曜細品就知是誰了，笑著掀起車簾對外張望，迎面而來一匹黑色駿馬，上首端坐著韓穆溪，披著銀鼠毛鑲邊的斗篷，腳蹬黑色靴子，眉目疏朗，眼含淺笑。

「你一個人嗎？這是要回侯府？」杭天曜俊目一掃，就知這是永昌侯府別院大門外，探出了半個身子說話。

韓穆溪一眼瞥見車裡還坐著一個絕色麗人，不用多想就憶起是那位當日被堵在這裡的杭四少的新夫人了，他移開視線，拱手說道：「小弟見過世嫂。」

風荷也認出了他，欠了欠身笑道：「世子安好。」

韓穆溪的眼裡明顯閃過一絲詫異，又迅疾回看了風荷一眼，他這是奇怪風荷怎麼一眼就認出了他來，杭天曜並沒有指出他的名姓呢。很快他就放下了這個小小的疑問，回答杭天曜的問話。「正是，有幾本書落在了這裡，今兒過來取。你怎麼也在這兒？」

「前邊那個院子是我娘子的陪嫁，我陪她過來走走，料理一點小事。」杭天曜眼神一黯，撩起的車簾放下了小半，只剩下自己半個身子露在外邊，而裡邊的風荷卻是一點都看不到了。

說實話，韓穆溪此刻心中的驚異簡直是無法言表。雖然杭天曜的動作幅度很小，可讓他注意到了，以杭四過去的性子，美人在懷他是一定要好好展示給大家品評一番的，今兒小氣得有些不像他的為人。何況他一向厭與庶務，只知吃酒耍樂，賞花遊春，何時也有那等閒情逸致去處理庶務了？

即便他與蕭尚、傅青靄合開的那家酒樓，也是那二人在打理，杭四只管花錢。難道娶了這個新夫人之後，杭四轉了性子？也不像啊，前兒還聽人提起杭四在嫵眉閣請人吃酒幾日沒有回府呢。

一面暗暗思索著，韓穆溪一面已經笑著道：「既如此，小弟我就不打擾四哥和世嫂了。」

杭天曜沒有為難他，笑著與他作別，命車伕趕路。

風荷笑得像隻小狐狸，大大的眼睛上下溜著杭天曜身上，杭天曜被她看得心裡發毛，撈了她在懷，惡狠狠地問道：「有什麼好笑的，莫非妳夫君我生得英俊迫人，妳越看越歡喜。」

「爺的相貌自然是無人能敵，不過爺是那種神采飛揚英氣逼人的美，而世子溫潤如玉，難怪爺會那麼上心呢，連我看了都自愧不如啊。」風荷想起初見那次杭天曜調戲韓穆溪的舉動，就是一陣大笑。

她笑得越歡，杭天曜的臉就紅一層，從緋紅到醬紫到黑如鍋底。他自是明白風荷話中所指，真可惡，原來那日都被她看到了。

這個時代的風氣，喜好男風並不是什麼丟臉的事，相反很多名流都以此為傲。便是家中妻妾，都不大理論，與其讓自己的夫君被個旁的女子所迷，還不如讓他們與男子交往，至少不會影響到她們的身分地位及子女的將來。以杭天曜的脾氣，更不將這當一回事，連他自己都沒有想明白，為何會這麼在意風荷的想法。

風荷當然不怕杭天曜會懲治她，因為她知道他們到了。

周勇一家子都在大門前等候，馬車直接駛進了大門，又行了一小段路，方才停穩，周齊略微老邁的聲音響起。「恭迎少爺、少夫人。」

隨著他話音落下的，是沈烟幾人從後面馬車上趕上來的腳步聲。淺草搬了一個小小的腳踏放在馬車下，沈烟扶了她的手上車，打起車簾，杭天曜黑著臉跳下了馬車，風荷卻像是強忍著笑意的樣子。

雲碧伸手去攙扶風荷，不料杭天曜狠狠瞪了她一眼，雲碧被他瞪得一愣，訕訕地收回自己的手。

風荷知他是故意要自己尷尬，不過眼下她心情好，不與他計較，大大方方扶了杭天曜的手下車。看得周齊一家有些不可置信，不是都說四少爺待少夫人不好嗎，今天不但陪著少夫人來了，還這麼體貼？

杭天曜沒有為難到風荷，很有幾分委屈，但想著她主動扶了自己的手，就暫時饒了她這一次，看她以後還敢不敢這麼取笑自己。

「周管事，快快起來。周嫂子不是有了身子嗎，怎麼不在裡邊好好休養，周大哥哥也糊塗了。」大家跪了一地，照平時自然是不需行這樣大禮的，但杭天曜是第一次來，這個禮是不能廢的。

杭天曜見眾人看著他，微咳了咳，淡淡道：「都起來吧。」

入座，茶畢，杭天曜閉著眼睛開始養神，這些都是女人的陪嫁，他一個大老爺們摻和什麼，不知道的人還以為他要打自家娘子陪嫁的主意了。不過，他沒想到臨江院不但不見一絲破敗，好像還修整過的樣子，一應屋中擺設頗有書香世家的清雅精緻，幾個看守的家人也不是那等老弱病殘小家子氣的。

閒話過後，風荷才對周齊說道：「周管事，麻煩你去得香樓訂三桌中等的席面過來，回頭找沈烟支銀子就好。周嬸，妳送周嫂子回房歇息吧，有事我會使喚人去請妳們的。」

三人聞言，一一領命，他們清楚少夫人是要見見莊子上的幾位管事了。

「周大哥，這幾日你辛苦了，替我照應著沈管事、曹管事。我也不與你拐彎抹角，你是知道我的心意的，你先說說對這兩人的看法吧。」既然日後要把這些事情交給周勇，那麼她想先試試周勇看人的眼光如何。

周勇依然不卑不亢，回起話來簡潔明瞭。「沈管事年輕精明，若論理事是一把好手，怕就怕心思沒有用在正途上，認不清誰是自己的主子；曹管事年紀雖老邁，勝在忠厚老實，對田間作物經驗豐富，更有個能擔當的好兒子。」

沈管事祖上曾是董家老太太從沈家帶來的陪嫁，一心只認老太太為主，即便如今成了風荷的人，一家子心裡仍當自己是老太太的人。此次進京，他那幾百畝水田不但沒有一點收益，據說連雇工的工錢都發不出了。曹管事是董家老太爺在西北當地尋的管事，對沙地種植很有一番心得，奈何不受老太太重用，以至於幾千畝沙田一年只有百來兩銀子的收益。

這些，風荷事先都打聽過了，周勇的評價倒是與人都能對得上，能識人自當會用人。她面上笑容愈盛，語氣柔緩。「那周大哥以為，這兩地的莊子怎生打理是好呢？」

周勇輕輕皺了皺眉，若說實話，必然得罪人，不說實話得罪的怕是自己主子了，風荷在王府的手腕他也略有耳聞，他心中早已打定主意一切跟著風荷行事了。他略微頓了須臾，理了理思路，方才正色回道——

「精明的人雖好，若不忠心那這樣的精明反是妨礙。小的瞭解過水田的詳細情形，幾乎年年都被水災所害，但往年並不是沒有一點收益的，唯有今年顆粒無收。小的以為，沈管事能幹不比常人，將他束縛在一個小小的莊子裡實在是屈才了，不如放他出去，也是少夫人的一段功德。

「水田那邊，可以另派人打理，不拘養魚蝦還是種植蓮子菱角之物，一年都能得些進益。小的私下裡得閒，胡亂寫了些東西，少夫人閒來無事可以翻翻。

「曹管事實在是打理沙田的一把好手，他的幾個建議想法小的覺得都很可用，或許開費的銀子人力多些，但可做長久打算。少夫人一會兒可以喚了曹管事來親自回話。只是，曹管事忠厚太過，對下邊的人就有些寬泛，好在他的兒子此次也來了，倒是個伶俐有決斷的，有他幫著曹管事，莊子上不會出什麼大麻煩才對。」

風荷靜靜地坐在上首，輕輕撥弄著手上的玉鐲，沒有說話，一雙凌厲的眼神掃視著周勇。

第五十五章　千里之行

周勇被風荷看得心下發毛發怵，他自悔方才把話說得太急了，都沒有弄清主子的心意就胡亂下了決斷。倘若風荷不信任他，以為他是要排擠得用的管事，那他就算完了。他捫心自問，是真的沒有私心，一來為報風荷的賞識，二來有心做出一番事業來，是以他的手段有些偏激，卻不是為了奪權。

想到這裡，周勇坦然許多，身子穩穩立著，恭聽風荷的吩咐。

風荷吃了一口茶，抿嘴笑道：「周大哥，我果然沒有看錯你，你很好。水田一事我就交給你了，但你家眷都在京城，不能長時間留在江南。開春之後，你先去那兒著手規整，看看有沒有得力的人能接替那邊的事務，理出頭緒之後再回京城。沈管事那邊，你不用多慮，一切有我。」

周勇又驚又喜，之前的擔憂一掃而空，欣然領命。

風荷並不是疑他，只是要他知道害怕，如周勇這般精明能幹的人，如果不知敬畏害怕主子，往後就很難掌控他了。

杭天曜開始只是對風荷喚周勇周大哥有幾分不快，後來聽著聽著也對周勇產生了些許看重之情，有勇有謀忠心不二。關鍵是做起事來雷厲風行，好似不知道給人留後路，真不愧是風荷手底下的人，一樣的脾性、一樣的決然。

這樣的人，要是惹惱了她，怕是不會有回頭路了。杭天曜心裡一哆嗦，暗自決定往後行事要多多細想，別不知不覺間惹了他的小妻子。

「周大哥，先請曹管事與他兒子一同過來吧。」

周勇長吁一口氣，笑著去了。

「娘子，妳手下的人都這麼厲害嗎？那幾個丫頭就夠我受的了，這個周勇也不是個好欺負的，我是怕了妳了。」杭天曜翻著白眼，他分明是被一群狼包圍著嘛，哪日被人吃了都沒地方哭去。

「胡說什麼呢？她們幾個何時對你不恭敬了，倒招你這一篇子話，是不是都像落霞那樣的才如你的意？」風荷可聽不得別人辱及她的丫鬟，拿出昨夜的事來堵杭天曜的嘴。

果然，杭天曜自知理虧，陪上討好的笑臉，扯了扯風荷的衣袖，嘟囔著：「娘子，我錯了，回去妳罰我好不好？妳要我做什麼都行，更衣梳洗沐浴歇息，每一樣我都會伺候人的。」

他每說一句，風荷的臉就紅一圈，地上站著的丫鬟早捂了嘴笑出聲來。氣得風荷只管跺腳，拚命對杭天曜使眼色，杭天曜壓根兒沒看見，兀自說著夫妻倆在閨房裡的秘事。

風荷惱羞成怒，重重拍了一下桌子，喝道：「閉嘴。」

嚇得杭天曜連連拍著自己的小心肝，卻一句話都不說了，拿可憐兮兮的眼神瞅著風荷，時不時還對丫鬟們擠眉弄眼，十足十的妻管嚴。

風荷看得又好氣又好笑，想要說幾句軟話，恰好周勇帶著曹管事及其兒子進來了，暫時打住話題。

曹管事年紀應該不足五十，但一向待在那樣的風霜之地，很顯老態，瞧著都有六、七十了。一件青灰色的長袍冬衣，是半舊的，洗得都有些發白，很乾淨。頭髮花白，滿臉的皺紋，精神卻很好。

跟在他身後進來的是一個年輕的漢子，黝黑的皮膚泛著亮光，四方的臉型，鼻子寬寬，目光炯炯有神。身上亦是一件半舊的冬衣，靴子尖上有個小小的補丁，四肢修長，身材魁梧，像個莊稼漢，唯有臉上一閃而過的堅毅不是尋常農人能有的。

風荷先自吃了一大驚，她雖知西北清苦，但絕沒有料到一個幾千畝莊子的管事就是這樣一副形容，比鄉下一般的小農都好不到哪裡去。到底是莊子的收成實在太差呢，還是老太太苛待下人？

曹管事與兒子跪下給風荷行禮，風荷忙喚起。「周大哥快請曹管事與小哥起來，大家坐著才好說話。」

曹管事萬分不敢坐，一味的推辭。他極少進京，原來在董家時每年入冬，老太太都會遣家中的管事去偏遠些的莊子收取租子進益，偶爾來了京城一、兩回，也只是見到了董家的管家，從沒有見過真正的主子。董家那些管家只會責罵他們不會打理莊子，克扣他們的工錢，哪裡有這樣好聲好氣的與他們說過話。

「曹管事，我還有許多事要請教你呢，你這樣是有心不叫我開口了？」風荷假意板起臉來。

「小的、小的不敢。」曹管事當風荷真的生氣了，嚇得有些結巴，胡亂在最下邊的椅子上坐了。他兒子並不坐，只是伺候在父親身後。

西北苦寒之地，本就人煙稀少，當地幾個富戶在他們眼裡已經是遙不可及了，何況眼前屋子裡天仙般的人兒和金碧輝煌的擺設，教他們連出氣都是小心翼翼的。

風荷暗暗嘆口氣，她到底長在深閨，即便家下的僕人也是有點家底的，幾時見過此情此景，心中對老太太的怨氣越盛。又怕嚇住了老人家，換上笑臉慢慢問他們的家計活計。

曹管事發現主子溫和有禮，漸漸放下了戒心，詳細地與風荷解釋莊子裡的情形。當年老太爺買下莊子之後也沒多打理，隨便扔給了他們一家子照管，老太太接管之後見是塊沒多大出息的沙地，越發不上心。他也曾建議過不種眼下的高粱玉米之物，但人家哪裡聽他，光會催逼著他們上繳收成。

收成不好，不敢過多雇傭長工，那麼大的莊子一共只有十來個人打理，許多都荒廢著，老人家看了無比可惜。一家子六口人，每年只有二十石的高粱，外加十兩銀子，這夠吃的還是夠穿的？

別看曹管事年紀大了，但說起話來有條有理，算得上見過點世面的，風荷對他的印象還不錯。不由問道：「既如此說，曹管事以為沙地上種植什麼好呢？雨水稀少、土壤貧瘠，還真沒什麼用呢。」

「怎麼沒用？少夫人金尊玉貴的，不知道我們鄉下的那些事也是自然。我們莊子隔壁有個八百來畝的小莊子，是城裡桂員外家的，十年前都種上了棗樹，現在每年能打不少棗子，賣了銀子有近二百兩呢，比我們三千畝地出息還大。老漢也試著種了十來棵，真個不錯，比種高粱玉米之類的既便宜又值錢。

「而且啊，棗樹下邊還能種山藥、紅薯、綠豆，這些都是好玩意兒，既能果腹又有營養。老漢我小兒子算過一筆帳，我也說不太清，叫他給少夫人算算，少夫人聽聽可不可行？」曹管事一聽沙地無用，立時就激動起來，說話順溜明白，生怕風荷要棄了那塊地。

「原來小哥兒還會算帳，那我倒要聽聽了。」風荷將目光移到曹管事的兒子身上，洗耳恭聽的樣子。

五十六章　誰是主子

曹管事有兩個兒子，大兒子像他爹，口拙能幹，二兒子小名舍兒，上過幾年私塾，識得幾個字，算帳農活都是一把好手，尤其是有脾氣，不像他父兄，針扎了他們都不會言語。

舍兒在風荷的注視下微微有些臉紅，兩手暗暗絞了絞，低著頭，聲音卻是洪亮。「回少夫人的話，莊子一共有三千畝地，如果全部種植高粱玉米，至少得有一百個人才能勉強支撐活計。一百個人每年每人三石糧食一兩銀子，那就是三百石糧食和一百兩銀子了，這就是一筆不小的花銷。

「高粱玉米是尋常之物，賣不了什麼好價錢，除去成本花銷，一年能餘下三、四百兩銀子已經很好了。之前、之前的管事克扣雇工的工錢，導致咱們根本雇不到人，莊子裡真正種植的常不到一千畝地。

「倘若種植棗樹，除了開頭忙一些，平時只要有二十來個人打理就好，採摘時節再雇幾個短工就能支應過去，算下來能省下不少銀米。棗子又是能放的，鮮果乾果都能賣，愛吃的人又多，我們當地，一筐棗子一百斤，值二兩銀子呢。三千畝地，大概能打三萬斤棗子，那不是六百兩銀子？

「再有些紅薯山藥，不敢多說，至少能把成本給賺回來。」舍兒說完了，又有些不好意思，心下微微發虛，在他眼裡六百兩銀子就是天大一筆數目了，少夫人應該根本沒看在眼裡吧。

風荷一眼看穿了他的緊張，笑著道：「你算得很明白，我聽著很有些意思。只是有些地方不甚明瞭，要請教你一番，那個棗樹苗從哪兒來呢，有地方可以買到嗎，日後結的果子又賣去什麼地方呢？」

舍兒也是個伶俐的，立時聽出風荷沒有否認他們的建議，不過是要具體瞭解而已，趕忙笑道：「這個少夫人不需憂心，咱們鄰近縣裡有個大莊子，前年種了許多棗樹，聽說太密了反而不好，想賣掉一部分，這個就有一半了。然後咱們自己再種些，從各種途徑收購些許，也就差不多了。

「每年一到九、十月間，就有外地的大商販去咱們那塊收購棗子，遠遠的賣到大江南北。咱們既可以出賣給他們，也能自己賣去外地，那樣收益更可觀一些。唯有開始需要花費的銀兩多一些，少說也得有個四、五百銀子。」提起銀子，舍兒又有些憂慮，這可不是一筆小數目啊，少夫人會不會像先頭的老太太一樣，捨不得投入呢？

風荷垂眸細想了一會兒，方才打定主意，溫和地笑道：「你們父子倆慮事很清楚明白，我還有什麼不放心的，一切就按你們說的去辦。你們與周大哥商議出一個具體的條陳出來，我看了沒問題就開銀子給你們。你們一路上過來費了多久時間？」

曹管事喜得眉開眼笑，遇到這樣的主子還有什麼好說的，不但他們能大幹一番，家裡也能多點入息，忙回道：「一路上下雪不好走，緊趕著統共花了二十三天。」

「既這樣，你們這幾日完了事就趕回去，省得家裡人擔心。雇個好一點的馬車，只怕還不一定能在年前到家呢，卻是我慮事不周全，耽誤了你們一家團聚。」風荷對安分的下人一向寬待，害得人家要在半路上過年，她到底心裡過意不去。

「不，不是少夫人的錯，都是我們自己不好，來的時候疼惜那幾個錢，只有一輛破騾車，三天兩頭的壞，耽擱了許多時候。」曹管事有些受了驚嚇，他豈敢讓主子給他致歉，慌得起身要跪。

「好了，你也是堂堂一個莊子的大管事，要拿出你的威風來，凡事有我呢，別教人小瞧了。」風荷可不希望自己手下的管事是個唯唯諾諾膽小如鼠的人，不過曹管事還好，只是欠缺些世面經驗。

打發了曹管事三人出去，風荷又召見了沈管事。

相比較而言，沈管事就很有幾分大戶人家管事的樣子了，甚至隱隱有那麼幾分官威，這樣的人，極容易淪為天高皇帝遠那類了。

鴉青色緞子的冬衣，腰間束著一根藏藍色的絲絳，黑緞面的靴子，一身簇新。年紀四十許，白白胖胖的，笑起來讓人不喜歡，雙手指甲乾乾淨淨，不見一點莊子上管事的痕跡，倒像個中等商戶家的主子。見了風荷也不跪，作了一個揖。「小的沈征見過少夫人。」他連頭都沒低，直直地對視著風荷。

風荷篤悠悠抿了口茶，慢條斯理拭了嘴角，整了整衣袖，反對周勇說道：「周大哥，沈管事久疏京城，連規矩都忘了，你好生教教他。」

周勇心中早就對沈征十分看不慣了，只是礙於主子沒發話才忍著他至今，聞言撩衣而跪，恭恭敬敬回話。「小的明白。沈管事，小侄雖年輕，但如何給主子問安的規矩還是學了點子的。請沈管事與小侄一同跪下，初次見面，這個頭總是要磕的。」

沈征仗著自己是老太太的人，從不把風荷放在眼裡，何況他昨兒去見過董老太太，讓他只管安心，一切自有老太太作主。但他畢竟深知自己的身分，一時間脹紅了臉，呆愣在原地，就是不肯跪下，他就不信少夫人敢不賣老太太的面子。

這實在是沈征不瞭解京城的風向了，風荷連杜姨娘都敢打，何況是他一個小小的管事。不過，這次卻不需要風荷出手，因為杭天曜比她更生氣。這樣的刁奴，在自己面前都敢給風荷臉子看，要是自己不來，豈不是要捅破了天去？

杭天曜輕輕一揮手，院子裡不知何時就多了兩個勁裝護衛，他懶懶的笑道：「沈管事不懂規矩，你們還不教教他。」

兩個護衛拱手領命，風一般的進來，挾了沈征就往外拖，沈征根本沒有反應過來是怎麼一回事，就發覺自己跪在院子裡的地上，他頭上開始冒出了汗水。這個男的，莫非是莊郡王府四少爺？那自己不是捅了大樓子？

不等他想明，背上就挨了重重的一記鞭子，痛得他立時彎了腰，渾身顫抖。護衛都是有功夫在身的人，那樣一鞭子下去，別說沈征這樣整日錦衣玉食的人，就是普通下人都招架不住。何況杭天曜不發話，護衛怎麼會停，早在沈征吃痛發愣之際，一記又一記的鞭子就招呼而來。

院子裡，響起沈征痛呼哭求之聲。風荷視而不見，她不喜動用暴力解決問題，可惜很多時候暴力才是真正能起作用的東西。這樣的奴才，你不把他打怕了，他下一次就忘了這次的虧，甚至變本加厲唬哢你。反正是老太太的人，風荷才不心軟呢。

風荷不理，杭天曜自然不會輕易放人，直到沈征除了喊「少爺少夫人饒命」之外一個多的字都沒有的時候，風荷才淡淡擺手，輕嗔：「罷了。」

聽到風荷下令，護衛立即收手，沈征整個人軟倒在地上，他真箇怕了，少夫人這樣一個柔弱的姑娘家，下起手來比老太太還狠呢。

「娘子，妳這是做甚？這樣的刁奴就該打死了事，白費銀米。」杭天曜相當配合地唱起了黑臉。

沈征覺得自己全身的骨頭都要散架了，可是這些都不重要，重要的是杭家四少爺還不肯放過他，不會真將他打死了吧。堂堂王府嫡子，打殺他一個奴才下人真不算什麼事啊！

「少夫人、少爺，小的該死，求少夫人饒了小的一命吧。」沈征嚇得哭天搶地。

風荷微微皺眉，支頤想了半晌，軟了語氣勸著杭天曜。「爺，沈管事既然知道錯了就饒了他這一回吧。咱們家一向寬待下人，這麼幾下馬馬虎虎，沈管事若不是真心悔過，爺再治他也不遲啊。」

沈征聽得一再哆嗦，打得半死只是馬馬虎虎，還寬待下人，她要苛待豈不真將自己打死？他雖惶急，到底不是那等蠢笨的，很快聽出了風荷話裡的暗示，連連磕頭。「少夫人、少爺，小的再也不敢了。小的以後一定盡心盡力，絕不違主子的心意，主子但有所命，小的拚了一死也要完成。」

沈征的話還是有幾分誇大的，他要真是那麼容易折服，也不會那麼傲氣了。

風荷只當不知，兀自與他求情。「爺，看來沈管事是真心悔過了。」

「罷了，都依妳吧。要不是看在妳的情面上，我早叫人打死了，往後若再發生此類不敬主子之事，我就沒那麼好說話了。」

杭天曜的語氣頗為不善，沈征從心底裡漫上了層層涼意。

風荷親自斟了一盞茶，陪笑著敬給杭天曜。「那是自然。若有下次，不用夫君開口，我先打死了他了事，免得丟了咱們府的臉面。」一面說著，一面斜睨了沈征一眼，厲聲喝斥。「糊塗。你當這裡是你們山野裡，這裡是京城，隨便哪個人都不是你沈管事得罪得起的，一句話就能叫你死無葬身之地。

「幸好今兒是夫君面前，換了旁人，不但是你，你們一家子都逃不了罪責，輕侮王族，那是什麼罪名，你隨意找個人打聽打聽，滅了你三族都是輕的。」

沈征又驚又懼，他心裡把人當作了董家不受寵的小姐，卻忘了人家現在是王府的少夫人，即使董老太太都不敢輕易得罪了她。王府啊，殺他還不跟捏死一個螞蟻般容易。

風荷並不等他回話，抬手掠了掠鬢角，繼續說道：「沈管事是個聰明人，輕重自有衡量，我也不多說了，你好生想想吧。」

「小的愚笨，做牛做馬也不忘少夫人活命之恩。」對於董老太太的命令，沈征已經存了十二分的猶疑，與王府作對，他不是找死嘛。

「你雖如此說，我也不敢再用你。想來你是知道的，老太太將你給了我做陪嫁，但你的賣身契並不在我手中，說起來你依然是董府的人。你那一家子都在董府，我萬沒有破壞你們骨肉團圓的理，如今就作主賞了你的恩典，許你們闔家團圓，你揀個日子回董府吧。」風荷說得雲淡風輕，輕顰淺笑，不帶一絲狠辣。

沈征卻以為是風荷沒有原諒他，嚇得半死，又是一陣磕頭求饒。「少夫人，求您不要趕小的走，小的一定兢兢業業為少夫人辦事，小的再不敢有二心了。」他倒是想有二心，就怕沒那命。

風荷彷彿打定了主意，徐徐搖頭。「沈管事，我自來得老太太疼惜，指望著能多在她老人家跟前盡孝，可惜世事不由人。你是老太太身邊得力的人，對董府的事情瞭如指掌，你好好服侍老太太，就是替我盡孝了。沈管事不會不樂意吧？」

「咯噔」一聲，沈征好似聽到了自己的心被掰碎了幾塊，少夫人的意思他有些明白了，是要把他安回董家做少夫人的奸細呢。當初老太太把自己給了少夫人，就存著這個心，沒想到少夫人輕輕巧巧把自己推回了董府，他這一頓打沒白挨啊，不這樣如何取信於老太太。冰雪般的沁涼滲進了沈征骨子裡，步步相連，環環相扣，老太太如何是少夫人的對手呢？

可是他的家人，他們全家的賣身契都在老太太手裡呢，倘若他稍有不慎，那不是連累了一家老小嗎？

「沈管事，你說，老太太今年多大年紀了，董家日後難不成交到一個妾室手裡，老爺會允許這樣辱沒董家的事情發生嗎？大哥是董府未來的主子，你覺得我的話他聽幾分？」風荷懶散地撇著茶上的浮沫子，小啜了一口。

「小的明白了，小的這就回去與老太太哭訴，江南大水，莊子顆粒無收，少夫人一怒之下將小的逐了出來。」事到如今，沈征清楚自己根本沒有第二條路可走。

果然是個乖覺的，風荷累了這大半日，輕嘆道：「你明白就好，下去吧，敷了藥歇歇，一會子的午宴就當是大家給你送行的吧。聽說沈管事有個女兒在家裡，要是年紀到了就送與我使喚吧，我不會委屈了她的，對外只說是莊子裡長工的女兒。」

沈征猛地打了一個激靈，這是恩典，也是要挾。他如果好好當差，他的女兒也會得少夫人器重，他要是辦砸了差事，他的女兒也一定沒有好日子過。少夫人竟然知道自己對這個女兒寵愛比兒子還甚？沈征哪敢拒絕，滿口答應，謝了恩退下。

杭天曜不由對他的小妻子刮目相看起來，他本擔心她心軟，沒想到也是個狠心的主。他輕輕抖了一抖，以後得罪了誰，也別得罪杭家四少夫人啊。想到那些人，他倒有了看好戲的心情。千萬別敗在我娘子手上啊，我念著親戚情分想饒你們，也要看我娘子允不允啊。

周勇暗暗抹了抹額角的鬢髮，都濕了，以前他就懷疑為什麼少夫人總讓他有一種又敬又怕的感覺呢，幸好啊，自己早點看穿了，不然今日挨打的就是自己。

「周大哥，時辰不早了，你先陪著大家用飯吧。桐大哥、梧哥兒和綢緞莊的管事夥計來了之後，先請他們安席，我午後再見他們。」風荷含笑吩咐。

「小的領命。少爺和少夫人及各位姊姊嬤嬤的飯擺在哪裡？」周勇看著地面，話裡有笑音。

「就在隔壁花廳吧。」風荷支著頭，輕回一聲。

周勇悄然下去，命人收拾席面，先送了進來，直到風荷再次命他下去才去陪客。

用了飯，杭天曜擺手喝退眾人，自己討好的挨到炕後，給風荷輕輕捏著肩膀，笑問：「娘子，這樣有沒有舒服點？」

「挺舒服的，你從哪裡學來這一手？」風荷閉上眼睛，很是享受，有人樂意伺候她她當然不會拒絕。

「清歌常給我這樣按捏，我覺得舒服就給娘子也試試。」杭天曜得意的說著，卻極快補了一句。「我這是第一次。」

風荷掩嘴輕笑，拍了杭天曜一記，嬌嗔婉轉。「我何曾問你這個了。你便是每日這樣伺候別人，也不關我的事。」

杭天曜拿不準風荷話裡有幾分真，垂頭嘆氣。「娘子怎麼能如此冤枉為夫呢，可憐我一片真心待妳。」

「夫君，人家錯了，人家以後再也不提那些事。可是你，你做都做了，還怕我提嗎？」她柔媚委屈的語調有如一隻螞蟻在杭天曜心上緩緩爬著，弄得他又癢又難受，把自己的下巴抵在風荷頭上，長吁短嘆。

風荷也不再說話，靜靜地靠在杭天曜懷裡。

下午的事情簡單多了，風荷將葉桐調到了綢緞莊當大掌櫃，葉梧打理茶鋪，委了綢緞莊原先的二掌櫃跟曹管事去莊子，指了一個夥計年後隨著周勇去江南。

一切打理妥當之後已經是申時初刻了，風荷與杭天曜坐了馬車趕回王府。

第五十七章　二房「喜」事

進了凝霜院，風荷與杭天曜準備梳洗更換一番之後，再去前邊給太妃請安。誰知一進院門，雲暮、含秋已經快步迎了上來，邊走邊道：「少爺、少夫人，二房好像出了事。太妃、王妃都趕著過去了。」

風荷與杭天曜對視一眼，都有些不明所以，二房能有什麼事，竟然驚動了太妃、王妃？

「聽說二房老爺帶了一個女子回府，而且，而且還身懷有孕，二夫人不忿，鬧著要把那女子趕出去。也不知二老爺這一次是不是吃錯了什麼東西，居然寸步不讓，兩個人越鬧越大，二夫人便要上吊，才驚動了太妃、王妃。」雲暮不等風荷發問，已經把她所知道的一五一十抖了出來。

風荷亦是驚訝地呼出了聲。「一哭二鬧三上吊？」隨即壓低了聲音，不解地問道：「二老爺與二夫人對著幹，妳確定沒聽錯？」

誰不知二房老爺懦弱無能，被二夫人管得死死的，手中的銀兩從來不超過二兩，二夫人不准絕不會擅自出門。房裡只剩下兩個通房丫頭，都是沒名沒分的，多年前為他生下一女的妾室姨娘早就糊裡糊塗的沒了。這樣的二老爺，現在會幹出包養外室還有了孩子這樣的事，要說是杭天曜怕大家都會相信些。

也難怪二夫人鬧成這樣，唯我獨尊慣了，一下子被人頂撞一定很難受吧。風荷止住步子，語氣焦急，但眉眼含笑，與杭天曜商議道：「爺，既這樣，咱們先不梳洗了，二嬸一定難過壞了，我先去安慰她一番，也免得祖母憂心？」

杭天曜握了風荷的手，嘻嘻笑著。「我陪妳去，也幫著勸勸二叔。」兩人相視淺笑，早有丫鬟去叫了馬車，二人上車從角門去舊府。

杭家舊院在現王府的東邊，王妃安慶院東一帶圍牆裡開了一個角門，供自家女眷僕婦行走，免得出府老遠的繞一趟。

舊府占地比王府小了三分之一，主要是後花園比較小，原來是一個大院子，眼下砌了矮牆，分成了七、八個小院子，二房、四房、五房各占一個小院。日後，像三少爺等庶出的也有可能搬到這裡來住。杭家其他遠些的堂族都住在王府附近一帶街上。

二房的小院離王府最近，越過角門是一個供休憩用的六角亭，轉過六角亭就是了。雖說小院，也是個三進的院子，裡邊還分成了各個院子呢。此刻，院子外頭圍了裡三層外三層的僕婦們，將各院門堵得水洩不通。

這些人都是伺候自家主子過來的，四房、五房是來得最快的，餘下就是王妃伺候著太妃。按理說，這是二房的家務事，王妃不便插手，但太妃好歹是二房的嫡母，很可以管上一管，不然任由這麼鬧下去，怕是滿安京城都要知道了，太妃丟不起這個臉面。

眾人見是四少爺和四少夫人，慌忙讓出一條道來，往裡邊通報。

風荷扶了含秋的手，落後杭天曜半步，低頭快步走著，沒人能看到她嘴角微微勾著。

二夫人愛斂財，比起愛做生意的五老爺有過之而無不及，五老爺愛財但捨得花，不比二夫人是個只進不出的主，瞧瞧她院子裡的佈置擺設就明白了，沒有一丁點兒花花草草，種的全是能結果子的果樹，裡邊正廳的家具都是紅木的，擺設均是普通至極的陶瓷器，來了個外人，還真有點丟王府的臉。

風荷是第一次過來，微微有些驚愕，二夫人是董家老太太的娘家侄女，這行事卻是大不同，董老太太恨不得讓大家都讚她富貴無匹，而二夫人反像個修行的道姑。院裡伺候的丫鬟婆子們俱是清一色的石青色半舊衣裳，沒點新鮮顏色，看來二夫人每次過王府都是刻意打扮了一番的，至少不像如此簡樸。

正廳裡，只有杭家的主子，下人都遠遠守在外邊，靜候吩咐。王府的醜事，誰嫌命長了，聽了也當沒聽見。

太妃端坐在羅漢床上，冷著臉，著了氣惱的樣子，不悅地數落著二夫人。「爺們有不好的不對的，妳暗地裡細細勸著，這也是爺們的顏面。哪能這樣鬧，現在滿府裡主子下人都知道了，妳就得了好不成？背地裡誰會讚妳一句，都是指指點點，妳好歹是王府的夫人，何必像個小門小戶的一樣，這樣的戲碼也不覺得丟人？」

說完，太妃就微微喘氣咳嗽起來，王妃忙拍著太妃的背。房裡沒有伺候的丫鬟，風荷撇下杭天曜，快步行了上前，端起茶盅餵到太妃唇邊，輕聲勸著。「祖母原不曾生氣的，這樣豈不是以為祖母真箇氣重了。別說二嬸心裡悔恨不該冒撞了，連我們都是又急又悔，若不是我們做兒孫的行事沒個輕重，如何惹得祖母難過？」

太妃氣頭之上，滿屋子上到王妃下到孫媳婦，沒一個敢相勸的，唯有風荷，幾句話一說，太妃心裡既服貼，又有了臺階下。她之前一味責怪二夫人，落在旁人眼裡，就有失偏頗了，只是一時改不過口來。

就著風荷的手吃了兩口茶，才對著風荷嘆道：「好孩子，妳一向孝順祖母祖母心裡清楚。哪像這個孽障，從來不讓人省心。你說說，你好生與你媳婦商議，為著子嗣計，她會不同意你納個一、兩個的，非要偷偷摸摸偏還帶出幌子來，也難怪你媳婦生氣。」後半的話已經是對著跪在地上的二老爺喝斥了。

二老爺一身石青色緞袍揉亂不堪，緺緺巴巴的，頭髮歪歪斜斜，老臉上絲絲紅暈。偷偷瞟了自己媳婦一眼，唯唯諾諾地應著。「母妃，兒子知道錯了。兒子與她提過要納個小妾，可好說歹說她就是不鬆口，兒子一時氣急做出了糊塗事來，還望母妃周全則個。」

二老爺難得的乖覺，連連認了錯，使得太妃有責備的話也不好出口。想想亦是有理，二老爺房裡沒個知疼知熱的人，不怪他生了二心。

「我何曾不允了？若我不允，你那兩個房裡人哪兒來的，芫兒哪裡來的？我不過愁著爺年紀也大了，孫子都要有了，還這樣不檢點，教人看了笑話，想要緩著點，沒想到你就先弄大了人的肚子，強逼著我接人進門。」二夫人跪坐在地上，哭得一把鼻涕一把淚，衣衫不整，釵環委墮，渾然沒一點大家子太太的端莊賢慧。

「行了，這樣不尊重的話也是一個大家太太能說的？」太妃越發氣盛，怎麼就娶了個市井潑婦呢，當著晚輩下人的面，粗魯的話都不知避忌。頓了頓，理了理思緒才道：「既然人都有了，還能怎麼著，妳難不成想讓我們杭家的子孫流落在外頭不成？」

二夫人聲氣略微弱了弱，喃喃啐道：「還不知是誰家的野種呢，來路不明的孩子我們杭家可不敢要。」

太妃大怒，啪啪拍了幾下几案，橫眉怒目，指著二夫人發顫，半日罵道：「杭家的事何時輪到妳一個媳婦出頭了，是與不是妳老爺自會查清楚。人家也是外頭好人家的女兒，妳平白無故冤人清白，婦德婦言都學到哪兒去了？」

「夫人，您不是前兒才教導媳婦要賢良，要多為杭家開枝散葉，送了兩個通房給夫君，怎麼、怎麼……」六少夫人袁氏正為著房裡那兩個狐媚子不忿呢，豈肯放過打擊婆婆的好機會，她話未說完，但意思大家都明瞭了。

「六弟妹，妳誤會二嬸的意思了。二嬸只是為了杭家血脈純潔考慮，只要孩子是二叔的，保管歡歡喜喜接了進府裡。二嬸一向賢良溫厚，豈是那等不懂事一哭二鬧三上吊逼著丈夫不納妾的無知婦人。二嬸，您說是不是？」風荷難得發現袁氏也有可愛的時候，遞了個這麼好的話頭過來。

二夫人氣得一佛升天二佛出世，面皮紫脹，卻不能說不，強忍著心中的一口惡氣，低聲哼了哼。「侄媳婦說得是。」

太妃也是個順著杆子往上爬的，當即收起戾氣，淡淡笑著。「這才是好孩子。老二，你能確保那孩子是你的？」

「兒子敢保證，映紅肚子裡的孩子一定是兒子的，母妃為我作主啊。」二老爺趕忙接口，這麼好的機會錯過就沒了。話說二老爺此次的確怪異，改了脾氣？

「好歹是件喜事，老二媳婦妳看著擺幾桌子酒，一家人慶賀慶賀。以後快別這樣了，妳是好心，倒叫下人們傳得不像話了。把廂房收拾出幾間來，別委屈著我的孫子了。既是好人家女兒，咱們也不能簡慢了，就先給個姨娘位分吧。」太妃換上笑顏，慈愛的說著。

一進門就封姨娘，這可是算得上的體面了。倘若再生個兒子，還不知要怎樣呢。太妃其實也是假公濟私，二夫人暗地裡指使自己人給風荷下絆子之事，明面上沒有證據，但不能阻止太妃也在暗中來一手啊。太妃覺得出了一口氣，心裡暢快不少。

二夫人是不敢怒不敢言，有如吞下了一隻蒼蠅一般噁心難受，卻不得不表態，她要繼續鬧下去，怕是太妃連最後這點體面都不給她留了。幾不可見的點了頭，心裡卻道——賤人，不要以為進了王府就有妳的好日子，我讓妳怎麼死的都不知道。

第二日，莊郡王府內宅擺了幾桌酒，熱熱鬧鬧迎了新姨娘。二夫人的惱怒恨意有多深，只有她自己知道了。

新姨娘娘家姓白，也是小商戶人家的女兒，家裡開了一家酒館，生意倒是不錯。

據說二老爺有一日經過那家酒館，一眼瞥見倚門賣酒的白姑娘，就上了心。白姑娘年紀十八，生得很有幾分顏色，體態輕盈，身段窈窕，皮膚不算很白，但是很均勻，透著淡淡的粉紅。紅唇烏髮，十指纖長，一雙眼睛看著人彷彿會說話，尤其她有小家碧玉的溫婉俏麗，最得二老爺這個年紀男子的心。

按理說，白姑娘早到了婚嫁的年歲，只她父親白紀是個有心的人，瞧著自家女兒有些姿色，就生了攀龍附鳳的心，偏以他們家的身分哪裡攀得上像樣的人家，頂多也就是中等商戶而已。是以，二老爺稍稍表明了心意，白紀就迫不及待成全了二人的好事，白姑娘也是個有福的，不過短短一月便有了身孕。

二老爺雖怕二夫人，這次卻不知為何，吃了秤砣鐵了心一般的，非要迎白姑娘過門，就鬧了這麼一齣。

白姨娘性情溫順柔婉，不但得二老爺的心，連太妃娘娘對她都頗為照應，令二夫人一切照王府姨娘的規格來，不得怠慢了。

風荷見過白姨娘，說話細聲細氣的，對府裡所有人都恭恭敬敬，無論二夫人怎生刁難她都不發一句怨言，招得府裡人都讚她知禮懂事。或許是二夫人最近時運不濟，她在新姨娘身上從沒有得過一點好，反而引得二老爺越發厭惡她。

新姨娘過門之後，風荷亦遣了身邊丫鬟送了份禮過去，既不太過厚重，也不顯得怠慢。孰料新姨娘第二日就親自上門致謝，話裡話外提起風荷當日為她說話，使得她才能進了府裡，一片感激之色。風荷暗暗讚道——果然是個伶俐人，卻不知是不是二夫人的對手。

自那日之後，杭家四少與新夫人的感情似乎好轉許多，幾乎夜夜都回了正房宿歇，幾個姨娘那裡都沒怎麼過去。府裡的人都是面上不顯，心中驚異不已，籌謀著下一步的行動。

轉眼間，除夕日近。王府整日忙忙碌碌的，只因出了庫房之事，王妃不好再委了風荷辦事，自己強自撐著。

大姑奶奶藉口家中只有母女二人，冷冷清清的，竟是打定主意要留在王府一塊兒過年了。太妃總不好將人往外趕，勉強應了。

王府過年，其實也就那麼回事，進宮、祭祖、晚宴、守歲，無甚特別可記之處。照著規矩，大年初二，媳婦是要帶了兒女回娘家省親的。但因初二這日恰是魏平侯老夫人的壽誕，是以每年這日，都是王妃帶了兒女媳婦們一起去侯府給老夫人拜壽，領了宴之後媳婦們分別各自回娘家。

今年雖不是整生日，魏平侯至孝，欲要趁著國泰民安之際讓老人家好生享享福，大大操辦了一番，把請吃年酒一併定在了初二、初三兩日，初二都是至親眷屬，初三是朝堂相交府邸。

因是第一次去魏平侯府，又是拜年又是賀壽的，風荷著意打扮了。挑了一件寶石紅亮緞粉白纏枝玉蘭花的長褙子，襯上裡邊的魚肚白小襖兒，既不妖媚又不失嬌豔，既不清冷又不失清新。配上下身的蔥綠色淺金暗花紋樣百褶裙兒，又添了一份端莊大氣。她的膚色本就白，這些都是鮮亮顏色，越發烘出她的瑩白如玉，香腮微粉。

杭天曜坐在榻上端詳她梳妝，忍不住上前，從梳妝檯的紅漆錦盒裡揀了一支老坑翡翠蓮花樣的簪子給她戴在鬢間，風荷抿嘴笑著找了一對同玉打造的水滴形耳環遞給杭天曜。杭天曜越發高興，小心翼翼為她戴上，左右細看，仍覺得不夠，猶豫了半晌終是將一支點翠銜小指甲大小紅寶石的流蘇小鳳釵為她簪上。

「我好似從未送過娘子禮物呢？」杭天曜看著滿眼陌生的首飾，忽然微有沮喪，自己也曾送玩意兒討女孩兒高興，為何就沒有想到送給風荷呢？

風荷從梳妝鏡裡偷窺到了杭天曜略微落寞的臉色，心下了然，嬌笑著道：「爺可是真心要送我禮物？」

杭天曜聽風荷如此問，沒來由的歡喜，忙道：「娘子喜歡什麼，只管說與我。」

「哦，那我就不客氣了啊。前兒看到園子裡大片的竹林，就起了一個念頭，假若能用竹子做一個夏日乘涼用的竹榻，月涼如水的時候，當著滿天繁星，搬了竹榻到院子中間消夏，也別是一般風味。外頭雖有買的，但因大戶人家不愛使這樣東西，是以都是做工粗劣的，看著也無情無緒。必得精緻小巧的，方顯雅致清爽。」風荷之前有意找外邊的匠人專門訂做一個，若是好使，就多做幾個送給太妃、王妃的，杭天曜想攬事，不如交給了他最好。

杭天曜細細聽著，連連點頭讚好。「好主意，平常家常使的都太小了，大戶人家又重臉面，不是用黃花梨就是檀木，倒不比竹子有一種天然的野趣。咱們索性做個大一些的，我與娘子就可以……」杭天曜話未說完，只是低笑，曖昧的語氣任是誰都能聽出來。

風荷跺了跺腳，推了他一把，又把他拉到自己身邊，起身為他整理衣衫，嗔道：「什麼話兒都當著人的面說，哪像個爺們？」

「娘子的意思是，咱們兩個人的時候就可以說了？」杭天曜不顧屋子裡伺候的一眾丫鬟，擁住了風荷，輕咬著她的耳垂低聲呢喃。

晚霞般瑰麗的美景在風荷耳後、雙頰上慢慢升起，香腮帶赤，散發出淡淡的幽香，引人欲要一探究竟。就在杭天曜以為風荷要發怒或是逃離的時候，風荷微微踮起腳尖，攀著他的脖子飛快的在他面頰上留下一個吻，然後捂了臉快步跑了出去。

杭天曜登時石化，不可置信的望著風荷飛一般遠去的身影，心底的堅冰悄悄碎裂，弄得他心發慌，不知是喜是憂。試圖勾引他的女子從來不少，但沒有一個人，能像風荷一樣輕易的探到了他的心，她似乎用一根無形的絲線在他心上繞了一圈又一圈，讓他痛卻舒服。

她的心計，她的手腕，她的勇敢，她的羞怯，都為他挖了一個坑，一步一步引誘他往下跳。他不是沒有懷疑，只是心中的渴望戰勝了那一點點疑慮，教他控制不住的去靠近她，還美其名曰征服她。但他現在害怕了，因為他不知被征服的是她還是他？

風荷才到廳上，就聽到丫鬟回稟說姨娘們來請安了。風荷忙拍了拍自己的面頰，深深吸了一口氣，抬手喚道：「請進來吧。」

幾個姨娘都一如往常，只有柔姨娘神色間有些許憔悴，豐腴的臉蛋顯出了尖尖的下巴，瘦削的雙頰顯得眼睛大大的。因為過年，她的禁足暫時取消了。

柔姨娘的心思，風荷還是能猜準幾分的。只她故作不知，柔聲問道：「柔姨娘，這幾日可有什麼地方不舒服，太醫每隔五日來請脈嗎？」

柔姨娘偷眼瞥見風荷豔麗含春的嬌顏，越發覺得淒苦，她早知道四少風流成性，如何能指望他待自己不同些呢。可是，她自問什麼地方都做得很好了，為何還是不能留下他的心呢？她強壓著一口氣，放緩了聲音回道：「婢妾很好，可能是反應有些大吧，讓少夫人費心了。」

「哦，這個，應該有什麼法子吧，我身邊的葉嬤嬤生養過三個兒女，回頭叫她與妳說道說道。」風荷自然不懂這些，只是偶爾聽長輩說話之時提起。

她說這話時，杭天曜恰從裡邊出來，逕自走到上首坐下，也沒去看他的妾室們。不過五個妾室裡邊，除了雪姨娘一無反應之外，其餘四個都不自禁地把目光轉到了杭天曜身上，爺的不對勁她們都注意到了，耳根子後好似有點發紅。

杭天曜正欲抬眼去看風荷，很快發現了糾結在他身上的視線，立時斂了神，微咳了咳，四個女子慌忙低了頭。

「沒什麼事妳們就下去吧，妳們夫人今兒忙著呢。」他的語氣裡有一種不自覺的疏遠，或許旁人沒有注意，風荷感到了，她心下暗笑。

五個妾室都有些發愣，平兒少夫人不趕人，爺是不會開口趕人的，尤其是最近爺歇在少夫人房裡的日子太多了，可是為何府裡沒有傳出慶祝爺和少夫人圓房之喜呢？不管心下怎麼想，五個人都恭敬的告退了。

風荷故意忽略掉杭天曜灼灼的目光，凜聲說道：「時候不早了，咱們去給祖母請安吧。」然後，自己提起裙子匆匆往外走，不及去扶丫鬟的手。

「等等。」身後傳來杭天曜的輕喚，風荷恍然未聞，直到被人抓住了胳膊才停了下來，低垂眼眸，幾不可見的嬌斥。「你抓我做甚？」

「娘子，妳想到哪兒去了？我不過是告訴妳忘了披鶴氅，這會子天正冷呢，快穿上。」杭天曜正色說著，眼裡滿滿戲謔的笑意，親自把一件大紅羽紗面白狐狸裡的鶴氅給風荷穿好。

風荷又羞又惱，蘭腮浮上一層胭脂，輕輕啐了杭天曜一口。「我並沒想。」其實，心下卻在暗樂不已。笨蛋，那鶴氅我是故意不穿的。

太妃年紀大了，等閒是不出門的，今兒亦然。不過，今兒不去魏平侯府是另有原因，也不知太妃怎生想的，每年正月初二，她都要去京城知名的護國寺祈福，年年不變，魏平侯老夫人的生辰，太妃竟是一次都沒有去過。

三夫人楊氏、大少夫人劉氏都是寡居，一向都是她們倆陪著太妃去護國寺。

風荷夫妻二人前去之時，楊氏、劉氏已經伺候太妃梳洗停當了。三人都是一樣的五分喜慶五分素淨的顏色，很不合這樣大喜的日子。

自從杭天曜的大哥杭天煜離世之後，寡妻劉氏就過起了清心寡慾的生活，每日吃齋念佛，極少出她的小院。太妃憐她青年喪夫，又一無所出，沒個倚靠的，頗為寬待。

算起來，劉氏今年也不過二十七、八的年紀，卻已經守了十二年的寡。許是長年吃齋、不見陽光的原因，面色蒼白，沒有一絲血色，顴骨突出，纖瘦得有如貧寒人家的女兒。藕合色的小襖外面只罩了一件青哆羅呢對襟褂子，下邊是一條雪青色的裙子，配飾俱以銀飾珍珠為主，渾身上下唯一鮮亮的就是一個棗紅色的荷包，那還是杭瑩送的。

見禮之後，太妃笑著吩咐他們兩人。「風荷是第一次去侯府，你好生照應著她些，不許貪杯誤事，不然回頭定要叫你老子捶你。」

「祖母顯見是有了孫媳就不要孫子了，娘子，我日後凡事都聽妳的，妳可得多在祖母面前替我美言呢。」杭四說著，就對風荷作了一個揖，哄得眾人都笑了起來。

風荷與他回了一個禮，嬌羞一笑。「祖母，爺心裡明白著呢，只是見了祖母就忍不住露出幼年情態。」杭四是太妃親自撫養長大的，太妃與他的情意自不比旁的孫子女，最喜杭四像小時候一般逗她高興。

太妃笑得眼都瞇了，攬著風荷與她一同坐在羅漢床上，細瞧她的裝扮，不由讚道：「這樣鮮亮衣服也就配妳穿，還有這支簪子，看著就精神。」

「這是、這是爺挑的，說是好看。」風荷扭著手裡的帕子，粉頸低垂，又忍不住偷看了杭天曜一眼。

「哦，好、好，太好了。」太妃看向杭四的目光更多了一分柔和與讚許，亦對這個孫媳的敏慧記在心中。

不過一會兒，王爺王妃帶了兒女媳婦一同過來，接下來是二房、四房、五房。

趁著空檔，王妃和藹地給風荷解說了幾句自己娘家的人事，風荷一一聽了，記在心裡，免得一會兒見了人不好應付。王爺問了三少爺、五少爺兩句，就陪著太妃說話，從頭至尾都沒有理會杭天曜，不過進來時對風荷點了點頭。

杭天曜好像也不在乎，只管與五少爺說著誰家的酒席好，誰家的戲班好，往後幾日都去哪些人家吃酒耍樂。王爺偶爾聽到一句、兩句，瞪了杭天曜一眼，看在過年的分上沒有與他為難。

風荷看在眼裡，暗暗有些不悅，王爺的心也太偏了一些，同樣說話，杭天曜就是有錯，杭天睿定是被兄長帶壞的了？但她終究是晚輩，不敢明著責問長輩，強自忍下了這口氣。不過對於王爺，卻沒了多少好感，看來這府裡，真心待杭天曜的，還只有太妃一人了。

一家子用了早飯，先送走了太妃三人，王妃才讓門房備車馬，浩浩蕩蕩去給魏平侯老夫人祝壽。

第五十八章　驚聞巨變

魏平侯府出了一個太皇太后、一個皇妃、一個王妃，真是榮寵已極了。滿京城，還有誰家及得上他們府的榮耀呢？

老侯爺當年為平定北疆立下過汗馬功勞，若不是那時受了傷，也不至於英年早逝。現在的侯爺正是莊郡王妃的嫡親哥哥，娶的鎮國公之妹，生有二女一子。長女嫁與了承平公主長子，也就是杭四好友傅青靄的哥哥；次女年方十五，尚未許人；幼子十三，尚有些懵懂。

雖然今日是各家媳婦回娘家的正經日子，但許多親友世交，或是想要攀交侯府，或是礙於面子情兒，都出席了老夫人的生辰宴。

莊郡王府是姻親，來得要早些，誰知到的時候，傅家、鎮國公府、關係遠些的幾個姻親，都已經到了。

聽說是妹夫莊郡王來了，侯爺領著兒子親自迎了出來，女眷的馬車駛進大門，停在二門處，侯夫人帶著一干女眷笑著上前見禮。

打頭的是一個與王妃相似年紀的盛裝婦人，一襲淺金茜紅二色撒花宮緞長褙子，頭上那支八翅金鳳釵顫顫巍巍，在陽光下尤為耀眼，奪人眼目。她膚色如雪，光滑細膩，只在眼角處隱約點點魚尾紋，面容姣好，五官可人，只是嘴唇偏薄，給人刻薄寡恩之感。

左右攙扶她的是兩個長相頗相似的女子，只是左邊那個作婦人裝扮，右邊的還是妙齡姑娘家。風荷略微一想，就知這便是魏平侯的兩個女兒了。大女兒與侯夫人如一個模子裡刻出來的，稍顯溫婉些；二女兒皮膚微黑，一雙大眼睛靈動清澈，笑起來兩個甜甜的酒窩，很討人喜。

賀氏、風荷從後頭的馬車下來，忙上前服侍王妃。蔣氏有孕在身，自然行動受限，由丫鬟婆子伺候著慢慢行過來。

侯夫人是個爽朗的性子，一見風荷就拉了她的手左右相看，讚道：「妹妹真是個有福的人，娶得兒媳婦一個賽似一個，這是四外甥媳婦了，竟生得這般品貌，虧得你們家怎麼娶來？」

王妃端莊地笑著，點頭應是。「正是我們老四家的，別說妳，便是我們太妃娘娘無日不放在心上的，若論有福氣，也是老四的福氣更大些。」

「呵呵，難不成妳連兒子的醋也吃。」侯夫人打趣著，請眾人進屋。

王爺等男客們已經由侯爺領著去了外邊奉茶，裡頭都是女眷。

侯府的格局沒有王府大，但也差不遠了，這是第二進的正房正院。大塊大塊的青石磚光潔平滑，對立的兩棵白果樹高大挺拔，至少上百年歷史了，院子裡僕婦們來來往往，忙碌不堪，見了王府一行人俱是停下行禮。

眾人也不理會，一路說笑著往裡邊走。

當中太師椅上坐著一個老婦人，頭髮梳得光光的，只是兩鬢的銀絲摻雜在黑髮裡，瞧著倒比實際年紀大，而且與王妃長得不甚像。她五官略嫌方正了些，眉毛過濃，想來年輕時並

她說這話時，杭天曜恰從裡邊出來，逕自走到上首坐下，也沒去看他的妾室們。

不是一個出名的美人，或許王妃長得肖父。

王妃緊走了幾步，喚了一聲母親，就要拜下去，侯夫人忙攔住了她，笑道：「妹妹，一會子拜壽時妳再行禮吧，一家子人還計較這些不成。」

老夫人言笑晏晏，連聲稱是，卻不下來。王妃又命小輩們給老夫人行禮，老夫人推辭不過只得受了。

輪到風荷時，老夫人笑著與她招手。「快過來給外祖母瞧瞧。」

風荷看了看王妃，見她點頭，就含笑上前幾步，離了老夫人三步遠的地方停住。

「站近一點，我老婆子眼睛花了。」老夫人說話行事倒有些與侯夫人相似，反與她的女兒不像。

風荷無法，只得笑著走到老夫人跟前，老夫人攜了她的手細細摩挲，又左右端詳得仔細，半日終笑道：「真是難得一見的孩子，容貌氣度無一不好，周身不見一點小家子氣，我喜歡。初次見面，這個就當見面禮吧。」老夫人一面說著，一面點頭示意丫鬟上前，一個穿著水紅色背心的俏麗丫鬟手捧紅漆小捧盒，屈膝上前，跪在風荷腳下。

那是一對白玉的手鐲，通體清透，不見一點雜質，上面雕成了芙蓉樣式，精緻而不俗氣，很合風荷的心思。風荷再一次拜下去，謝過老夫人賞賜。

見完了禮，王妃才有工夫與廳裡其餘女眷問好，都是熟識的人家，其中又著重給風荷介紹了一番。

右邊第一個座位上坐的是鎮國公夫人及女兒，一色的美人胚子，往下是嫁去了公主府的姑奶奶及公主府的小郡主。

鎮國公夫人免不了對風荷稱讚一番，賜了見面禮。拜見小郡主之時，小郡主好似對風荷不甚熱心，淡淡地瞟了她一眼，自顧自與五少夫人蔣氏說話。

小郡主閨名西瑤，十四了，極得承平公主寵愛，萬事沒有不依了她的，上頭兩個哥哥，就只一個獨女，也難怪公主不同些。而且西瑤郡主自小機敏可愛，眉若青黛，唇似塗丹，一身肌膚欺霜賽雪，骨肉豐腴。偏她眉間纏著一縷英氣，看著朝氣蓬勃的，不比尋常閨秀嫻靜端莊，分外明媚逼人。

蔣氏與小郡主是在閨閣時就結交的好友，因著二人都是直爽脾氣，格外合得來。

蔣氏一向隨意慣了，不由打趣她。「人常讚妳是京城第一美人，眼下見了我們四嫂，看妳還得意去。」

她只當是一句玩笑話，況且西瑤郡主從來都是個厚臉皮的主，不料西瑤竟是沈了臉色，冷冷掃了風荷一眼，哼了一聲。「不過個小將軍的女兒，生得好又如何，可憐四哥了。」

風荷當即愣住，她與這個西瑤郡主不過初會，從來不曾有過半點嫌隙，為何對她這般冷言冷語，甚至不顧身分出此惡言。

風荷細細想來，自己與公主府好似沒有過任何交集啊，便是西瑤郡主的二哥傅青靄也只有一面之緣，又幾時得罪了她。若說西瑤郡主是為了蔣氏的話不滿，想來也不對，蔣氏與她一向交好，難道連她的性子都不知道胡亂取笑。這究竟是為何？

蔣氏也有幾分尷尬，她與西瑤不忌身分，都是愛玩愛笑的，往常這樣打趣西瑤也不見她生氣，偏對風荷似乎不太滿意呢。

西瑤郡主的聲音不大，不過鄰近幾個人都聽到了，賀氏、鎮國公之女都回了頭來看她，面露詫異。

「四嫂也是名門貴女，妹妹說笑了。」蔣氏打著哈哈，想要混過去。

不想西瑤郡主似乎不打算就這樣算了，幾步走到風荷面前，鄙夷地問道：「妳識字嗎？琴棋書畫可會？」

即便不解原因，風荷也不願教人隨意侮辱了，收了笑容，淡淡回道：「略識幾個字，郡主可有指教。」人家都欺上門來，她難道算了不成，郡主也不能仗勢欺人吧。

傳西瑤看著風荷面上的淺笑，心下更氣，柳眉豎起，未等她說話，外邊又有客人前來拜壽，大家都顧著去看來的是誰？

一個中年美婦領著兩個女孩兒含笑進來，原來是理國公方家的夫人及女兒，她們與魏平侯府是老親了，兩家似乎有意再結一段姻親——魏平侯幼子與理國公的小女兒。

兩個女孩兒一個穿紅，一個著綠，都是一般豔麗，紅的居長，幾個月前與頤親王府堂族一個子弟定了親事，綠的是妹妹，一進來就與西瑤大說大笑，顯然很高興。

很快，賓客們都齊齊前來，有侯府堂族女眷，也有姻親世交，不一而足。

女孩兒中，以西瑤郡主身分最是尊貴，認識的人多，大家都愛圍著她說話，時有奉承。風荷放下方才的不快，伺候王妃左右。

吉時到，外邊男客中親近的由人引了進來，正式與老夫人拜壽，非親眷的婦人女孩兒都避到了隔壁花廳裡。

杭天曜也來了，名義上他是老夫人的外孫，行個禮也是該的。等候之時，杭天曜靠近風荷，壓低聲音問道：「有沒有人為難妳？他們若敢，妳只管走人，不必理會。」

風荷心中好笑，這也太孩子氣了點，不過像是他的作風，抿嘴輕笑道：「我省得，你回頭少吃點酒，怕是還有一下午要應付呢。」

杭天曜點頭，手上輕輕勾了勾風荷的手指，風荷慌得忙讓開了兩步，悄悄看了一圈，好在屋裡人都沒有注意到他們，不由紅著臉嗔道：「你作死呢，叫人看見算什麼。」

「娘子，誰敢看我們。對了，我方才收到友人之信，叫我用了宴之後先去與他商議個事，妳若待得無趣先回府歇歇，不用在這兒守著。王妃許久未見老夫人，必有許多話要說的。」杭天曜笑得越發燦爛。

禮畢，便是開席了。男客在前邊廳裡，女眷安置在了內院。雖只有親眷世交來了，但也不少人，一共開了三十幾桌。

賀氏、蔣氏、風荷，由侯府一位本家夫人陪著坐了一席。這位夫人之夫是個五品官員，在朝堂上靠著侯府過活，是以對她們這樣的貴客是多有奉承的。風荷便是不喜她為人，到底也知這是官場中尋常事情，普通相待，既不熱絡也不冷淡。

叫風荷訝異的是，用飯之時，她常常感到有人在盯著自己看，而且目光不善，她巡視一圈，忖度著怕是右後邊席上西瑤郡主，愈加驚懼。她不怕人算計，但要事先弄清楚人家為何會算計她才行，而這位西瑤郡主有些太沒來由了。

午宴之後，大家隨意坐著聊天。年紀大些的婦人陪著老夫人，年紀小的都被打發去了後邊，好讓她們年輕人自在說話，風荷亦在被打發之列。

這是個很大的暖閣，收拾得清清爽爽，又不失喜慶。這麼大的暖閣怕是不會日常使用，風荷估摸著這是侯府冬日招待客人的地方。

不知是不是因為杭天曜的名頭太大，總之女孩子們都有意無意疏遠了她，除了賀氏、蔣氏，只有侯府的大姑奶奶和禮部侍郎的女兒蘇曼羅與她說得上話。風荷小時候跟著董夫人出門作客時，也曾去過蘇府，認識蘇曼羅，可惜這些年疏於聯繫。侯府祖上有一位姑奶奶好似嫁到了蘇家，兩家是老親。

蘇曼羅牽了風荷的手，找了個角落坐下，她目光閃動，頓了須臾，終究低聲問著風荷：「人都說妳家那個有些毛病，究竟是真是假，他待妳可還好？」

風荷聽蘇曼羅說話之時，語氣裡不自禁地帶了一絲擔憂，心下一暖，她們也不過是小時候的交情了，沒想到蘇曼羅至今還念著，不顧眾人的目光執意與她親近。這個女孩兒，原來不只有心機，還是個良善之人，她也起了真心交好之意。

她攏了攏鬢髮，莞爾一笑。「叫姊姊擔心了。其實，相公他挺好的，只是偶爾有些小脾氣罷了，那些人以訛傳訛倒當了真。姊姊細想，若那些傳言俱是真的，我如何還好端端坐在這裡？」

「妳說得也是。我之前隨母親回老家料理幾個堂兄堂姊妹們的婚事，年前才回來，就聽說了妳的婚事，把我嚇了一跳。如今見妳好好的，反是我自誤了，竟會相信那些市井流言。但妳也別瞞我，你們房裡，嗯，是不是，有許多個妾室？」蘇曼羅比風荷大了幾個月，尚未婚嫁，是以說起這些事來有些不好意思。

蘇家原籍湖州，是那一帶的名門望族，素有書香門第之稱。子弟中成才的也不少，老一輩中，先皇之師蘇太傅是士林名宿，名滿天下，榮耀歸鄉；小輩中，蘇曼羅之父位居三品，一個叔叔外任五品同知，兩個堂兄前些年進士及第。論理，依蘇家這樣門楣，蘇曼羅早定下了人家，偏她及笄將滿一年，並不說親。聽說宮裡似乎有意將她留給太子為側妃，是以壓著蘇家不定親。

風荷知道這些事也無須瞞人，就實話實說了。「確是如此，我進門之先，房裡已經有五個姨娘了，通房丫頭之類的不知多少，我也懶得去理會。只要她們安分守己的過日子，大家都能得個好。」

蘇曼羅皺皺眉，神情有些不悅，恨鐵不成鋼的斥道：「妳呀，就是心軟。那些妾室，妳倒想與她們安生過日子，那也要人家願意啊。妳好比是六部衙門上頭空降而來的丞相，叫人家怎麼信服，妳要嘛新官上任三把火嚇住了她們再圖後事，要嘛她們就要試試妳的底細了。尤其是妳家那位，口碑一直不好，將來不站在妳這邊，妳待怎麼辦？」

別看蘇曼羅名字聽著很有江南女兒的柔情似水、清純可人，其實是個暴烈性子，手段更是深得祖上相傳，別說對付內院的女子，都能上朝堂與那些人精對著幹了。

風荷聽她說得好笑，又似乎另有隱情，微微動容，認真問道：「姊姊是不是聽到了什麼傳聞，也說給我聽聽，省得我日日關在二門裡，什麼都不知道。」

廳中傳來一群女孩兒的哄笑，好似西瑤郡主說了什麼笑話，逗得眾人又是拍手又是大笑的。蘇曼羅嘴角翹了翹，知道無人關注她們，才湊近了風荷，細細說道：「我今兒跟我母親來時，為著回娘家探親的車馬太多，幾次被堵在了路上。尤其遇到恭親王妃一行，足足在那裡等了一刻鐘。

「我在轎子裡，隱約聽到有人提起莊郡王府，就留神聽了聽，沒想到恰好與妳相關。那幾人說，妳進門那日就傳出一個妾室懷孕之事，妳家那位對那妾室寵得當了心頭寶，連妳都要靠後幾分。還說，你們二人不甚和睦，妳不過是得了一個名分而已，實際上在杭家連一個小妾都不如。我聽了真是氣得不行，妳當日也是個聰明人，難道連幾個妾室都收拾不了了？」

蘇曼羅說得有些氣憤，但大家小姐的端莊模樣一點不變，不知道的人只會以為她們在談什麼針線好，什麼胭脂鮮豔。

風荷目光沈了沈，這些都是內院裡的事，如何就傳得街上隨便一個人都知道了，要說不是有人故意傳出去的她還真不相信。那是誰傳出去的呢，又是為了什麼，難不成只是為了叫自己的名聲更難聽些？不對，這樣的風聲與她並無大礙，頂多惹人同情而已，但杭天曜的聲名就更壞了，寵妾滅妻，這可不是小事啊。

蘇曼羅見風荷只是沈思不說話，就當了真，挽著她的胳膊問道：「難道都是真的不成？」

「姊姊覺得，王府守衛就到了這個地步，什麼閨閣之話都能傳出去了？姊姊的心意我領了，不過姊姊放心，我也不是泥捏的人，豈能叫幾個妾室欺到這分上。他們不過是覺得我相公最近太安分了，缺少了嚼舌根的材料而已。」風荷笑著拍了拍蘇曼羅的胳膊，眼中閃過幽暗的光，這些傳言到了宮裡，別說世子之位，能不能保住杭天曜眼下的風光都難說。

蘇曼羅登時反應過來，嘴角掛著淺淺的笑意。杭家再尊貴，在這個王族子弟遍布的京城，小小一個杭天曜真算不得什麼，為什麼就數他的傳聞最多，除了他自身值得人指摘之外，顯然是有人在背後推波助瀾。殺人不見血啊！

風荷亦是想到了一點，杭家嫡系死的人太多了，先王妃留下三個兒子，只剩下杭天曜一個，倘若連杭天曜都沒了，必定會引起世人懷疑。所以，杭天曜沒死，但他現在的情形，距離繼承王位太遠了些。好算計啊！

兩人欲要再說，卻聽有人提到風荷的名號。「攀龍附鳳之輩而已，以為嫁到了王府就有好日子過了，奈何四哥不喜歡她。」

這個聲音，囂張、冷漠，除了西瑤郡主還能有誰。

蘇曼羅不解地望著風荷，意在問她何時惹惱了這個主，承平公主的寵溺，導致西瑤郡主成了京城人人退避三舍的人物。風荷無奈的搖搖頭。

有一個軟糯的聲音響起。「郡主快別生氣了，人家為了出人頭地有什麼不願意的。」這若說是勸和，還不如說是火上澆油呢。

「好了，郡主最近都忙的什麼，也不去看我？」蔣氏忙出來打圓場，倘若風荷受了委屈，她們總是妯娌，連她也不好看。

「妳別打岔，難道連妳也要護著她不成。我平生就是看不慣這樣的女子，不自珍自愛，眼裡只有權勢，沒了其他。」西瑤郡主對蔣氏說話都帶了三分惱意。

蔣氏被她噎得無話可說，又覺得自己犯不著事事順著她，就背過了身去，不再搭理。

風荷又氣又怒，沒來由的受了這個郡主一日排揎，當下也惱了起來，輕笑著問道：「不知郡主以為什麼是自珍自愛？」她沒有直接質問郡主罵誰，而是從她話裡揀出了一句來應對。

西瑤郡主先是一冷，隨即格格笑了起來。「身為女子，自要貞靜賢淑，舉動有節。倘若為了權勢為了地位不惜一切，那麼就是有十分的美貌也是可惱可恨的。妳即便在娘家不受寵，也不該巴巴的要嫁給四哥。」

圍著她的另外幾個姑娘家怕事情鬧大了不好收場，有人輕輕拽了拽西瑤郡主的衣袖，反被她瞪了一眼。其中幾個伶俐些的，都不聲不響坐得遠了點，生怕捲進這場無緣無故的戰役中。

風荷就等著她這句話呢，聞言斂了笑容，束了衣衫，翩然玉立，口氣強硬。「照郡主這麼說，皇上的聖旨錯了不成？我與四少爺，那是有媒妁之言父母之命的，又經皇上賜婚，怎麼到了郡主嘴裡，我就是不要臉的女人了。郡主這般說，將皇上置於何地，將天家尊嚴置於何地？勸郡主，日後說話還要三思，該說的不該說的，心裡理理清楚。」

一席話說得傅西瑤面紅耳赤，又羞又窘，驚怒交加。她自詡出身皇族，身分尊貴異於常人，且又生得原比旁人強些，不免驕縱傲氣，京城一般閨秀從不在她眼裡。算起來，皇上還是她的表哥呢，除了太皇太后、皇后，她傅西瑤還怕過誰來。若從皇后那邊排輩分，她比杭天曜長了一輩，但兩家有自己的排法，郡主向來隨著她兄長稱呼杭四一聲四哥。

她不曾想到風荷會當眾頂撞她，覺得很失臉面，怒斥道：「別拿表哥來壓我，那是因為表哥不知道妳的為人，才會給妳和四哥賜婚的，我回頭就去告訴表哥。」

「郡主要怎麼說呢？」風荷閒閒的拋出一句。

今日一事，眾人看在眼中，風荷從沒有一點失禮之舉，倒是郡主她，幾次刻意去找風荷的麻煩，叫人心下疑慮。鬧到皇上跟前，風荷也有話說。

傅西瑤又是一窒，她的確無話可說，她根本沒有例證能指明風荷是個貪戀權勢的女子。即便是又如何，古來皇宮中的嬪妃有幾個不貪戀權勢的，皇上皇后對此見慣不怪。

側門匆匆進來一個身影，風荷恍惚覺得很熟悉，回頭去看，卻是含秋，面上急迫之色顯然。含秋悄悄走到風荷身後，附在她耳邊低語。「少夫人，少爺出事了，王爺命人對他動用家法呢，太妃娘娘不在，無人攔得住啊。」

杭天曜？他確實說了下午要出去，難道一出去就犯了什麼事嗎？動家法，那就定是大事了。

風荷心中疑惑，再無心緒留在這裡陪她們冷嘲熱諷，小聲與蘇曼羅說了兩句，扶了丫鬟的手匆匆趕去廳裡。郡主尚未回過神來，就見她跑了，不由更是不滿至極，但人已走，她頂多背後詆毀幾句，究竟沒什麼意思。

侯府老夫人似乎招了王妃在裡間說體己話，賀氏在外邊與人閒話，風荷讓丫鬟請了賀氏出來，賀氏詫異，快步過來，風荷牽著她行到抄手遊廊之下，方才簡單說道：「三嫂，我們爺不知什麼事惹惱了王爺，我先回去看看，母妃這邊就有勞三嫂了。」

賀氏一聽，就有幾分焦急，她來王府的時日久了，自然清楚能驚動王爺的絕不是等閒小事，風荷只是兒媳婦，怕是回去了也不敢勸，先安慰道：「妳先別急，咱們請母妃出來再做道理。」

「三嫂，母妃許久未見老夫人，母女倆必是有話要說的，咱們豈能這個時候前去打攪。何況爺那邊，或許只是小事而已，為著件小事鬧得人盡皆知，反而不美。還是我回去看看，倘若要緊，再派人送信過來。」說畢，也不等賀氏答應，急急去了。

不是她小人之心，她真的怕王妃回去非但沒有好結果，反激得王爺越是惱恨杭四了。看到三少爺、五少爺都極有出息的模樣，王爺一個不打緊，只會怨憤杭四辜負了他的一片殷切希望。

天色有些晦暗，不復早間的亮堂，北風漸漸轉濃，瑰麗堂皇之中微有孤涼。車窗外夾雜著大街上繁多的叫賣聲，一派新年喜氣，只是風荷心裡，漫上淡淡的愁懷。

自從進了王府，她便沒有過過一天安生日子，而她亦是清楚，杭天曜就是她此生的歸宿了，一榮俱榮，一損俱損。

「含秋，是誰來傳的信？」手爐的熱量傳到身上，胸口暖暖的，她從來就沒有退路，只能義無反顧的與他一同赴上權勢之路。

含秋低眉斂目，沈靜回道：「雲暮遣了譚侍衛過來的，怕其他人沒辦法進得了侯府。」

倒是雲暮仔細，換了杭家其他僕人，還不一定聽她的差遣呢。風荷挑了挑眉。「請譚侍衛過來，我有話要問。」

沈烟揭起簾子一角，低聲與跟車的護院說了幾句，譚清從後頭趕了上來，護在車窗外。

「究竟怎麼一回事？」語調平淡冷靜，不見波瀾。

譚清定了定神，轉頭對著馬車回話。「實情小的並不是很清楚，只知道四少爺在大街上與恭親王府的七公子打了起來，似乎……似乎是為了一位年輕公子，那位年輕公子今日曾在大觀樓串了一場戲。恭親王府的七公子被打得不輕，據說斷了一條腿，被人抬著回去的。」

恭親王府七公子？恭親王是皇上的親叔叔，身分貴重，在所有皇室王爺中也是與皇上血緣關係最親密的，頗得皇上敬重。尤其恭親王在當年動亂中護主有功，深得皇上信任，幾個兒子都任命重要衙門。

其中，恭親王最是寵愛一位徐側妃，來自江南，育有一子，即是七公子。恭親王愛屋及烏，對這個七公子與嫡子一般無異，反倒驕縱了七公子的性子，在京城是與杭天曜齊名的王孫公子了。兩人為了一名男子相爭，這本就是不太好聽的話了，偏還鬧出了這麼大的事，由不得王爺不惱。

風荷默默想了半晌，才對譚清說道：「你去查查那位年輕公子的底細，及事情起因。」

譚清領命，策馬而去。

莊郡王府裡，肅穆安靜到極點。

伺候的僕人能躲遠一點就躲遠一點，王爺是個克制的人，極少發怒，唯有的幾次怒氣都是因為四少爺，王爺也不是沒有下狠心打過四少爺，但每次都被太妃趕來阻止了。今兒太妃不在，連王妃都不在，還有誰能勸得了王爺，只怕不是引火燒身就好了。

王服本就威嚴，何況王爺正處於盛怒之中，滿面的怒容彷彿驚雷一般，幾個無奈在屋裡伺候的下人，都是臉色青白，正月裡被汗濡濕了裡衣。

這是正院正廳，王爺一旦動用這裡，就表明他憤怒到了極致，倘若四少爺再不好好配合，就當去祠堂當著祖宗的面受罰了。

杭天曜一臉的桀驁不馴，斜插入鬢的濃眉張揚著他的不在乎，緊抿的薄唇向上勾起，淡淡的諷刺從他挺拔的身體中散發出來。他也受了傷，英俊的雙頰泛出青紫色，額上有一塊明晃晃的瘀紅，衣衫略有不整，袍子下襬處染了幾點殷紅的血跡，觸目驚心。不過，他應該沒有受太重的傷。

杭天曜的滿不在乎在王爺眼裡就有些不可饒恕了，這個逆子，將莊郡王府原本清白的門風全毀了，連累得自己在朝中都抬不起頭來。貪杯好色、一事無成、無惡不作、寵妾滅妻……要不是看在太妃垂憐的面上，早把這逆子打死了。而他，竟是一點都不知錯。

如今，更是惹下了大麻煩，為了一個戲子，就跟恭親王府的公子爺揮拳，還將人打得重傷不起。雖然同是王府，但自己一個小小郡王，如何比得上人家正正經經的皇室子弟，聖上親叔。不但王府之間可能就此結仇，連皇后娘娘都有可能被牽連了，若是被御史們告上皇后一個治家不嚴的罪名，那又該如何？

莊郡王狠狠吸了兩口氣，他怕自己不小心就被氣死了，才喝斥道：「逆子，給我跪下。」

杭天曜輕輕盯視了王爺一眼，懶懶回道：「兒子不知犯了何錯，惹得王爺如此生氣。」

莊郡王覺得自己生這個兒子出來，就是找氣受的，冥頑不靈，禍事不斷，不論他是不是自己最正宗的嫡子，不管他小時候有多聰明懂事，王爺都決定不能再任由他那樣下去了，哪一日給整個王府招來禍事，那時再行管教就晚了。

「你不知，恭親王的七少爺是怎麼回事？難道你會不知道？」

「哦，劉弘武嗎？我不過是稍稍教訓了他一頓而已。」對於這個父親，杭天曜早就說不清是什麼感覺了，單純的不想面對他。

「你！而已？七少爺被你打斷了一條腿，還不定何時能下得了床呢！你這個逆子，你以為自己有太妃護著我就不敢動你了是不是？今兒我就要叫你知道厲害，不然明兒闖出了大禍你還不知錯呢！上大板。」莊郡王對這個兒子是徹底失望了，犯下彌天大錯還猶自不肯認，別說自己還有兒子，就是只這一個也說不得了，不能為了這個逆子毀了杭氏滿門。

屋子裡一片死靜，執板之人情知躲不過去，躡手躡腳蹭了上來。空氣沈悶得教人呼吸不暢，下人們恨不得此刻能離了這裡，四少爺一向是個不肯服輸認錯的人，僵持下去事情只會越來越糟。他們這些下人，極容易成為主子發洩的對象。

杭天曜拍了拍身上沾染的灰塵，平靜地回道：「我沒錯，你不能打我。」

他不說還罷了，這一說，把王爺的八分怒氣一下子激到了十二分，面色陰沈得有如夏日暴風雨之前烏雲翻滾的天空，窒息沈悶。

王爺大聲吼道：「給我打！往死裡打！」

素來只管行刑的幾個下人渾身發顫，腿軟得幾乎動不了，不打，他們現在就別想好過，打了，太妃回來他們更不會好過。這分明就是條死路，兩邊都不通。但王爺面前，又豈容他們違抗，只得猶猶豫豫舉起了板子，卻遲遲沒有往杭天曜身上招呼過去。

「你們不打，就先把你們拖下去打死了。」王爺怒極，平日的清醒理智都沒了。

下人無法，咬咬牙，閉著眼睛往杭天曜背上蓋下去，手裡留了一半的力。

杭天曜不打算白白挨了這頓打，他的目光緩緩移過王爺臉上，瞬間一躍而起，雙腿齊出，一腳踢翻了行刑的兩個小廝，其中一個手中的大板碎成了兩截，發出爆裂的「砰」聲。

每一個人臉上都露出不可思議的表情，四少爺這下完了，他這是公然與王爺對抗呢，是忤逆，是不孝，當今天子極重孝道，忤逆之罪上報上去，絕沒有好結果。

莊郡王亦是沒有想到杭天曜會反抗，他不是第一次打這個逆子了，卻是第一次遭到對抗，兒子身上散發出來的冰冷凜冽之氣，教他沒來由的心虛、震怒。作為一個父親，他的威嚴不能被挑釁。

莊郡王劈手奪過下人手中的木板，咬牙切齒喊道：「我今兒非打死了你這個逆子不可。」一面說著，王爺一面掄起板子，使盡平生力氣狠命砸下去。

杭天曜恰好轉過身要出去，他沒有躲，硬生生接下了這一板子。他挺直脊背，彷彿聽到骨頭碎裂的聲音，巨大的力量痛得他想蜷縮下去，只是他紋絲不動，硬是承受住了。下人動手，他可以不理，但那總是他的生父，他並不想與他拳腳相向，那樣不堪的場面不是他願意的，所以他寧願受這一下。

王爺微微愣了一瞬，很快就被滿腹怒氣刺激著，一下一下加在杭天曜背上。杭天曜連哼都沒有哼一聲，直挺挺站著，雙目明澈似有哀傷。不是他不痛，而是心裡的痛楚麻痺得他失去了感覺。

打了幾十下之後，王爺感到手臂發瘦，他清清楚楚看到自己當年最寵愛的兒子在他手下變得血肉模糊，那一點點猩紅的血跡滲透出來，濡濕冬日厚重的衣服。王爺的視線漸漸模糊，那抹可怖的紅色，如一根針刺進他的胸口。

其實，他已經有了停手的打算，只是想等兒子的一句話，就算不肯認錯，便是求饒也好啊。偏這兒子冷漠得像是沒有感覺，看來是不願將自己當作他的父親看待啊。

逆子、逆子，華欣，這是妳唯一的兒子了啊！

院子裡灰濛濛的天空，似有棉絮飛扯著，朦朦朧朧的，鋪天蓋地的黯沈壓下來。杭天曜的腳步開始踉蹌，身子不由自主的輕輕顫抖，如秋風中的落葉，即使被他打死，他也不會向他求饒的，父子之間，是最親的人，也是上輩子的仇敵。

已經有血跡飛散開來，板子尾端染成了殷紅，耀眼而又奪目，金色的地磚發出滴答滴答的聲音，很快汪了一灘血漬。

所有的下人都震驚而又恐懼，軟軟地跪在地上，拚命磕頭求王爺饒過四少爺一次。四少爺倘若出事，他們滿屋子的人只怕都得陪葬。

杭天曜的意識開始模糊，他知道自己快要撐不住了，難道就這樣被打死？

第五十九章 「齊齊」回府

王爺也不是第一次責罰杭天曜了，最後都是不了了之，這次想來也不會如何，頂多太妃不在，多挨幾下而已。風荷這般想著，不是很急，只以比平時略快的速度趕回杭家，其實給他個教訓也不錯，免得天天在外邊惹是生非。

不過，一見大門口面色慌張蒼白的管家富安，教風荷小小吃了一驚。

富安不等風荷問話，一面跑著一面說道：「少夫人，您快去看看吧，王爺要打死四少爺了。」

什麼？不至於這麼嚴重吧，風荷有些不信，虎毒不食子呢，王爺哪裡下得了這樣的狠手，不過是教訓教訓杭天曜罷了。

富安瞧見風荷的神色，就知她不甚信，越發焦急，哭道：「少夫人，真的，四少爺堅持不住了，王爺根本不讓咱們求情，還是得您去看看呢！」

院子裡的青石磚面光滑可鑑，打磨得相當齊整，屋外迴廊那裡，跪滿了一地的下人，個個都是神色慌張。風荷始有幾分相信，顧不得一院的男僕們，匆匆下了馬車，提起曳地的裙子，飛快的往正屋方向跑。僕人們俱是低了頭，儘量不去看少夫人的容顏。

屋子裡傳來沈悶的擊打聲，但沒有聽見杭天曜的聲音。風荷邊走邊往裡望，這一看不打緊，把她嚇得腿都軟了。杭天曜原本英武挺拔的身軀變得萎靡，整個身子軟得好似隨時都會倒下，她與他目光相接，看到他眼裡一閃而過的璀璨光輝，一瞬間就熄滅了，然後，他終於堅持不住滑落在地。

一股淡淡的酸楚從腹中泛上來，絞得風荷微微發痛，她定了定神，才飛一般撲向他。

杭天曜看著一道飛奔而來的彩色身影，好似春天百花叢中的蝴蝶，向著他翩躚而來。他緩緩滑倒在地上。

「杭天曜、杭天曜……」風荷有些手忙腳亂，用力去扶杭天曜，可是，她的手上黏糊糊的、濕漉漉的，心裡「咯噔」一下，忙撐住杭天曜的身子，去瞧他的後背。

這是一片怎樣的慘景，厚實的冬衣裡邊絮著的鵝絨散了開來，被血跡濡濕，斑斑駁駁貼在稀爛的肉上，整個背部都浸在一片猩紅中，看得人頭暈。風荷輕輕晃了晃，好不容易穩住自己的身子，避開杭天曜背上的傷處，將他攬在懷裡。

看到這幅景象，不等風荷吩咐，沈烟、雲暮看也不看莊郡王的臉色，衝過來幫著她們主子攙扶杭天曜，含秋跺了跺腳，跑出去讓富安快請太醫，準備肩輿。

杭天曜並沒有完全昏迷，他神智尚清，撫了撫風荷的面頰，強笑著道：「娘子，我不要緊，妳別怕。」

「我不怕，你別說話，一切有我。」風荷不是沒有責打過下人，但她手下的人下手都有輕重，從來不曾像王爺這般將人往死裡打。她心中又氣又急，跪在地上對王爺說道：「父王，媳婦知道這裡不是媳婦該來的地方，父王教訓兒子也沒有媳婦置喙的餘地。

「只是四爺便是有錯，也要等到事情查明了之後再對他依家規處置，萬沒有這樣輕易打罵的理。傳了出去，對父王的英明也有礙，教人以為父王平日都是這樣衝動處置衙門之事的，那樣皇后娘娘面前也不好說話。父王您說是不是這個理？大年節下的，還不知多少人盯著咱們家呢，豈能出這樣的差錯。

「四爺不過一個晚輩，父王要打要罵，我們夫妻再無話說，可是父王也該愛惜自個兒的身子，生這樣大氣，倘若父王再有個什麼不好的，那我與四爺真是萬死也不得超生了。偏偏今兒祖母不在府裡，母子情深，即便祖母信任父王，也擱不住有人背後說閒話。祖母年紀大了，四爺又是她親自撫育教導長大的，父王這樣，不是明擺著打祖母的臉嗎？

「如果祖母覺得相公有錯，該罰，自會處置他。咱們這樣，趁著祖母不在的時候，教祖母情何以堪，這分明是指責祖母教孫不力啊。

「父王，媳婦說句不知輕重的話，四爺雖時常胡鬧，但究竟沒有鬧過多大的事情出來，些許小節無傷大雅就過去罷了。此次之事，或許另有隱情呢，媳婦真不相信相四爺是那等胡鬧之人。可是，父王，您對四爺早就存有偏見，這次若是三哥或是五弟，父王難道您也不問問清楚，就下這樣的狠手嗎？」

風荷說得很急，她是真的很不滿，別人對杭天曜那樣也就罷了，王爺是親生父親，他的不信任才是對杭天曜最大的傷害，不然怕是杭天曜也不會這樣乖乖挨打了吧。這好比母親當年，旁人斥責、藐視都無關緊要，最要緊的是父親的態度，父親的懷疑才會最終導致母親沒了抗爭的希望，就此放棄了。

她一面說著，一面又去細細檢查杭天曜的身體，好在其他部位沒受太大的傷，只是，這裡是脊柱啊，若有個意外，那就是關係到一生的了，實在大意不得。

王爺本是萬分氣怒的，可後來杭天曜不聲不響由他責打，他心下的氣就消了好些，只不過是放不下那個臉來，不知不覺間就打得重了，這也是愛之深責之切。眼下瞧見兒子成了那副樣子，亦是心痛悔恨，卻又嚥不下那口氣。

恭親王府那是好惹的嗎？自己這樣不過也是為了讓他們看見自己的誠意，不會將事情鬧大了，不然弄到御前那就愈加麻煩了。即使皇上有心偏袒咱們家，可是太皇太后呢，裡邊到底有個親疏啊。

王爺頹然地癱在椅子裡，兒媳的話不是沒有道理，可他作為一家之主，威嚴不得輕慢，便是錯了亦是對的。只得嘆氣道：「兒媳，妳問問他惹了多大的禍事，恭親王府，聖上親叔，咱們杭家如何與之抗衡。我今日不打他，明兒就是宗王府來提他了。他還死不肯悔改，不知錯在哪裡。」

「父王的話兒媳不敢駁，但兒媳相信四爺不是那等做事不分輕重緩急的人，四爺自有他的道理。」風荷咬了咬唇，語調淒婉。

王爺不想這個兒媳對兒子倒是情深意重，偷偷瞥了一眼兒子的傷勢，心下不免憂慮，若有個好歹不是害了兒媳婦嗎？

「妳不用為他說好話，他是個什麼樣子，我最清楚。」

風荷見杭天曜的臉色慘白如紙，額上細密的汗，沾濕了鬢角的髮絲，當即顧不得其他，大聲問道：「父王，這些改日再說吧？四爺他堅持不住了。」

總不成真將他打死，王爺擺了擺手，素日威武的身軀顫顫巍巍站了起來，頹敗的容顏好似一下子老了十年，不搭理眾人，兀自回了後邊。

富安一直在外邊探頭探腦，見王爺一走，慌得叫人抬了肩輿進來。

風荷知道自己幾個弱女子力氣小，命富安喚進幾個清秀的小廝，合力將杭天曜扶到了肩輿之上，一行人急急往凝霜院行去。

太醫很快就到了，來了兩個，診脈、開藥方、清洗包紮傷口。

杭天曜俯躺在花廳炕上，下邊墊了軟和的虎皮褥子，他一直沒有昏迷，清洗傷口的時候很痛，他卻哼都沒有哼一聲，倒是兩個太醫膽顫心驚的。

紫檀木梅花几上擺置著一個汝窯天青釉大瓷碗，裡邊一枝並蒂水仙怒放著，馥郁的香味撲鼻而來，使得風荷焦躁不安的心情漸漸平靜下來。她抬眸去看，小小的黃色花蕊包裹在乳白的花瓣裡，高潔優雅，亭亭玉立似凌波仙子。

院子外面傳來凌亂紛雜的腳步聲，還有隱約的人聲，風荷知道這是太妃、王妃回來了，王妃是一定會與太妃一同到家的，這點她早就算到了。

風荷攏了攏鬢角的珠花，快步迎了出去，雙頰上似乎殘存著淚跡，在泣血般的斜陽映射下越顯哀傷楚楚。

太妃走得很焦急，光滑的銀絲有一綹散在了外邊，格外耀目。王妃愁容滿面，還穿著去魏平侯府時的華服，應該是不及換衣就趕了過來，然後遇上太妃從廟中祈福歸來，兩路人並行到了一處。後邊簇擁著各房的主子婢僕。

風荷奔過去，拜倒在太妃膝下，哭道：「祖母，四爺他還好，讓祖母為我們擔心，孫媳該死。」

她不哭訴王爺的狠心，也不說杭四的慘狀，只用了一個「還好」，又不忘向太妃請罪。太妃又痛又憐，一把將她摟在懷裡，這個孩子，這時候還為了安自己的心把事情輕描淡寫揭過了，換了別個還不知亂成怎樣呢。

太妃放柔了聲音問道：「與妳何干。咱們進屋去，老四到底怎樣了？」

「陸太醫、顧太醫在給四爺包紮傷口，還要一會兒才能出來。陸太醫說四爺平兒練了點功夫在身，是以背部比我們一般人更為柔韌，不然這幾下打下來怕是早撐不住了。」風荷一手挽著太妃的胳膊，一手拿帕子拭了眼角的淚，勉強笑道：「如今受了些外傷，只要好好休養個把月就能痊癒。只是、只是往後要小心了，背上再不能受重物撞擊之類的，不然大羅神仙來了也救不了。」

太妃為免自己進去打擾太醫診治，頓了頓，留在了大廳裡。風荷攙著她坐穩，王妃親自立了靠背，風荷又請王妃及眾人坐。三夫人與大少夫人都是滿臉的焦急擔心，二夫人嘴角微翹，強忍著心中的歡喜，四夫人、五夫人都沒什麼表情，淡淡的詢問。

雲碧帶領丫鬟們斟了茶上來，風荷先敬了太妃，柔聲勸道：「祖母，您趕了大老遠的路，一定疲累得很，吃盞熱茶暖暖身子吧。若四爺知道您為他這般擔憂，他還不知怎生懊惱悔恨呢，祖母好歹疼疼孫媳。」

太妃本不想吃，聞言倒是接了在手，淺啜了一口。

風荷再敬王妃，矮身致歉。「媳婦之前太過掛心四爺之事，等不及與老侯夫人辭別就趕了回來，還望母妃多多為我致上歉意，改日媳婦一定親自去給老侯夫人請罪。媳婦思量著母妃多時不見老侯夫人，定是有許多體己話要說的，不敢前去打攪，請大嫂幫我轉達。媳婦年輕，做事不知輕重，若有不當之處還請母妃多多諒解，為我描補描補。」

些些小事，王妃本不曾怪她，何況聽她說得這般可憐，就是有怨氣也散了，拉了她起身，輕聲細語安慰著她。「這怎麼是妳的錯？老夫人今兒還跟我誇妳大方知禮來著呢。妳也太小心了些，家裡有事，就該趕緊與我說，敘話什麼時候不能敘的，倒叫妳一個小孩子家的一個人又是緊張又是害怕的，說來還是母妃的錯呢。

「王爺也是一時氣急了，才會下手重了些，等老四好了之後，妳好生勸勸他，別記掛在心頭。王爺豈能不疼自己的親生兒子，奈何事情發生了，咱們家不做點表示，恭親王府那關過不去，於老四的名聲也有妨礙。妳是個清楚明白的孩子，這些話我不說妳也是能想通的。」

風荷正欲再說兩句客氣話，太妃已經接過了話頭，語氣頗為不善。「親生兒子？都往死裡打了，我看他是有了別的好兒子，這個兒子有沒有都無所謂了。要不是老四媳婦趕得及時，還不被他一氣之下打死了？」

這話說得不太好聽，王妃窒得滿臉通紅，低頭吶吶不敢言，太妃、王爺都比她高一級，她可不敢說誰的不好，尤其還牽扯到了小五頭上。

二夫人前段時間被白姨娘鬱結在心頭，正是有恨無處使呢，心裡怨怪太妃將人弄進了門，不由冷言冷語。「母妃，您也別太袒護老四了，他都做出那樣事來，再不受點教訓，那不更加無法無天了。咱們府雖榮耀依舊，到底在親王府面前還是低了一等的，可別叫老四連累了闔府之人呢。」

「哼，我有問妳的話嗎？」太妃狠厲地掃了二夫人一眼，攬了風荷在懷哭道：「孩子，妳不知道，老四他身世堪憐，不怪我多疼著他些。華欣早早去了，扔下只有三歲的老四，王爺整日為國事操勞，家中之事就不大理會，哪還有時間管教孩子。只有我與你們老王爺，將他帶在身邊，偏這孩子又愛病，時不時頭疼腦熱的，可把我和老王爺嚇得半死。

「好在這孩子終究是個有福的，硬生生撐過了這些年，眼下又娶了妳進門，我只以為好日子來了，歡歡喜喜等著抱你們的重孫。倘若老四今兒不慎被他父王打死了，我也不用活了，老王爺臨走前最放心不下的就是老四，對我千叮嚀萬囑咐的，我沒有護好老四，便是到了地下也無臉見老王爺啊。」

太妃哭得可憐，絮絮叨叨攀扯出十幾年前的舊事，字裡行間無一不是對杭天曜的看重，甚至還抬出了老王爺來。這些話，她自不用當著王爺的面說，太傷王爺臉面，但難道還沒有人傳過去嘛。

風荷聽得仔細，如果太妃此話當真，那麼當年老王爺一定是有意讓杭天曜作世子的，可惜老王爺去得早，沒有及時定下此事，才會引出那麼多的麻煩。不過話又說回來，要是那時候杭天曜的世子身分就定下，那麼被剋死的怕不是他先頭兩個未婚妻，而是他自己了。

風荷靠在太妃懷裡，陪著太妃默默流淚。一屋子人都嚇得不敢吭一聲，這個時候，誰說誰錯。

好一會兒，花廳裡傳來動靜，陸太醫、顧太醫聯袂而來，俱是一臉疲憊之色。

太妃慌忙給二人讓座，不等二人開口就急著相問：「兩位老供奉辛苦了。我那孫子怎樣了？」

「太妃娘娘放寬心，四少爺吉人天相，沒有太傷到筋骨，只要好生調理，不出兩月就能痊癒。但是往後不可大意了，四少爺的脊柱地方很有些脆弱了，再禁不起這樣的打擊。不然，輕則無嗣，重則臥床不起。」回話的是陸太醫，他家祖上就一直在太醫院行醫，醫術了得，曾去董府為董夫人看診，風荷略略識得他。

顧太醫一邊聽著，一邊撫鬚點頭。

太妃聽得面色發青，這就只差了一點點啊，要不是風荷趕回來阻止了，估計再打兩下這個孫子就完了，這教太妃如何不氣不急呢。不過兩位太醫盡心盡力診治了這麼久，太妃還是緩了緩語氣，謝過他們。「多謝兩位老供奉活命之恩，改日待老四好了，一定叫他親自去給兩位老供奉致謝。只是要怎生調理呢？」

顧太醫笑著躬了躬。「太妃娘娘請放心，我們已經細細寫了方子、日常注意事項，交給了裡邊伺候的姑娘，照著方子來就夠了。後日我們還會前來給四少爺換藥的，日後酌情過來。」

太妃連連點頭，又是一番感謝，命丫鬟厚厚賞賜了二人，二人領了賞賜去了。

含秋方才在裡邊服侍杭天曜，這會子出來，風荷對她點點頭，她才走到中間行禮說道：

「太妃娘娘、王妃娘娘、少夫人，這是兩位太醫留下的方子。」

風荷上前接過方子，恭敬地奉給太妃娘娘閱覽一遍。

太妃一面看著，一面說道：「妳自來是個妥當的，有妳在老四跟前我有什麼不放心的。要什麼吃用之物，只管叫丫鬟去我那裡取。這些日子，妳也別每日去給我和妳母妃請安了，老四好起來才是大事。」

「祖母放心把四爺交給孫媳吧。」風荷低眉應是，又看向含秋問道：「四爺歇息了沒有？」

含秋會意，抿嘴笑道：「還沒有呢，四少爺原先很累，就要歇了，後來一聽太妃娘娘來了，怕太妃娘娘為他憂心，心裡悔恨得不行，說要等見了太妃娘娘才敢歇呢。」

太妃一聽，果然高興起來，把先時的驚恐憂懼都拋了開去，起身說道：「那我快去看看他吧，我正懸心著呢，必得親見了才好。」

風荷忙扶了太妃，丫鬟打起簾子，進了小花廳。杭天曜安靜地躺在炕上，見了太妃就要欠身，把太妃嚇得不行，慌忙緊走幾步按住了他。「你做什麼動來動去的，還不給我躺好了。跟祖母說，身上痛不痛？我可憐的孩子，你那父王太狠心了。」說著，太妃已經滴下淚來。

杭天曜強笑著勸道：「祖母，我一點都不痛，打幾下有什麼了不起，以前也常被王爺責罰的。等過幾日，天氣好轉，我就能陪著祖母說說話看看戲了。」

太妃當然知道杭天曜這是寬慰她而已，由此越發心酸，對杭天曜的疼愛添了幾分，真是看得眼珠子一般還重。拿著各種話去開解他，把一應事情囑咐了幾遍，才不安的離去。

杭天曜的確累了，就在炕上睡著了。風荷坐在他身邊，支著手發呆。

天色暗沈下來之時，沈烟才悄悄進來，附在風荷耳邊低聲說道：「太妃娘娘賜了幾道菜過來，奴婢已經賞了來送菜的小丫鬟，打發她們回去了。端惠姊姊說，太妃娘娘請少夫人用完了晚飯過去一趟，有事與少夫人商議呢。」

「嗯，我知道了，時辰也不早了，我叫爺起來吃點東西再睡吧。妳命她們揀幾個爺愛吃的菜，拼個小几放在這裡，我先服侍了他。」風荷直起身子，活動了一下自己的脖頸。

新房裡，糊得都是銀紅色的軟煙羅，外邊薄薄的霧氣，映射出淡淡的緋紅，寧和而又安靜。百合香的香味清甜柔媚，在暖烘烘的炭火催散下，越顯得溫暖薰人，時光彷彿靜止了一般。

風荷輕輕甩了甩頭，拋開那些飄渺無際的胡思亂想，坐在炕沿上，柔聲喚著杭天曜。

「爺、爺，天黑了，咱們先吃點東西吧，一會子再睡。」

杭天曜朦朧迷糊，覺得睡得很香很舒服，不帶半點戒心。在風荷的輕喚下微微有些發愣，他忽然發現他們似乎在一起已經很久了，久得他足以將她當作了身邊最親近的人。

他展眉而笑，握著風荷的纖手放到唇邊，輕輕一吻，隨即說道：「娘子，我現在受傷了，妳要伺候我吃。」

風荷沒想到他這個情況下還能耍無賴，有些哭笑不得，捏了捏他恢復了血色的臉頰，笑道：「我哪日不伺候你用飯了。你能靠坐著嗎？」

杭天曜點點頭，風荷抱著他的胳膊，含秋從另一邊去扶他，他只不管，雙手摟著風荷的肩膀，借力坐起了些，雲暮快速在他背後墊了兩個又大又軟和的靠枕。

即便這麼個簡單的動作，杭天曜都吃痛得皺了眉，唇角咬得有些發白。

雲碧帶著淺草、微雨、青鈿在炕沿邊擺了兩張小几，安了碗筷，五個清淡的小菜。

風荷親自舀了一碗綠汪汪的碧粳米粥，試了試冷熱，正好，才轉過身來餵杭天曜。杭天曜吞了幾口粥，看著那幾碟子小菜，委屈的抱怨。「為什麼都是這些素的，我不愛吃。」

「太醫說了，吃那些葷的好得慢，你就將就著用些，熬過了頭幾天就好了，那時候我給你好好補補身子。」風荷懶得與一個病人計較，說話比往常和氣了不少，好似在哄一個小孩。

「就吃一點點好不好？」杭天曜扭著風荷衣襟上的帶子，不依。

風荷看著自己鬆散的腰帶，又看他可憐兮兮的樣子，真是有氣沒處使，只得繼續好言撫慰。「你乖乖聽話，明天就給你吃。家裡有野雞崽子，那個吃了關係不大，我明兒就叫廚房給你備著。不過，你現在不好好吃飯，別說明天，接下來五天咱們都吃這個了。」

杭天曜很沒骨氣的被風荷要挾了，乖乖就著小菜吃了兩碗粥。風荷應付完他，自己隨意吃了點，就要命人撤下。

杭天曜看她連吃東西的樣子都比旁人好看，不由得看得發了呆，不解地問道：「妳不吃了?這才多少，回頭小心餓，瞧妳這麼瘦。」

風荷上下掃視了自己一圈，自己瘦嗎？明明就是很好看嘛。她瞪了瞪杭天曜，又與他解釋起來。「祖母讓我用了飯過去一趟，我估摸著有要緊事，你先歇著，我很快就回來的。小火爐上熱了些糕點湯粥，晚上我餓了再用吧。」

「那妳快些回來啊，我要妳陪我說話呢。」杭天曜那是相當的無恥，仗著自己受傷，不怕風荷不給他面子。

風荷撫額，秀氣的眉毛好看的糾結到一塊兒，嘆道：「行，我快去快回。你若是無聊，我叫端姨娘來陪你說說話好不好？她們幾個都掛念著你，方才你睡了我便沒有請她們進來。」

「不用，妳留個丫鬟給我使喚就好。」用意很明顯，這是赤裸裸的討好啊。

於是，風荷留了沈烟、雲碧陪他，自己帶人去尋太妃。

太妃並不在日常起坐的堂屋裡，而是在臥房。黑漆嵌螺鈿花鳥紋的拔步床掛著秋香色的帳幔，屋子裡一色的紫檀家具，華貴中不失大方，威嚴卻又舒適。地龍燒得熱熱的，有如三月的天，穿著普通的夾襖就夠了。南邊窗下一張貴妃榻，設著莽袱、靠背、褥子，太妃斜歪著，有一搭沒一搭與周嬤嬤說話。

丫鬟沒有通報，直接領風荷進了內室，風荷一雙清凌凌的眼睛瞇了瞇，太妃是有重要事情與她說了？

太妃也不讓她拜下去，拉著她一起坐著，問了問杭天曜的情形，知道一切都好之後始安下心來。撫摸著風荷如雲的秀髮，抱歉地笑道：「明兒是妳回娘家的日子，可老四如此，就不能陪妳去了，禮物我都叫人備好了，妳多向將軍和夫人致歉。等老四好了，再叫他陪妳回去探妳母親。」

「祖母，四爺臥病在床，我豈能不顧他獨自回去。我想過了，派我身邊親近的丫鬟回去給我母親捎個信就好了，母親體貼寬容，必會諒解我們的。就如祖母說的，等到四爺大好了之後，我們回去還不是一樣的，也不急在這一時半會兒的。」清脆的聲音裡有一種稚氣未脫的直爽，不帶扭捏。

太妃聽得歡喜，想想孫子此刻還真離不開她照料在前，換了旁人自己絕難放心，只這樣又太不敬了些。想了半日，方道：「我明白妳的心意，但未免有些不敬。罷了，明兒讓周嬤嬤代替你們倆回去一趟，細細與將軍和夫人分說了，希望他們不要見怪。」

風荷含笑抱著太妃的脖子，嬌俏的笑道：「多謝祖母費心為我想著。那就叫我跟前的含秋跟周嬤嬤一塊兒回去，母親倘有要問的，含秋比周嬤嬤也清楚些。」

「很是，很是。還有就是嘉郡王府裡，妳身邊哪個妥當老成些，也要代妳與老四請個安。」太妃見風荷親近她，自然高興，露出了真心的笑容。

「那就讓葉嬤嬤帶著沈烟去，致上我與四爺的歉意，替我們磕個頭。祖母覺得好不好？」風荷對太妃的印象還是不錯的，這府裡難得有個人這麼看顧她。

太妃大略回想了這兩個人的脾性模樣，點頭笑道：「妳說得都很好，就她們倆合適呢。讓府裡的富安娘子陪著過去，免得王府那邊不認識衝撞了。」

「還是祖母想得周到。我身邊的人臉生，王府那裡自是不識得的。」風荷歪了頭，顯得可愛而單純。

太妃想起一事，不由問道：「方才嘉郡王府的世子過來了，這會子應該去你們房裡探望老四了，妳有沒有遇到？」

對，嘉郡王府是先王妃的娘家，世子蕭尚是杭天曜的表弟，上次見過的，他來探望也在情理之中。風荷忙道：「我並沒有遇見，或許表弟與我走的不是一條路。」

太妃臉上的笑容愈盛，這孩子，果然明白，一聲「表弟」多親切的，沒有忘記嘉郡王府才是兩人的正經舅舅家。只是想起蕭尚說的，怒氣仍然湧上心頭，正色問風荷：「妳可知妳表弟過來說了什麼？」

風荷亦是擺正神色，訝異地回答：「孫媳不知啊。」

「唉，都是王爺糊塗了。你們表弟來與王爺和我就今天的事情解釋了一番，那位引起老四與人爭鬥的年輕公子不是梨園中人，人家也是大家子子弟，臨安皇商世家楚家長房的三公子。他是蕭尚的客人，蕭尚有事，就將他託給了老四照料。人家是江南人，風雅慣了，興致一起就在大觀樓玩了票戲，誰知就叫恭親王府七公子瞧見了，便記在心裡。

「老四陪著楚公子在茶樓吃茶，恰好遇上恭王府七公子一行人。那七公子也是個混人，二話不說就要把楚公子帶回他們府裡，妳說老四受人之託豈能坐視不理？兩人一言不合就打了起來，老四年輕，出手不知輕重，把人打重了，鬧出了今日之事。偏王爺聽信了傳話之人的話，以為老四為了一個戲子把七公子打壞了，一怒之下竟要把老四活活打死。」

太妃一面說著，心中還一面生氣，自己生的兒子自己還不清楚，只是心太偏了一些。眼下這會子也有些後悔了，可後悔有什麼用，老四被他打成那樣，心裡如何能沒有一點怨氣呢。這父子間的心結是越來越解不開了。

風荷相信太妃不會拿這種事唬唬她，不過杭四也有錯，太衝動了些，稍稍將人教訓一番也就夠了，回來也該與王爺解釋解釋，沒得白挨打的道理。不過，這話卻不能當著太妃的面說。

她輕嘆了一聲，轉而勸道：「祖母也別惱了父王，父王心裡有四爺才會生他的氣，不然哪有這樣大氣。好在四爺沒有大礙，表弟又來親自分說清楚了，恭親王府那邊更是不會再好意思來怪責咱們家，好歹圓滿解決了此事。」

太妃聽得很是欣慰，是個不會拿捏尊長的伶俐孩子，若是仗著這個事，對王爺存了怨恨，那才糟呢。自己的疼愛固然重要，但自己年紀大了，不知哪一日就閉了眼去了，兩孩子若是一直不得王爺的心，那往後的日子如何是好？

忽又說道：「本是要過了正月收拾你們院裡的小廚房的，現今老四養傷，你們要個熱湯熱水的也不便，我看就這兩日叫下人整理出來吧。想要哪幾個人，妳自己挑好了回給妳母妃就好，要是沒有合適的咱們再去外頭買。」

風荷亦是想提這事，接口笑道：「府裡過幾日還要請吃年酒，會不會太麻煩了些？」

「有什麼麻煩的，那些都是早就準備好的，不差幾個人。」太妃不以為然地說著，這個兒媳婦，別以為她悶不吭聲的，手段厲著呢，偶爾藏拙而已。多少年了，自己還能看不出來？

風荷把心中想妥當的幾個人說了出來。「針線房有個王嬸子，我看她年紀大了，眼睛不好使，在那兒也只能整理整理活計。聽她說原也在廚房幹過，家常菜都會，不如讓她領了我們院裡的廚房管事；她有個女兒，是後花園灑掃上的，我也想要了來，正好我們院裡少了一個灑掃的頭。後門張婆子是個勤快人，讓她給王嬸子打打下手，然後再撥兩個小丫頭過去幫著，也就盡夠了。」

太妃徐徐看了風荷一眼，暗自點頭，拍著她的手道：「這幾個人我看著妥當得很，明兒我會與妳母妃說的，讓她撥到你們房裡。」

風荷起了身要拜謝，被太妃阻止了。娘兒倆便散了。

從太妃院子裡出來，天已經大黑了，凜冽的涼意颳得人臉頰生疼。凝霜院裡燈火輝煌，風荷想到嘉郡王府世子蕭尚可能在房裡，躊躇起來，這麼晚了，見外男會不會不好呢？

第六十章　各方謀動

不等風荷想出個所以然來，院子裡等著她們的青鈿望見了她們一行人，快步迎了上來，屈膝行了禮。

「少夫人回來了。四少爺說少夫人回來了只管進去，不需顧忌這些子虛禮。」

風荷攏了攏斗篷，抿嘴笑道：「妳做什麼在外頭等著，凍著了怎生是好？」

「奴婢是粗人，身子骨壯著呢，哪有那麼容易生病。」青鈿梳著雙丫髻，只戴了兩朵紗花，配著淺綠色的衣裙倒也清秀。

風荷見她穿得單薄，蹙眉問道：「前兒過年賞妳的那件灰鼠皮褂子呢，為何不穿？」

青鈿笑得眉眼彎彎。「何嘗不穿著，方才屋裡熱，就給脫了，如今倒也不覺得冷。」

風荷氣得彈了彈她的鬢角，嗔道：「趕明兒傷了風，吃起藥來妳才嚷呢。」

進了屋，裡間花廳響起一道陌生男子的聲音。「楚澤那小子好一陣氣惱，就差去把劉弘武再打一頓了，他原要跟我一起來看你的，又怕內院裡他不好進來，就託我給你捎了幾膏藥，都是海上來的好東西，你掂量著用吧。」

蕭尚的聲音有些沙沙的，低沈而醇厚，比他實際年齡成熟許多，他與杭天曜在一起很容易讓人誤會他是哥哥，實際上他比杭天曜小了兩歲。

沈烟在內室整理床鋪，雲碧、芰香守在大廳裡，一邊做著針線，隨時聽候裡邊的吩咐。

一見風荷進來，齊齊上前給她行禮，然後褪下她的斗篷，又把熱熱的手爐塞到她懷裡。

「少夫人，有溫著的燕窩粥，要不要先吃點暖暖肚子？走了這一路吹了風，心底裡不舒服吧？」雲碧俐落的把斗篷抖了抖，笑著問。

風荷白皙的臉頰被風吹得有些紅撲撲的，睫毛忽閃忽閃，眨了眨眼問道：「世子爺過來，妳們有沒有依禮招待，可別怠慢了。」

雲碧噘著嘴。「還需要少夫人吩咐，少夫人也忒看不起人了。」說完，就一扭一扭地衝裡間走去，哐噹甩了簾子。

風荷詫異不已，滿屋子掃了一圈，笑問芰香：「妳雲碧姊姊好大的火藥味兒，誰敢給她氣受不成？」

「少夫人不知道呢，雲碧姊姊那是惱上了世子爺。含秋姊姊快去用晚飯吧，再等就涼了，我伺候少夫人就好了。」芰香推了含秋出去，自己只顧彎著嘴笑。

「與世子爺什麼關係？雲碧是被我寵壞了，沒有得罪世子爺吧？」風荷微微揚高了聲音，只是語氣裡絲毫沒有責怪雲碧的意思。

芰香在風荷手底下伺候這些年，她的一個眼神就能明白接下來如何做，忙大聲回道：「世子爺過來之時，雲碧姊姊正在花廳裡給四少爺唸書打發閒悶。世子爺不知雲碧姊姊的身分，誤會了，讚了一句什麼紅袖添香的，雲碧姊姊當即就惱了，黑著臉出來。少夫人，紅袖添香是什麼意思，奴婢愚鈍，還求少夫人教導教導呢。」

說話之時，芰香臉上滿是促狹的笑意，又偷偷睨了花廳的氈簾一眼。

早在風荷進屋之時，裡邊的人就聽到了，原以為她會馬上進來，孰料卻在外邊與丫鬟說起了話來。蕭尚細細聽著，聽到這裡也有些不好意思了，面上泛起薄薄的紅暈，狠狠瞪了杭天曜一眼。

杭天曜非常無辜的撇了撇嘴，眼裡卻是止不住往外溢的笑意。

蕭尚進屋時看見一個面容姣好、身材窈窕的姑娘家在給杭四讀書，又見她打扮得清爽宜人，就當是杭四哪個妾室了，即便不是妾，也是通房之類的角色。何曾想到這是風荷跟前的大丫鬟，就依著一貫的語調打趣了一番。誰知那丫頭倒是脾性大，登時惱了，摔了書，也不給自己行禮上茶的，就走了，後來打發了兩個小丫鬟進來伺候。

杭天曜看得好笑不已，與他解釋清楚，他又是氣惱又是悔恨，他只沒料到杭四這個新夫人這麼大方賢慧，將自己身邊這般美貌的丫鬟留給杭四使。這會子聽到人家在外面告自己的狀，豈能不羞慚？卻伸直了耳朵聽風荷如何回答。

「小蹄子，胡說什麼。世子爺那般尊貴的人物，豈會拿妳雲碧姊姊取笑，不過隨口一句話，倒招了妳們的性子上來。還不給我去看看妳姊姊，別叫她耍脾氣，小心我明兒得閒了收拾妳們。」一柔美舒緩的聲音像是夏夜裡遙遠的笛音，一點點俏麗，一點點寧靜。

芰香聽得滿眼都是笑，只是捂著自己的嘴，不讓笑出聲音來，還要強自鎮定著回話。「奴婢知錯了，奴婢這就去勸勸雲碧姊姊。」然後，一溜煙往後飛奔而去。

風荷止了笑意，估摸著氣色恢復過來，才示意青鈿打起氈簾，儀態萬方的走了進去。

杭天曜慵懶地臥在炕上，蕭尚挺直脊背坐在小圓桌前的黃釉三彩圓凳上，看見風荷進來不由立起身，淡淡行了個禮。「表嫂好。」眼睛看著地面，眼角的餘光卻掃向杭天曜的方向。

風荷忙回了禮，口中招呼道：「表弟過來了，一家子人不需多禮，快坐下咱們好說話。」隨後看了一眼桌上的茶點，只幾樣尋常東西，蹙了眉說道：「丫鬟們無禮，衝撞了表弟，還請表弟看在我與你四哥的面上別與她們計較，等我得了閒再好生處置她們。還站著幹麼，快上新茶來。」

蕭尚聽得越發不好意思起來，耳根後有淡淡的緋紅，頭低得不肯抬起來。

「娘子，祖母與妳說什麼呢，去了這麼久。」杭天曜笑著與風荷招了招手，顯然很滿意。

「不過問問你的情形而已，叫我好生照料你。」風荷緊走幾步，裙襬上的紫玉蘭像是飛了起來，有暗香浮動，飄入蕭尚鼻間。

杭天曜抓了她的手捂在自己胸前，略略皺眉。「冷不冷，出門也不記得帶上手爐，凍壞了可好？」既嗔既喜。

風荷相信杭天曜分明就是故意的，當著他表弟的面假裝與自己恩愛，弄得自己害羞生氣，他好看戲。自己才不如了他的意呢，笑得越發溫柔嫵媚。「爺，快放開。」

吐氣如蘭，輕顰淺笑，杭天曜一下子看得失了神，怔怔地手上抓得更緊了些，想將她摟在自己懷裡。

「爺，表弟與你說話呢。」風荷輕推了推杭天曜，一副賢妻之態，渾然沒了方才的妖嬈。

杭天曜猛地回神，發覺蕭尚嘲弄的淺笑，羞也不是，氣也不是。他本想看風荷失態，卻被她攪了心神，反是自己失態，咬牙在她腕上捏了一把，只用了一成的力。

「那個，表弟，楚澤現住在何處呢，可別叫恭王府的人為難了。」杭天曜咳了咳，掩飾自己的窘迫。

蕭尚面上明顯的浮現出詫異之情，加重了語氣回道：「不是已經告訴你了嗎？他住在他們家在京城的別院中，想來也沒有人敢去那裡與他為難的。」表哥原來真是個好色之徒啊，往日那些並不是裝的。

杭天曜真是恨不得咬斷自己的舌頭，蕭尚才與他說了，他轉眼就問，這說明什麼，哎，自己何時成了個顧前不顧後的人呢。

蕭尚的好戲看得差不多了，夜已深，他留在人家夫妻房裡很是不妥，起身告辭。杭天曜丟了顏面，自然無心留他，希望他走得越快越好，轉而吩咐風荷。「妳代我送送表弟。」

「這是自然，爺等我一會兒。表弟，我就不虛留你了，閒時多來走走，四爺他在家養身子，一個人無趣得很，你們一向交好，還請你多陪陪他。這跟來的人都在哪兒呢？」風荷站直身子，臉上掛著得體的微笑，彷彿之前那個與杭四鬥氣的人不是她。

蕭尚認真打量她一眼，眉心糾結在一處，抱拳謝道：「不需煩勞表嫂，我的人都在二門口等著呢。」

風荷忙道：「既如此，那我叫個小丫頭領你過去。」

蕭尚再一次與杭四道了別，風荷與他一同出了花廳，叫過淺草。「妳伺候世子爺去二門，一定要見到世子爺跟前的人才能回來，回頭再去太妃娘娘院裡，與那邊的端惠姊姊說一聲。」

淺草鄭重點了頭。

「今兒多虧了表弟特來一趟，為四爺辯白，不然四爺他還不知被人說成什麼樣呢。四爺有不是的，表弟看在一家子親戚的分上，別與他計較。」玉色對襟的小襖，勾勒出風荷苗條的身量，在點點燭光掩映下有一種世俗而安寧的美。

蕭尚一瞬間凝了眼，眼中的黑墨深沈得有如浩瀚的夜空，他垂下眼簾，客氣了兩句。「表嫂說什麼呢，表哥自小照看我，我一直拿他當親兄弟待，說話行事難免不避嫌疑。」這說的是自己，更是杭天曜，也是對風荷表明立場。

風荷陪著他出屋，冷氣吹進裸露的脖子裡，不由輕呼了一聲。看到蕭尚沒有穿斗篷之物，忙道：「去把年底給四少爺做的那件貂毛斗篷取來。那是新做的，還沒有上過身，表弟將就著穿過去吧，夜間風涼。」

蕭尚本是要說自己的斗篷在小廝手裡，也不知怎生頓了頓，那句話就沒有出口，反是道謝。

「叫表嫂費心，那我就不客氣了。表嫂快進去吧，有小丫頭送我就罷了。」

聞言，風荷亦不再堅持，看著他穿了斗篷匆匆離去，方才進屋。

晚間，幾個丫頭合力將杭天曜攙到了裡間床上，風荷為他寬了衣，自己才梳洗歇息。一宿無話。

屋子裡不比其他的暖閣燒得很熱，至少也要穿一件中衣加個襖子，王爺一向不喜歡屋裡太溫暖，反而更喜歡清冷些的感覺。

一色黃花梨的家具，大方雅致，擺設不多，偶爾幾件也是以簡潔明快為主，真正值錢的古董反而少見，只有窗下炕兩邊高几上那對釉裡紅的梅瓶是新鮮顏色，招人注目。這樣收拾屋子，不知是王爺的心意還是王妃的心意。

魏王妃在中衣外邊加了一件蜜和色繡牡丹的宮緞襖子，鬆鬆綰了個髻兒，就開始服侍王爺起床。

今兒本就是恭親王府請吃年酒的正日子，王爺又要為了杭天曜的事情去給他們鄭重致歉，不管是誰的錯在先，杭天曜將人打得臥了床就是不對，該有的禮數杭家不能失。

王妃手中揀了兩件衣服，一件是正式的王服，一件是家常作客穿的緞袍，竹青色，滾了黑絲金線繡的邊，低調中透著奢華。她笑得溫柔。「王爺今兒穿哪一件好呢？」

「就那件竹青色的吧，又不上朝，穿那麼正經做甚，叫人見了還以為我故意擺身分呢。」王爺眼窩有點凹陷，精神倒是還好，不過看著沒有什麼情緒。

昨日一時衝動怒打了杭天曜，後來聽蕭尚說了實情，心裡很有幾分愧疚兼赧然，只他是一家之主，不肯輕易低頭，何況認為杭四也應該得點教訓。如今恭王府吃了個暗虧，沒有臉面追究此事，但日後倘若得勢，難保不報今日之仇。雖說四房弟妹是恭親王之女，到底是個庶出的，在娘家說不上多少話，尤其她並不是自己一房的，不好教她兩邊為難。

王妃小心翼翼束著王爺腰間的袍帶，低眉順眼。「王爺，昨兒之事，王爺很有幾分急躁了，老四即便有錯該罰，不至如此重責，如今看來倒是王爺處事不公了。也是老天有眼，叫老四媳婦趕了回來，不然又要如何，我現在想著都覺得無比害怕呢。老四是母妃的掌中寶，疼得什麼似的，有個好歹，母妃那裡又該怎麼辦，老四媳婦年輕輕過了門，咱們不能害了人家閨女。」

王爺凝望著天青色紗窗外朦朧的樹影，有些愧疚，口氣軟了下來。「我也不曾想到。老四一貫愛在外頭胡鬧，我聽了恭王府下人回的話，就當是真，沒想到裡邊另有隱情，不過老四那頓打不是白挨的，他犯了那麼多的錯，打他都是輕了。」

「話雖如此說，骨肉親情，虧得王爺下得去那個狠手，好好一個孩子硬是被你打成那般。我也不是怨怪王爺，不說昨兒之事，就是三年前，老四還與鎮國公家的公子爺使性鬥氣，把好好一個酒樓砸了，那次王爺斥責老四之時，我不是一句話都沒有嘛。類似於此類的事情，王爺做父親的處置老四，連母妃都沒有開口求情，怪只怪王爺昨兒在我娘家吃多了酒，性子躁了。

「你看看，老四媳婦一個小孩兒家，愣是被你嚇成那樣，顧不得內外有別闖了進去。好在家裡沒有外人，都是些下人，不然不是丟了咱們杭家的臉面。老四媳婦那是心急自己爺們，能有什麼錯，有錯也是王爺先錯了。」王爺坐在凳子上，王妃親自給他蓖著頭，輕輕束上金冠，一面勸說。

細細聽著，王爺不由想起這些年來杭四闖的大大小小的禍事，原對他的愧疚之心消了三分，又有些不待見起來。

這個兒子，小時候還好好的，煜兒沒了之後，不但父王，自己也是屬意他襲了王爵的，畢竟皇后娘娘對他甚是鍾愛，沒有不傳嫡子的理。但他自己不爭氣，把小時候的聰明好學全丟了，一味不學好，學人家那些不長進的東西，自己的苦心是白費了。

聖上皇位穩固，皇后娘娘母儀天下，杭家世代效忠皇上，不容更改。小五什麼都好，唯一不好的就是出身。自己不是嫌棄王妃，王妃為人溫柔良善、孝順長輩、友愛弟妹、照顧晚輩，真沒有一點能叫人指摘的地方，但她是魏家的人。倘若讓小五襲了王位，便是自己無心，百官看在眼裡怎麼想，豈能不有誤會，而皇上，真能半點不疑心王府？

更不能說出口的是，自己與華欣夫妻一場，年少結髮，中年陰陽兩隔，她畢竟是自己真正的妻子，伴著自己度過了那麼多艱難的歲月。華欣三個愛子，只剩下一個老四，自己哪裡狠得下那個心，那可是自己唯一的念想了。

王妃從鏡中瞥見了王爺黯淡的臉色，見他默而不答，接著說道：「老四媳婦，無論是容貌氣度能力無一不好，就是身分差了些許，算不得什麼大事。只是咱們府裡，弟妹們、兒媳侄媳們，誰不是出身豪門望族的，老四媳婦的出身比起來就單薄了些。要不是如此，老四媳婦進門之後也不會受了許多委屈，奴才們都是捧高踩低的，當老四媳婦娘家沒人，惹了多少厭事出來。」

表面上看起來王妃似在閒話家常，東一句西一句的扯著，仔細忖度卻有些意思在裡邊。

王爺一面聽著，一面想起，當初若不是老四傳出了那樣的謠言，以至於尋不到門當戶對的媳婦，自己也不會同意母妃去董家提親。如今看來，老四媳婦果然是個不錯的，但就是出身不夠，沒有那個眼界執掌一個王府。

但母妃很器重老四媳婦，要是安心教導她，或許這些也不是問題。哎，老三媳婦出身伯府，小五媳婦是輔國公府的愛女，從這方面而言都遠高於老四媳婦，她日後能鎮得住她們嗎？更何況後邊還有許多長輩呢？

眼下還不到非要下決定的時候，靜觀其變吧。

王爺梳洗齊整，先去了外書房，料理些庶務，才準備去給太妃請安。

待到王爺走了，王妃開始認真裝扮起來，她今天是要去恭親王府吃酒的。玫紅色的對襟狐狸毛滾邊長褙子華貴優雅，很襯王妃的膚色，與她身上的一應配飾相得益彰，既不顯得像暴發戶般無知，又沒有太過素淨。

時間尚早，她先吃了半盞燕窩粥，邊吃邊道：「府裡有沒有送信過來？」

茂樹家的看了看左右無人，方細緻地從衣袖中掏出一個四四方方的信封，低聲說道：「昨兒晚間送來的，那時候王爺已經回房了，奴婢覺得不便，就擅自作主留下了，正瞅著時間奉給娘娘呢。」

「妳做得很對，一切小心為上。」魏氏放下燕窩盞，拭了拭嘴角，接過信封，展開快速拜讀了一遍。然後重新還給茂樹家的，眼神瞄了瞄窗檯下擺著的小小三足鎏金香爐。

茂樹家的會意，立時將信焚毀，只剩下一片灰燼，又拔下頭上的簪子撥了撥，直到看不出一點異常來。

魏氏輕輕摩挲著自己留了幾年的一寸長的指甲，啟唇問道：「三娘，妳說老四媳婦是個什麼樣的人呢？我有點看不透她。」

茂樹家的在娘家排行第三，是打小伺候王妃的，在沒有人時王妃會習慣性的喚她三娘，尤其是王妃把她當自己人看待的時候。當然，能伺候主子幾十年，參與機密的人，絕不可能憑著主僕情分就能行的，他們最關鍵的是敏捷而且服從，不會自己胡亂替主子拿主意。

茂樹家的就是這樣的人，她一邊整理梳妝檯上的散碎首飾，一邊斟酌著說道：「娘娘，恕奴婢說句大膽的話，四少夫人不是個容易對付的主啊。她進了府至今，明裡暗裡使絆子的人不少，但四少夫人幾乎沒有受到一點影響，甚至一舉博得了太妃出乎常人的愛憐。咱們五少夫人進府之時，在太妃跟前的風光都有所不及啊，想來是太妃愛屋及烏了吧。」

「妳說得對也不完全對。愛屋及烏固然有之，更重要的是她身上一定有太妃覺得值得的地方。我過來近二十年，冷眼旁觀，太妃喜歡的是伶俐人兒，伶俐之外還要端莊，柔玉伶俐但缺了端莊，三夫人端莊可惜伶俐不夠，而老四媳婦，她就像是老天爺為太妃量身訂做的，無一樣不合著太妃的心意。」

「不是都說老四媳婦在娘家不受祖母待見嗎，怎麼二夫人好像摸透了太妃的脾性一樣，送了個這麼應景的人來，還差點瞞住了我們。」清晨的光線散落在魏氏依然年輕的臉上，能捕捉到她眼角淡淡的皺紋，而這樣的她似乎有一股子少見的精明。

「奴婢瞧著，二夫人是真心與四少夫人過不去，他們當初怕是衝著四少爺剋妻的名頭去的，孰知事情不在掌控之內。二夫人的用意應該不需懷疑，董家老太太對與曲家有關的人兒都不大待見，好像是糾葛到了幾十年前的舊事中。

「娘娘想必是聽說過的，董家老太爺是曲家老夫人的表哥，二人那時被譽為金童玉女，只不知為何曲家老夫人後來沒有許給董家老太爺，反而許給了曲家老太爺。董家老太爺倒是個長情的人兒，便是娶了妻之後都不忘時時照拂曲家老夫人，甚至替自己長子求娶了曲家老夫人之女。

「人都說董家老太太是個醋缸子，都六、七十的人了，老太爺都沒了，還在吃著沒名堂的醋，幾十年來都是對董夫人不冷不熱的。後來也不知為著什麼原因，董夫人一病不起，還受了董老爺冷落，倒把個家事交給了一個姨娘，大不合禮數規矩。所以啊，奴婢以為，二夫人是董家老太太的娘家侄女，把四少夫人推到咱們家必不安好心。」

茂樹家的又去疊被鋪床，王妃不喜側室姨娘們伺候在眼前，三少爺生母方側妃除了每日請安，其餘都安分的待在自己院子裡，等閒不出來走動，倒是茂樹家的一個管家娘子幹起了小丫頭的活計。

王妃許久不言語，暗自腹誹，難道當日慮錯了，若果然那樣，就是引狼入室了。本是看在董家官階門第都一般的分上，一口應了，如果在老四媳婦身上出了差錯，影響了整個布局，那事情就嚴重了。

越想越覺得可能，自從老四媳婦進門之後，老四雖與以前一樣，但總有些不同的感覺，好似不及過去胡鬧了。二人至今未圓房，難道不是因為老四不喜他媳婦嗎？怪，太怪了。

茂樹家的見王妃不說話，偷偷看了一眼，想起這些年來心裡的顧慮，不由鼓足了勇氣，站到王妃身後，咬牙說道：「娘娘，奴婢有句話不知該不該說，只奴婢思來想去，不說這心下就是難受，今兒就僭越了。

「假設五少爺能繼承王位，那自是千好萬好的。可奴婢冷眼看來，五少爺太過單純良善，五少夫人又不是個有心機的，怕是日後執掌王府不易呢。相比而言，四少夫人與四少爺都不是善茬，若想要掣肘五少爺，以咱們五少爺的簡單心性，只怕有些吃力啊。」

「唉，妳說的我何嘗不知，一個老四就叫我忌憚了許多年，還有老三在邊上虎視眈眈，我豈能不為小五憂心？柔玉家世好，但太浮躁沈不住氣，比起手段謀算來連老三媳婦都不是對手，何況是老四媳婦了，是我當時想差了。」王妃的秀眉擰得緊緊的，雙手揣成了一個拳，指節上隱隱泛白。

茂樹家的觀察著王妃的臉色，知道她有幾分聽進去了，繼續勸道：「咱們家是何等樣人家，即使沒有那個王爺的頭銜，五少爺還能沒有好日子過嗎，那樣反而更加自在些。何必為了那個吃力不討好的虛銜，整日籌劃謀算呢？」

這句話說得實在太重了，以她一個奴僕的身分，是打死都不敢說的，但茂樹家的還有兒女，她不想賠進自己一家子，少不得拚了命說出口，能保住眼前的富貴已是極好的了啊。

王妃果然凌厲地掃了她一眼，卻沒有多加斥責。她自己私下不是沒有想過小五分出去單過，憑著自己手中積攢的銀錢，保管他們過得比在王府還要舒坦，可是權勢不容人啊。便是她想放手，他們也不容她放手，只能拚一口氣走到底了。

與王爺夫妻十幾載，王爺的性子成算她是勉強猜到幾分的，王爺何嘗不是疑著她，不然早就堅持立小五為世子了，可他不開這個口，以至於王府世子之位懸了幾十年。要等到王爺定下主意，除非老四沒了，王爺才不得已立小五。自己卻沒有膽量下那個手，先王妃的三個兒子都沒了，叫旁人怎麼看她，十停人有九停都會懷疑她這個繼母的，那時候還白白背了黑鍋呢。

「這個話我不想聽到第二次，妳自己經心些，不然連我也救不了妳。」茂樹家的不會背叛自己，必要的敲打卻不能免。

茂樹家的唯有在暗中嘆氣了，謀了十幾年，她當年那個爭強好勝的心歇了一大半。

風荷起了個大早，也不驚動杭天曜，領了人到前院，一一吩咐眾人辦事。含秋、芰香收拾了風荷自己送給董夫人的體己東西，做了四個包袱，讓她們一會兒跟著周嬤嬤一起回董家，董夫人問什麼，她們照實說，不用藏著掖著，反招董夫人擔心。又理出自己送給嘉郡王府王爺、王妃、世子、世子妃的禮物，囑咐了葉嬤嬤、沈烟幾句話。

這邊規整停當，就到卯時三刻了，風荷見時間不早，就去服侍杭天曜起床，今兒怕是還有許多人要來探望呢，總不能不叫他們見到正主。

杭天曜在風荷起身之時就醒了，只是有點貪戀溫暖香滑的被窩，不想起來。而且他還想著一會兒風荷回來，再陪他睡個回籠覺呢。

帳幔揭起一面，杏子紅的綾被，有一角垂到了地上，有一種香豔旖旎的氣氛，杭天曜躺在床上，巴巴地望著進來的風荷，可憐得像個被遺棄的孩子。

風荷知道他受了重傷，自己動不了，心下一軟，笑得很甜。拉了拉被角，給杭天曜遮得嚴嚴實實，只剩下一個頭在外面，自己斜倚在大紅迎枕上，柔聲問他：「被子掉了怎麼不叫丫鬟，你受了這麼重的傷，身子本就虛，再傷了風那可如何是好？想要起身了嗎，我叫丫鬟進來幫我一把？」

杭天曜揉弄著風荷才梳好的髮髻，扳過她的臉來正對著自己，不悅的嘟囔。「娘子莫非嫌棄我，一大早的就丟下我走了。」

風荷很想問他一句——爺，你確定你今年二十四了嗎？不過看在杭天曜這幾天很乖很聽話的分上，她決定忍了這口氣，人不都說生病的人不可理喻嗎，自己何必跟他一般計較。還得細聲細語與他解釋：「一會兒要打發人去給我母親、嘉郡王府上請安拜年，是以我先去安排一下，省得忙亂不堪。我怕你要多休息，才沒叫醒你的。」

杭天曜點著頭，很快又換上不快的聲氣。「那娘子今兒要出去，不管我了？」

「我哪有說我要出去，你這樣我怎能放下你不管，有丫鬟們代我們走一趟就好了。只是等你好了之後，咱們要親自登門賠罪才是。」粉嫩的唇瓣像春日含苞待放的玫瑰花瓣，誘人遐想聯翩。

杭天曜忽然興起一股採擷的衝動，可惜背上的傷勢由不得他，只能強迫自己移開了視線，顫聲說道：「那就好，娘子，我要起來了。」

風荷簡直想要歡呼出聲，終於把這個少爺哄了起來，忙喚人進來，伺候他更衣梳洗，然後送到了昨日的小花廳裡。風荷不喜歡很多人進她的臥房參觀，那樣她會渾身不舒服。

還沒等他們坐穩，幾個姨娘就一起到了。風荷也不待杭天曜開口，就擺手命人帶她們進來，杭天曜微有訝異，看向風荷的眼神就有些不善了。

端姨娘一如既往的端莊穩重，只是眼裡有一絲擔憂；雪姨娘與純姨娘沒有太大的反應；媚姨娘和柔姨娘就不同些，雙眼紅通通的，眼睛下邊有一圈明顯的黑眼圈，形容憔悴。

尤其是柔姨娘，一見杭天曜，眼裡的淚就嘩啦滾落，又是心疼又是焦急。

風荷一概視而不見，那是杭天曜的妾室，不是她的，她沒閒工夫日日陪她們上演妻妾和睦的戲碼，有杭天曜一個主角就夠了。

問了安，柔姨娘怯怯地看了風荷一眼，雙眼再一次直勾勾盯著杭天曜，顯見的很想近前說話，只是她不敢。風荷又好氣又好笑，這副害怕自己的樣子倒是裝得十足十啊，扔下一句「妳們陪爺說說話，我還有事。」就頭也不回的出去了，快得杭天曜想叫都沒來得及，望著她的背影惱怒在心頭。

「雲暮，妳把早飯送進去，請姨娘幫忙服侍爺用了。妳們都快去吃飯吧，回頭都有得忙，別耽誤工夫。」風荷可不打算一會兒叫大家餓著肚子辦差。

聽到雲暮傳的話，杭天曜登時目瞪口呆，這個董風荷，剛說了要好好照顧自己，一眨眼就把自己扔給別的女人，她自己去自在。杭天曜牙根有些發癢，要是風荷現在站在他眼前的話，他一定不管身上的傷勢，狠狠咬她一口以出氣。

早飯後，風荷要的幾個小廚房的人都來報到了，簡單給她們安排了一下，就下去收拾了。

一會兒，太妃帶著王妃來探病，然後是各房的夫人，接著是各房的少夫人，再是各房的小姐們，最後是三少爺和五少爺。等到將這些人全部打發走，已經是午錯時分，風荷累得有些直不起腰來，臉都僵了。

第六十一章　狐狸尾巴

用過午飯，打發了杭天曜午睡，風荷歪在繡房裡那張美人榻上，聽著葉嬤嬤、沈烟、含秋回話。

「大少爺以為少夫人今兒會回去，一直等著，後來聽說四少爺不方便出門，可能過幾日會來探望呢。」含秋笑得眉眼彎彎，只要春闈大少爺能高中，少夫人在娘家就不怕沒人了，夫人那裡也能放下心來。說起來，大少爺不像杜姨娘生的，一點都沒有壞心眼，對少夫人實心實意的，真是難得。

在家時，風荷總會不自覺地疏遠華辰，但心裡是一直把他當自己親哥哥的；眼下離了家，又有些後悔，聚首時不珍惜，從此後就是真正的遠離了。不由心下發酸，揉搓著衣帶，輕聲應道：「妳也不推了，左右沒什麼大事，何必勞他走一趟，他眼下忙於春闈都來不及呢。」

含秋笑著去給風荷揉捏肩膀，語氣溫婉。「奴婢何曾不勸著來著，只大少爺說讀書不在一時，他心裡有數著呢。請少夫人保重身子，別太勞累。」

風荷是知道華辰的實力的，並不為他擔心，不過是厭惡老太太、杜姨娘又要借此說話而已，好在她們對華辰還是疼愛的。微揚起頭，挑眉問道：「夫人那邊妳們瞧著如何？杜姨娘有沒有苛待她？」

含秋聽了，倒是越發歡喜起來，連連說道：「少夫人不知道，夫人就像是換了個人似的，身子也好了，脾氣也硬了。杜姨娘想將少夫人送與夫人的禮物扣下，被夫人撞見，當面諷刺了一頓，羞得杜姨娘恨不得找個地洞鑽進去，雖回了幾句，到底沒有占便宜。奴婢看得又歡喜又激動，夫人是想通了，往後少夫人再不需為夫人懸心。」

「果真？這樣最好，我就說母親總有一日會明白過來的。」說到這兒，眼圈不由紅了，母親能作出這樣的改變，怕是為了給自己在娘家撐腰吧，不然以母親對父親的態度是絕不願插手董家之事的。自己真是不孝，出了門還要母親在背後操心。

「少夫人莫要想差了。不管夫人初衷為何，這樣總比受老太太、杜姨娘的氣要好，只要夫人振作起來，依然是董家名正言順的當家夫人，看誰敢給夫人臉子瞧。少夫人應該好生與四少爺過日子，那樣就是最讓夫人開心的事了。」葉嬤嬤攬了風荷的肩膀在懷，撥弄著她耳畔的碎髮，慈愛的勸著。

風荷也是一時高興兼憂慮，私下還是認可董夫人的做法的，忙點了點頭，笑道：「嬤嬤說得極是，瞧我都糊塗了。等過幾日四少爺身子好一些，我還是回去看看母親，那樣她才能真正安心。」

葉嬤嬤亦是笑著。「正是這話。時間還早，少夫人要不要打個盹，忙了一上午累壞了吧。」

風荷還沒應好，簾子被人揭起，芰香輕手輕腳過來，低低笑道：「咱們家大少爺和曲家表少爺都來了，太妃娘娘命周嬤嬤領了他們過來，少夫人快出去迎一下吧。」

「啊」的一聲輕呼，風荷沒想到二人來得這樣快，急急下了榻，讓丫鬟理了理自己的衣衫首飾，卻來不及換上待客的衣服，快步出去。

從繡房到大廳要穿過杭天曜休息的花廳，幾個人儘量放低了聲音，誰知還是驚醒了杭天曜，他揉了揉睏酣的眼睛，隨口問道：「娘子不歇一會兒嗎？這是要去做什麼？」

風荷只得停住腳步，上前給他拉了拉被角，淺笑吟吟。「是我大哥和表哥過來了，你好生躺著就好，我去接他們，一會兒再來與你說話。」說完，風荷就要轉身離去。

杭天曜身上受了傷，手倒是很快，一把扯住了風荷的衣袖，嗔道：「妳急什麼，不過多幾日沒見妳大哥，好歹換件待客的衣裳，這樣子太隨意了。」

風荷訝異，上下檢查了一番自己的衣飾，珍珠粉的素絨繡花小襖，淺洋紅貂毛領的半臂褙子，翡翠撒花洋縐裙，髮飾只有一根翡翠鑲明珠的流蘇簪。雖然不是很華麗，但見親眷絕不至於失禮啊，不然葉嬤嬤早就提醒自己了。她將視線投向葉嬤嬤幾人，四人都是疑惑不解，還要正式到哪裡去，何況人都快進院子了。

「上次看到妳有一件正紅色團花錦緞的褙子，就很好，只戴一支簪子也不夠，太素淨了。」杭天曜對於風荷的遲鈍很不滿，只得細心教導她。

那是件相當華麗精緻的正式衣裳，只在祭祖、進宮等場合才有必要穿，平白無故的實在有些招人眼了。風荷不知他又發了什麼瘋，想著如何說服他，外邊已經傳來丫鬟們給董華辰、曲彥的行禮問安聲。

等不及與杭四解釋，風荷已經快速從他手中扯出了自己的衣袖，趕緊迎了出去。客人來訪，總不能留幾個丫鬟在前頭伺候吧。
杭四看著風荷的背影，氣得想要跺腳，卻使不上力。
董華辰與曲彥都是一色的富貴公子哥兒裝扮，喜慶但不是清雅，旁邊是周嬤嬤領路，身後跟隨的是太妃院子裡的小丫鬟，手裡提了許多東西。
「大哥、表哥過來了，快請裡邊坐。」風荷的笑聲裡多了一絲真誠，又對周嬤嬤道：「嬤嬤辛苦了，進來歇歇腳吧。」
「少夫人說笑了，這還不是奴婢的本分。太妃娘娘那邊離不了人，老奴要回去看著些呢。太妃娘娘說，請少夫人好好招待大舅爺和三姑爺，別叫下人們怠慢了。這裡邊是兩位爺帶來的禮物，少夫人叫人收了吧。」周嬤嬤是太妃跟前最得臉的人兒，尋常人沒有這個本事讓她領路，看來是太妃非常看重董華辰和曲彥了。
風荷又謝過了二人，命雲碧送了周嬤嬤出去，自己與二人進了廳裡。
大家分賓主坐下，丫鬟上了茶來。
曲彥先就說道：「事情我們都聽說了，好在四哥沒有大礙，妳放寬心，自己也要好好保重身子。」他是隨杭芸稱呼的。
風荷頻頻點頭，又疑惑地問道：「早上我一直在等表嫂回來，她怎麼沒來？可是身子重了？」
「那倒沒有，只她有些反應過大，整日吃了吐吐了吃，瞧著沒什麼精神，不敢叫她出門，怕坐了馬車越發厲害了。我一早就命人送了信過來，說好她安穩之後，我再過來的，不想就拖到了下午，倒是不敬了。」在場的都是自己人，便是董華辰，曲彥也是不拿他當外人的，皺著眉說了。

杭芸自從懷孕，身子就消瘦下來，叫他焉能不擔憂。

風荷聽著也是浮上焦急，婦人懷孕正是最關鍵的時候，倘若現在就這麼不好，生產起來哪裡還有力氣。忽地看到董華辰，想起母親無意間說過的話，笑了起來。「我聽母親說過，我們家杜姨娘懷大哥之時，害喜害得也嚴重，後來老太太不知從哪兒聽來的，叫多給她吃新鮮水果，沒想到竟是極有用。杜姨娘吃了並沒吐，過了些日子就好了。

「本來冬天瓜果之類的有些涼，不該多吃，但少吃一些想來無事，表哥不如讓表嫂試試。或者再問問太醫，太醫說是無妨就沒大礙。只是，這個時候新鮮瓜果不好得，咱們只能盡力去尋一些過來。」

董華辰自己是沒有聽說過這些事的，聽到扯到他頭上，就有些不好意思，低了頭不說話，反正他一個大男人的自是不懂這些。

曲彥很有些相信，打算回去先給杭芸試試，有用最好，沒用也罷了。

花廳裡，杭天曜遣了小丫鬟過來問道：「四少爺問，大舅爺和三姑爺來了沒有，來了請進去陪他說說話。」

二人臉上都浮上紅暈，他們是來探病的，病人沒有看到，倒是先說了起來，有些無理。

風荷看二人神色，忙道：「四少爺悶得久了，正盼個人與他說說話，好在大哥和表哥來了，咱們過去說也一樣。」

杭天曜依然歪著，臉色略有些發白，倒襯得他原本俊逸的臉龐更加清秀了，有濁世佳公子的感覺。

問了安，杭天曜笑得比平時都和氣。「煩勞大哥與表哥過來看我，我心裡忐忑。」他卻是隨著風荷稱呼二人。

二人與他也是時有交集的，不由愣了半刻，杭天曜被他父親一頓打打得開了竅不成，性子都轉了個，真是奇了。齊齊笑道：「妹夫說的什麼話，你安心靜養，有事只管交給我們去辦。」

「從前的事都是我胡鬧了，這次知道怕了，我一人受傷不打緊，反而累得祖母、父母、兄弟姊妹們為我忙活，連親戚朋友都驚動了。尤其是風荷，白天黑夜的照料我，這幾天都瘦了，看得我是心疼不已。兩位哥哥都請放心，日後是再不敢了。」他一面說著，一面用溫柔款款的眼神深深凝視著風荷，柔情萬千。

風荷一身雞皮疙瘩冒了起來，這個杭四，又發什麼瘋，難道是想讓自己家裡人放心不成？

他那樣特別的舉動，那兩個男的怎麼會不注意到，神色變得認真起來，特別是董華辰，輕輕看了一眼風荷，然後審視地望著杭天曜。傳說中的風流四少，難道會對風荷鍾情？雖然風荷的確配得上任何一個男子對她鍾情，可是杭家四少，絕對不是這裡邊的任何一個，就他那花花性子，能鍾情幾個月？

曲彥看華辰不說話，只得接過口。「你也不用難過，只要你好好的，表妹還有跟著你享福的時候呢。」

杭天曜一下子顯得愉快起來，黑亮的眼睛極為有神。「表哥說得是，一定謹記表哥的教導。」

這下子，連曲彥都有些接不下去了，這樣的杭四少，他沒見過，實在是難以應付啊。

風荷聽得有些不可置信，怕杭天曜繼續做出什麼有違常理的事情來，忙笑著用帕子包了一個玫瑰餡的水晶糕遞給杭天曜。「趁熱嚐嚐，你不愛吃甜的，這個味道我吃著倒是清甜爽口。哥哥與表哥也嚐嚐。」

杭天曜並不去接過糕來，用委屈的眼神斜睨著風荷，風荷大感頭痛，還得裝出賢慧的樣子餵他，他吃得很香的樣子。

「妹妹，那個秋香色團花的包袱裡有一小包芙蓉花蕊，我親自收的，乾乾淨淨沒叫人碰過，妳到時候叫丫鬟收仔細了。」董華辰覺得乾坐著看杭天曜欺負風荷很是不快，轉了話題，語氣親暱隨和。

「哦，哥哥費心了。雲暮，妳親自去看看，把它揀出來放到我房間裡那個小包角櫃裡，別叫人混忘了。」風荷喜歡收這些花花草草的，或是泡茶喝，或是做糕點時放一些，尤其鮮香可口。

杭天曜冷冷掃了董華辰一眼，到底沒有當場說什麼，畢竟這很正常，沒有可以容人指摘的地方。

曲彥掛心杭芸，董華辰心情不好，很快就告辭去了。

風荷送二人出門，曲彥壓低了聲音與她說道：「恭王府那邊，聽說王爺大發雷霆，把七公子訓斥了一頓，還壓下了此事，沒有鬧到御前，這對咱們也好。但恭親王為人，有些驕矜，只怕不會就此算了，你們更要用心提防，別著了人家的暗道。」

這樣的結果，風荷早就想到了，只是恭親王的城府比她預想的還要深，不但沒有發作杭天曜，還主動壓下此事，看得出來此人是個能忍的，那可是他心愛的兒子被打得下不了床啊。

「多謝表哥提醒，我心裡有數，只望著四少爺日後能少出去招惹這些人。」

董華辰對杭天曜一直沒有什麼好印象，上次甚至還要將他拉到青樓裡去，自己對杭天曜是能離多遠就離多遠的，偏偏他娶了自己最心愛的妹妹，是恨也恨不得，惱也惱不成。終是用無比親切的語調說道：「倘若他敢欺負妳，妳回來告訴我，我不會就此放過他的。」

「嗯，妹妹知道兩位哥哥心裡掛念妹妹，我挺好的，如果受了委屈一定不會自己嚥下的。」一瞬間，風荷有種落淚的衝動，她在杭家，從來不是獨自一人的，只望著日後不要牽連他們就好。

送走二人，風荷又回了太妃那邊稟告了一下，太妃留她坐了一會兒，才放她走。

因是年節裡，杭家到處都是張燈結綵的，好不熱鬧，尤其初七就是杭家請吃年酒的正經日子，如今各處都收拾得乾淨俐落。

此時正是申時初刻，初春稀薄的陽光微弱地灑在地上，沒有多少熱度，好在沒有風，並不太冷。院子裡的花木都一如冬天的蒼白枯萎，半點沒有春的音訊。順著蜿蜒的曲廊，風荷信步與丫鬟們慢慢踱回去，以前杭天曜極少回來就罷了，現在要她每日每夜面對著他，她還真有些不習慣呢。

從後門離開太妃的院子，繞過一個小抱廈就是凝霜院了。風荷一行人在抱廈拐角處被人堵住，是大姑奶奶杭明倩。

大姑奶奶是在杭家過的年，也就不用回門了。她對風荷一直沒有好氣，每次見面不是冷哼就是熱諷，偏她是客人，風荷不想得罪了她招了話柄。

今兒倒是稀奇，大姑奶奶見到風荷之時，臉笑成了一朵花，和氣地說道：「老四媳婦是從母妃那裡出來嗎？這兩日妳照顧老四也辛苦了，要多休息啊。」

風荷提起戒備心，謹慎地看了一眼前後，亦是笑顏如花。「還是姑奶奶疼惜侄媳婦。怎麼不見秀表妹？」

「她呀，可能去尋瑩兒耍了吧，都一大把年紀了還這麼不穩重，若能有妳這一半，我也就不需這麼操心了。」大姑奶奶十分客氣，甚至上來拉風荷的手。

風荷假意去攏髮上的簪子，避開了她的手，笑道：「姑奶奶太客氣了，我看秀表妹就很好。她與五妹妹那是打小的情分，愛在一處也是尋常的。」

大姑奶奶眼中明顯閃過一絲不耐，卻強自忍著。「正是這話。方才來的是妳娘家大哥和三姑爺嗎？他們真是有心了。」

「不正是，我怕祖母那邊沒有得著消息，想著先去回清楚了。」這個姑奶奶一定有問題，這分明是故意拖延時間呢，她擋著自己回去幹麼，難道是……其實表妹去探望生病的表哥也沒什麼了不起的，於情於理都說得過去，何必這樣藏著掖著的，顯見得是心裡有鬼了。依凌秀的脾性，是不會做出這樣明顯給人留下幌子的事情，定是這姑奶奶自作主張，怕自己回去壞了她好事。

既這樣，自己倒也不急，看她能在眾目睽睽之下做出什麼來，也是時候叫杭四看看他那柔弱可人的表妹的真正面目了。

風荷於是就在半道上，與大姑奶奶拉起了家常，兩人聊得很盡興，其樂融融的模樣。風荷要請大姑奶奶去他們院子裡坐坐，大姑奶奶說什麼都不肯，只說自己坐累了，走動走動最好。

直到有小半個時辰，大姑奶奶覺得很疲倦了，才棄了風荷回去。風荷唇角浮上笑意。凝霜院裡，有喁喁的人語聲，透出一股子溫馨。

溫婆子快步上來問候，氣色卻有些不大對勁。「少夫人，大半個時辰之前表小姐來看少爺了，正與少爺說話著呢。」

風荷隨手摘下小指上的一個寶石戒指遞給雲碧，雲碧笑著扔到溫婆子手裡。「少夫人賞妳的。聽說妳家豔丫頭前兒傷了風，如今可是大好了，回了針線房了？」

溫婆子喜笑顏開的接了，袖在懷中，連連應道：「託少夫人的福，都好了。不過針線房的大娘子說這幾日府裡正沒多少活計，就給丫兒多放了幾日，讓她到了初五再回府裡呢。」

「這倒是好。我看了妳家豔丫頭的活計，真是又鮮亮又細密，都比得上雲暮了，哪日也能叫她到我們院裡當差就好了，可惜針線房裡就少不了她。」風荷已經領了小丫頭往裡邊走，雲碧依舊站在院門口與溫婆子敘話，絲毫沒有跟上去的意思。

溫婆子一聽，忙道：「少夫人能看上她那是她的福氣，便是不能來咱們院裡做活，少夫人何時有吩咐了，只管叫她去做。上次雲碧姑娘賞她的那件銀紅小襖兒，她喜歡得什麼似的，日日掛在嘴邊。」

「這有什麼大不了的，我的也多是少夫人賞的，日後得了好的再送與她吧，什麼賞不賞的，咱們都是一樣。」雲碧擺手笑著，又說了幾句，才轉身匆匆回屋。

溫婆子再一次掏摸出戒指來，對著陽光照了照，真是好東西。少夫人是個慈善人，對下人從來不拿臉子，不像有些人，又不是正經主子，就擺起主子的譜來了。方才凌秀進來之時，溫婆子上前請安，凌秀卻是理都沒理，徑直走了進去，連身邊的丫鬟都沒有正眼看她，不過是個守門的婆子。

院子裡伺候的小丫頭們，不像往日那般見了風荷立即報信，都是靜靜請了安，風荷點頭相許，瞧把妳們一個個伶俐的。

雲暮幾個在大廳裡擦拭著擺設器具，風荷略略一數，就知花廳裡應該沒有自己院子的人伺候在裡邊，莞爾而笑，都成了人精了。

「表哥，你到底覺得如何？氣色怎麼這麼差呢，你要是哪裡不舒服就跟我說，咱們又不是外人？」綿軟的語調裡帶著一絲隱約的哭音，嬌嬌怯怯的。

杭天曜有些中氣不足的聲音傳了出來。「我已經說了我很好，妳不必為我憂心，我又不是第一次被王爺打了，妳是早見慣的，怕什麼？」似寬慰又似不耐煩。

屋子裡響起極低極低的啜泣聲，然後好似丫鬟的勸慰聲，什麼「四少爺不知我們小姐昨兒晚上哭了整整一個時辰呢，一整夜沒睡好」、什麼「小姐差人回去翻遍了府裡所有的藥材，將最好的都帶了過來……」等等。

「胡說什麼呢？我何曾哭了，表哥受傷，我做表妹的理應關心，難道還能裝著不知道。」話雖如此說，可是屋子裡的哭聲好似越發大了。

杭天曜滿腹鬱悶，他這表妹，生得弱些也就罷了，還愛哭，從小就愛黏著自己。自己又不好對她惡言惡語，畢竟是親戚家的，回頭動靜大了總是他自己吃虧。他無奈地撫了撫額，溫聲勸道：「好了，妳別哭了。我心裡清楚妳的好意，只是覺得天氣不好，妳不該大老遠來看我，回頭過了病氣又怎麼辦呢？」

凌秀濕漉漉的眼睛猛地一亮，閃過驚喜之情，眼巴巴看著杭天曜問道：「表哥說的是真的嗎？果真是為我好，不是厭煩我。表哥是受了傷，哪裡會過病氣呢。我身體好了許多，才沒那麼嬌弱。」

「雖如此，妳也不能大意了。妳表嫂不在，去了祖母那裡，妳會不會覺得無聊，要不要我派人送妳過去與她們一同說笑。」求妳，快走吧，孤男寡女的算是什麼回事，留下的又都不是風荷的丫鬟，她回頭撞見沒事也當有事。

咦，不對啊，風荷撞見就撞見了，不過是表妹來看我的病情，有什麼大不了的，我怕什麼呢？杭天曜暗暗自問。

凌秀的眼神黯淡下去，扭著帕子，輕聲支吾著。「表哥不喜歡我陪著你嗎？表嫂不在，表哥一個人叫我、叫太妃娘娘怎麼安心，我還是在這兒陪表哥說話吧。表哥，你記不記得小時候，你帶我去園子裡撲蝴蝶的事啊，那次我不小心摔了一跤，還是表哥揹我回了太妃娘娘那裡呢。表哥沒有丟下我不管，我自然是一樣的心思。」

她一面說著，一面偷偷看了杭天曜一眼，雙頰浮上緋紅的霞光，明麗動人。一身剪裁合體的鵝黃色繡纏枝花卉的長褙子，給她添了一分青春的朝氣，洗掉太多太濃的嬌弱氣息，很是靈巧可愛。一雙素手皓白如玉，十指纖長，指尖塗抹著海棠紅，越發襯得白皙透亮。秀髮如雲，綰了一個髻兒，耳旁兩綹碎髮鬆鬆撫在耳後，露出修長的脖頸，點綴著水滴形的耳墜。

杭天曜根本記不得小時候的事了，因為那時候的他離現在太遙遠，卻不能直說出口，只得敷衍著。「是嗎？我想不起來了。」

「表哥全忘記了嗎？我記得表哥愛吹笛，吹得真好，我每次聽著彷彿都要飄了起來。那時候，我就暗自決定，我要學彈琴，然後可以和表哥合奏那曲〈高山流水〉了。可惜，現在我學會了，卻沒有機會與表哥一同……表哥，你若是喜歡的話，我現在就可以彈給你聽。」

凌秀大大的眼睛定定地望著杭天曜，似乎一定要他答應一般。

其實，她又何嘗願意這樣了，她也是大戶人家的千金小姐，可是她的母親自小便在她耳旁嘮叨，要她長大後一定要嫁到杭家去。她本是不願意的，畢竟那些年的教養沒有白學，可是對於四表哥，她心裡一直是不同的，倘若要她嫁給四表哥，她是千肯萬肯的。

誰知，表哥會出了那樣的事，為著那些謠言，為著表哥可能失去的世子之位，父親開始反對了，怕白白浪費了一個女兒。所以，她的婚事才一直拖著，終於拖到表哥娶了妻，證實了謠言的錯誤，而她卻晚了一步，他身邊已陪伴著別的女子。

凌家手上沒有多大實權，有的不過是虛名，沒了杭家作依仗，往後只會愈加沒落下去。而她，一個將軍府的小姐，頂多也就是嫁到京城中等人家去，那不是她的夢想，她要的是留在表哥身邊，與他一同享受世人尊榮。她不能放棄，不能輕易認輸。

那個女子，除了有過人的美貌，又比自己多了幾分優勢呢？論心計、論親疏，她都遠遠不及自己，只要能到表哥身邊，她不信不能奪回表哥。

哼，也太看得起自己的度量了吧，回憶往昔還不夠，竟還要彈琴相娛，風荷覺得自己聽不下去了，戲雖然好看，但是傳出去有礙自己的臉面，還是算了。她整了整釵環首飾，放重了腳步向花廳走去，雲碧親自打起簾子，口裡笑著。「少夫人是一刻也放不下少爺的，回了院子也不歇歇。」

杭天曜聽得一愣，抬首看向門邊，微有些慌亂，手偈促地抓著薄被。

風荷只當不知凌秀也在，先是驚訝，隨即是微笑，忙與她打招呼。「表妹什麼時候過來的，我竟不知道，是來看妳表哥的？」

凌秀一瞬間立起身子，面色繃了繃，很快覺得自己太過緊張了，深吸了一口氣，笑回：「是啊，來了一會兒，表嫂恰好不在。」

「我恍惚聽說什麼彈琴之類的話，表妹是要彈琴給四爺解悶嗎？這可是好，我是個俗人，一向不大懂這些風雅之事，但也愛聽，若能聽表妹親彈一曲那是三生有幸了。」風荷很有興趣的樣子，歪了頭笑問凌秀。

凌秀又氣又惱，她彈琴給表哥聽那是高雅，彈琴給別人聽就是獻藝了，叫她一個大小姐怎肯自降身分做這樣事？只是話出了口，要想收回總有示弱之嫌，此刻卻也顧不得了，吶吶道：「表嫂聽錯了，我不過略懂一點皮毛，哪好在表嫂面前賣弄。早聽說表嫂腹有詩書，可惜一直都沒機會領略一二。」

風荷捂了嘴笑，連連擺手。「表妹太客氣了，咱們府裡誰不知表妹有一手好琴藝，不比我，蠢笨得很。」

杭天曜坐著看兩個女人話裡交鋒，頗為得意，他相當自信的認為兩個女人那是為了他而起的戰事，看來風荷這是吃醋了，表妹今兒算是來對了。知道吃醋就好，還怕收拾不了嘛。

就在杭天曜兀自得意的時候，風荷冷冷瞪了他一眼，嚇得杭天曜有種毛骨悚然的感覺，先別太幸災樂禍了，回頭風荷惱了，自己還得費神哄她。想了想，總算想出個不是很高明的法子來，假作睏倦的叫著：「娘子，我好睏，看來是剛才沒有睡醒。」

「是嗎？那咱們再睡一會兒？」風荷咬咬牙，忍了。

凌秀聽到這樣的話，實在坐不住了，趕緊告辭起身，臨走還不忘對杭天曜關懷備至。

送走凌秀，風荷似笑非笑看著杭天曜，不停上上下下打量他，好像要算他值幾斤幾兩一般，結果說道：「爺，你說我把你賣了能值幾個銀子？」

一語驚得杭天曜被自己的口水嗆住，咳出了聲，半日諂媚笑著。「娘子胡說什麼呢？我是妳相公，賣了我妳怎麼辦？」

「我自是拿了銀子走人，與其把你白送給旁人，我還不如乘機賺幾個脂粉錢，總比吃了個虧好。反正看重你的人多著呢，我要發話下去，保管明兒一早王府外面等候的人能踏平了王府門檻。」風荷越說越氣憤，自從嫁給這個杭天曜，她就沒有一天舒心日子過，防這個防那個，什麼時候小命玩沒了都幫人數錢呢。比起來，董家那點小小的風浪算得了什麼，在董家，她有本事當她的自在大小姐。

杭天曜心虛不已，風荷的臉色太難看，他有些招架不住。軟的不行，就來硬的。「不行，董風荷，妳給我過來，我還沒問妳呢，送個人送了半日，妳都去做什麼了。」

一個媚眼倒是拋了過來，人卻坐在椅子上巍然不動，唇角含笑。

「董風荷，我是妳夫君，妳必須聽我的話。」杭天曜鼓足士氣，決定要一舉拿下她，振振夫綱，免得被她小看了。

可惜那個小女人甩都不甩他一眼，嘟著唇，人家生氣著呢。

杭天曜一計不成又生一計，苦肉計。他做出一副想要起身的樣子，然後哇哇呼痛，人跌回了炕上，嘴裡喊著請太醫。

風荷起初以為他是裝的，後來看他的樣子好像真有些不好，面色發白，額頭冒汗，身子掙扎不動。頓了頓，還是幾步走到他跟前，一手摟了他脖子，一手去給他擦汗，溫柔款款。

「爺，真的很痛嗎？那我去叫太醫？」

杭天曜不等風荷反應過來，已經迅速抱住了她，把她按到在自己胸前，喘著氣道：「是有一點痛，不過為了妳我能忍受。」

風荷知他是哄騙自己，又怕動作大了真傷到了他，輕輕撐起自己身子，可杭天曜不放她，她根本起不來。

「爺，你再這樣，回頭真傷了，我不生氣了還不成嗎？」

「怎麼？妳怕我真如太醫說的損了腰不能人道啊，妳放心，我還沒有與妳洞房花燭呢，可是捨不得叫妳委屈了。」杭天曜吃準了風荷不敢對他來硬的，說話恢復了一貫的風流作態。

「你？關我什麼事，你再不放開我就叫人了。」風荷企圖威脅。

杭天曜笑得開懷，鼓勵著風荷。「好娘子，妳叫吧。人家進來看見，還以為妳這麼急切呢，相公我還沒好妳就主動了，傳出去娘子妳的閨名可不好啊。」

風荷被氣得哭笑不得，掩了怒氣，笑得妖嬈嫵媚，雙手摟著杭天曜的脖子側躺著，往他耳裡吹氣，輕輕呢喃著杭天曜的名字。

杭天曜定力不夠，身上難受無比，手上就鬆了勁，素日黑亮的眼睛裡好似充了血，貪婪的停留在風荷勝雪的嬌顏上。風荷趁他不注意，唰的一下跳下炕來，提了裙子跑出了一丈開外，口裡嬌笑連連。「爺，你歇著，我去廚房看你的藥去。」

妖精，小妖精，勾引完了人就想脫身，等自己好了不給妳點顏色看看，就不姓杭！

風荷才不管你姓不姓杭呢，順手整理了自己的髮髻，裊裊婷婷邁了出去，臨掀起氈簾時還不忘回頭傳了個秋波。

這是一個兩進的小院，坐落在五少夫人流鶯閣之後，靠近後花園一帶地方。粉牆黛瓦，修竹掩映，倒有些江南園林的清麗脫俗之感。即使是冬天，竹葉都沒有萎落，只是發黃而已，兼著那些光禿禿的海棠樹枝幹，一片蕭條之景。

屋子裡全然不同，一派富貴喜慶氣息。糊著玫紅色的紗窗，透出緋紅的燭光，掃去冷寂。屋子裡燒得熱熱的地龍，便是穿一件夾襖都不覺得冷。

正面炕上設著蔥綠纏枝花的靠背迎枕，紅漆六足長方形的炕桌上幾碟子精細糕點，兩杯香茶，升起裊裊霧氣，熏得人眼暈。房子裡瀰漫著一股子好似茉莉的香味兒，有點突兀，不像杭家平日用的香料。

大姑奶奶穿著家常的半新的衣裳，只戴了一只成色尚好的玉鐲，眼中閃過不滿怨氣。「眼下老太婆越來越喜愛那個丫頭了，照這樣下去，咱們秀兒進門是沒指望了，就是進了門也沒有好日子過。可恨秀兒無用，一點本事都沒有。」

坐在她對面的是一個中年美婦，鵝蛋臉、丹鳳眼、櫻唇俏鼻，身材窈窕，笑得和藹。衣飾簡單素淨，都是普通的衣料，一根簪子不過是銀鎏金的，頭髮烏黑，不顯老態。她啜了口茶，聲音圓潤。「妳呀，又耐不住性子了。老太妃喜愛那丫頭不過是一時的，她對秀兒，那是十幾年的喜愛了，豈是那個新來的丫頭比得上的？

「何況這也要看妳們的心誠不誠，倘若妳們心誠，情願做小的，那還怕太妃不應。依著秀兒是杭家外孫女這點，便是做了小也沒人敢小覷了她，她又是與四爺青梅竹馬長大的，還能不知四爺的喜好。到時候，那丫頭還不是妳們說了算的。妳是秀兒的母親，秀兒年紀不小了，妳也該用心為她謀劃謀劃，別耽誤了她大好年華。」

「我心下倒是願意，只妳是知道的，秀兒這丫頭被我寵壞了，心氣高，叫她給人伏低做小，她豈是應承的，反把事情鬧破了大家都不好看。」大姑奶奶想起家中的生計，就憂心不已，凌家不是那等大富大貴的人家，一個落魄的將軍府，在京城真算不得什麼。她那爺們又不比別人會鑽營巴結，一味的吃酒高樂，漸漸坐吃山空起來。

兒子年紀還小，不靠著女兒攀上一門貴戚，他們一家子難道等著喝西北風去。要說京城別的人家，上等豪門看不上自己家世，頂多許女兒一個偏房，中等人家不合自己的心意。與其到外頭給人做妾，還不如就留在杭家，至少親上加親，不怕他們虧待了自己家，那時候兒子的前程也有望了。

杭家幾個爺們，與女兒年紀相合的只有三爺、四爺、五爺，其他房的自己還看不上眼呢。這裡邊，三爺五爺都是正經人，媳婦又有娘家照應，料女兒也討不到什麼好。只一個老四，那是出了名的風流成性，以女兒的品性容貌，拿捏老四是穩妥成的，那個丫頭又沒娘家做靠山，在這裡被欺負了也只能往肚裡嚥。

婦人捂了嘴笑，很有些不以為然的樣子，點了點大姑奶奶，壓低聲音問道：「她不答應妳就算了不成？這有何難，妳使個計，哄住了她，藉機把她賴在四爺身上，杭家是什麼門第，豈會不認帳，一頂花轎抬了來。到時候，妳就等著享女兒女婿的福吧，保妳一世不愁。」

大姑奶奶聽得有幾分動心，可她是個沒心機的，想不出個得用的法子，苦了臉嗔道：

「妳說得倒是容易，青天白日的，怎麼將人賴到杭家頭上？」

婦人托著腮，靜靜想了一會兒，忽地露出了滿意的笑意，湊近大姑奶奶耳邊，低聲耳語了幾句。

大姑奶奶越聽越滿意，眼裡發出了綠幽幽的光，一副躍躍欲試的模樣。

鐘敲了二鼓，婦人起身告辭。大姑奶奶親自送出了門，婦人只隨身帶了一個極幼的小丫頭過來，憨憨的，什麼都不懂，主僕二人只打了一個尋常的燈籠。

凌秀釵環盡去，只著一身水紅色的裙兒，伏在床上，閉目沈思。自己今兒被母親逼著去與四表哥訴說衷腸，自己一個女孩兒家的，那種話怎麼說得出口，若被董風荷聽到了，自己還要不要做人呢？沒有辦法，自己只得暗中試探了一番，不料沒有得到一點有用的信息。

四表哥的心思著實難猜，從小到大她都沒有看透過，似對她有情又似對她無情。要說無情，為何小時候對自己最是照顧；要說有情，今兒自己被董風荷搶白，他一句話都不曾說。

下人們傳言四表哥與董風荷關係疏遠，怎麼自己看著渾不像這麼回事兒呢，兩人之間明明看著不錯啊，絕不至於下人們說的那樣不堪。如果是真，那自己即使嫁與了四表哥，也沒什麼意思。

可是，不嫁給四表哥，自己還有什麼未來呢？父親母親是打定了主意拿自己攀附權貴的，不是四表哥，換了沒見過面兒的、長相一般的、老邁的，自己不是進了狼窩嗎？這般比起來，四表哥倒是最好的選擇了，府裡的人都是盡識得的，不怕他們不賣自己三分顏面，四表哥模樣好、體貼人……

罷了罷了，如今想這些又有什麼用呢，四表哥已經有了董風荷，難不成叫自己做小，自己是萬萬受不得這個氣的。就是自己願意，杭家沒有這個意思，自己還能上趕著給人做妾不成？

四表哥啊四表哥……

第六十二章　甕中捉鱉

接下來幾日，杭家其他人，各自分頭忙著去吃酒領宴，就太妃極少出門，然後就是風荷與杭四兩人，每日關在凝霜院裡養傷。

很快，這日就是初七了，京城多半權貴都收到了杭家的帖子，照往年的情形至少有八成的人會來，皇后娘娘娘家的面子還是要給的。

王府東邊舊院招待的都是杭家本家族裡的族人，杭氏一族祖籍臨安，在京定居也有近百年了。如今，臨安舊籍尚有不少族人，京城族人也甚多，不下四、五百。王府這邊招待世交親友，一進二進院落是男客，裡邊三進四進待女眷。開了整整八十台席面，人來人往，熱鬧非常。

虧得王妃一個人竟能料理得妥妥貼貼，不見一絲忙亂，下人們都有條有理，負責迎客的迎客、茶點的茶點、使喚的使喚。

四大親王府，只有一個和親王主母抱病在家，王爺愛修道，等閒不理紅塵中事，沒有人來，餘下都來了。郡王府亦是都齊了，六大國公府來了五個，還有許多權臣、侯府，不一而足。

杭天曜的傷勢好轉許多，不用成天躺著，能勉強出來走動一下。太妃怕他悶著了，允了他幾個素日結交的好友到後花園陪他一處吃酒，另開了一個席面。當然，杭天曜自己是不能沾酒的，取個樂子而已。

本來，太妃是有意趁著正月裡吃酒的機會領風荷認識認識京城的貴族女眷，讓她多交幾個閨中好友，方便日後行事。卻因王爺責打杭天曜一事，導致風荷不能出門，太妃心裡有氣，除了自己娘家英國公府、嘉郡王府、頤親王府幾家親近的，其餘都推了。今兒王府自己的宴請，自然是一個絕好的機會，反正老四那邊有丫鬟伺候，太妃一大早就把風荷帶在了身邊，親自招待身分最尊貴的那些女眷。

女眷們從來都是愛八卦的，何況是古代女子，除了相夫教子、料理家事，就沒有任何消遣，閒時不是東家長就是西家短的。杭四一向在京中有很高的知名度，上自太皇太后後妃，下到街邊大嬸小娘子，幾乎人人都聽過他的出奇軼事，怕是只有養在深閨的小姐不知杭四為何人了。

杭四娶妻，更是一段值得人們津津樂道個把月的大喜事，從他先頭的兩個未過門的未婚妻，到他房中那些美妾，還有青樓酒肆裡他的身影，都再一次被人翻了出來。不過，人們最感興趣的還是他的新夫人，誰不想看看那個命硬得能破了杭四剋妻命理的女子呢？

這些大家子太太，都眼巴巴等著今兒呢！聽說進門就不招杭四待見，想來就是個容貌醜陋性格粗鄙的女子，武將世家能養出什麼嬌滴滴美怯怯的小姐嗎？董夫人大病之後，風荷輕易就不出門，她社交的圈子只有少數的幾家親眷，像這種上層社會貴族階層，原先並不多有來往，不然眾人也不會誤會她了。

「什麼？這個就是杭家四爺新娶的夫人，這樣好模樣。」

「董家了不起，能教導出這般知禮大方的小姐，從前倒是小看了他們。」

「還是太妃娘娘有眼光啊，不聲不響把人定下了。」

女眷們三五一群，嘰嘰喳喳議論著太妃跟前淺笑吟吟的新媳婦，時不時把目光在風荷身上溜一圈，繼續品頭論足著。

太妃對這樣的結果很是滿意，露出了幾天來最真心的笑容，只要風荷能得到這些貴婦們的首肯，就為杭四加了一把力，她更加殷勤的給人介紹風荷。

賀氏陪著王妃在前邊迎接貴客，王妃怕人多衝撞了蔣氏，將她安排在太妃身邊，就在太妃身後幾步裡置了一椅一几，擺著幾樣精緻茶點。

蔣氏看著太妃對風荷的親熱勁，心裡就有些不是滋味，在這之前，她是太妃最寵愛的孫媳婦，自從董風荷嫁到了杭家，就奪走了太妃的視線，即便她懷了杭家的子嗣都敵不過風荷。她打小受寵，心高氣傲慣了，眼見眾人都奉承著風荷，越發不快，卻不好在大庭廣眾之下表現太過，只是神色懶懶的。

輔國公府上今兒有個本家堂親娶親，是以不能來，蔣氏更覺冷落。

太妃以為她是累著了，命丫鬟送她回房歇息，午飯時再去請她。蔣氏在家中排行第三，是么女，兩個親姊姊，一個嫁給了順親王世子為世子妃，一個遠嫁金陵望族俞家做當家主母。大姊順親王世子妃隨了他們王妃一同過來，聞言不由笑道：「既如此，正好我送三妹回房，與她說說話。」

太妃自然應了，命丫鬟們好生伺候著，不得怠慢。

蔣氏很聽太妃遣來的郁媽媽、秦媽媽的話，屋裡沒有薰香，折了些時鮮花卉插瓶。羅漢床兩旁的高几上分別擺著一個龍泉窯梅子青釉面的大梅瓶和一個粉彩花卉紋雙耳瓶。梅子青溫潤柔亮的色澤襯著怒放的紅梅，煞是好看，在濃烈的色彩對比中氤氳出沁人的芬芳，甜絲絲的醉人心田。粉彩白瓷中是三枝這個季節少見的晚香玉，白瓷膚質如玉，潔白的晚香玉高貴典雅。

世子妃微微皺眉，嗔道：「妳呀，就愛這些香啊花兒，不讓妳薰香，也不該擺味道這般濃烈的晚香玉，清清爽爽幾枝水仙不就很好。」轉而又道：「便是妳心裡不樂，也不該帶出幌子來，叫人瞧見了只會說妳小家子氣，不是個當家主母的樣子。」

蔣氏正委屈著呢，還沒訴苦就被自家姊姊搶白一頓，越發嘟了唇。「姊姊，我就看不慣大家對著她奉承的樣子，不過跟我一樣是個少夫人，出身還不及我，弄得像是已經當上了世子妃一般，祖母也太偏心了些。」

「胡說什麼呢，長輩豈可隨意詆毀。」世子妃連忙打斷，瞧見妹子咬著唇的可憐樣，又軟了心腸，輕聲喝斥。「妳這脾氣什麼時候能改改，母親與我跟妳說了多少遍，婆家不比娘家，不能由著妳的性子來。妳別以為伺候的都是我們的心腹，就可以妄言長輩是非，被人揪了妳的把柄妳才怕呢。

「你們太妃疼愛四爺，那是滿京城無人不知的，心中屬意他們也是情有可原的，妳跟著置什麼氣，氣壞了身子骨還不是妳自己遭罪。不是還有王爺王妃嗎？前兒王爺那般怒打四爺，內中計較可想而知，王妃更是不必說了，豈有不幫自己兒子媳婦的理？妳只要好好奉承著長輩們，沒事討他們個開心，再平平安安生下兒子，不愁沒有妳的好日子。

「倘若只管鬥起氣來，我怕妳還不是妳那四嫂的對手呢。到時候弄得自己裡外不是人，還耽誤了妳爺的正經大事，妳找誰哭去？」

世子妃太清楚自家小妹的性子了，最是愛拔尖的，偏偏只看著眼前那一點點得失，不作長久計較。若因她作出什麼不智的舉動來，害得失了太妃、王爺的心，到時候不但她自己受苦，還會連累別人。所以，趕忙用狠話止了她的念頭。

可是蔣氏素性小性兒，又單純簡單，換了她與風荷二人在外邊受人欺負，她倒會護著風荷，但關起門來，又要為自家的事鬧起來，其實也不是個壞人，只是被寵壞了而已。

聽自家姊姊說自己不是風荷的對手，不由不服氣，梗著脖子問道：「姊姊，連妳也幫外人不幫我不成，她不過是仗著祖母撐腰，其實能有多大本事，年紀比我還小了幾個月呢，我就不信她比我強。」

世子妃氣得狠狠戳了戳蔣氏的額頭，苦口婆心勸道：「難道姊姊還會害妳不成？妳自己那點子小手段妳最是明白，不用我多說，妳看看妳那四嫂，出身低於旁人，卻能應付那麼多王妃、太妃、誥命夫人、小姐們而游刃有餘。說話行事絕不會得罪了其中一個，大方妥貼，舉止有素，怪不得你們太妃看重。

「妳在家時雖然時常參加各種宴會，但周旋的都是些閨閣小姐；來了王府之後，有王妃在前邊擋著，妳不過打打下手。妳何曾真正一個人應付那麼多纏人的婦人，妳還不承認，不服氣。行了，這帕子都被妳扭成了麻花，能聽進我的話，我就阿彌陀佛了。

「堂叔家兒子大婚，父親母親要去照應一二，母親特地打發人給我捎信，讓我多勸著妳些，別強出頭，一切有王妃呢。我還安慰母親妳長大了懂事了，不會胡來的，沒想到真被她猜中了。」

蔣氏細細聽著，就有些羞慚，她的急躁性子自己也是心知的，但氣在心頭時常忍不住。要不是姊姊勸了幾句，回頭在席面上給了風荷點難看，丟臉的還不是她。便沒有再多加辯解，姊妹二人說起了體己話。

到了席面上，蔣氏果真改了好些，待風荷親熱許多，風荷自然投桃報李，一派妯娌和樂的模樣。

撤了席面，換上小几小椅，重新擺上酒菜，院子裡早就搭起了高高的戲臺，開始吃酒聽戲。

凌秀與她母親坐在一塊兒，她素性不禁酒，只是喝茶。小丫鬟斟茶之時，不知是在地上滑了還是手上送了勁，把一盅滿滿的茶水往凌秀裙子上蓋去。小丫鬟嚇得不行，欲要伸手去搶，奈何動作太慢，眼睜睜看著那盅茶全潑到了凌秀新作的松花綠暗花細絲褶緞裙上。

凌秀出其不意，嚇了好一大跳，臉色發白，直直立起，不料起得急了裙帶掛在了椅子上，一個咧嘴往後邊仰起。好在身後的丫鬟反應及時，堪堪扶住了她，勉強站穩。緞面的裙子不易吸水，茶水順著光滑的緞子往下邊滑落，滴滴答答濺在了海棠紅繡花的鞋面上，把一條裙子和鞋濕了大半，凌秀頗為尷尬。

大姑奶奶氣得只管喝斥跪在地上不停發抖的小丫鬟。「下作蹄子，沒有長眼睛嗎？怎麼伺候人的。看在喜慶的分上，暫時饒了妳，還不快滾下去。」

小丫鬟又慌又亂，胡亂磕了幾個頭急急跑了出去。

她們坐在角落裡，看見的人不多，又是熱鬧戲文，聲音大得很，只有隔壁的幾個女眷看到了，因對她們不甚熟悉，也不大理會。風荷坐在太妃身邊服侍太妃，倒是大略望見了這邊的情形，心生疑惑。

沏茶的水都是滾燙的，即便冬天穿得厚實，總有幾滴濺到了人的身上，不可能不疼，可看凌秀的樣子不像是被燙到了，只是受了些驚嚇。再見大姑奶奶，正扶了女兒的肩膀低聲說著話，又對身後的丫鬟訓了幾句，然後就見丫鬟們伺候著凌秀往側門出去，想來是去換衣裳。

風荷沒來由的心中一緊，眼角跳動，覺得有些不好，又說不出哪裡不對勁。只是能與凌秀牽扯上的只有一個杭天曜，不會是打著他的主意吧，雖然受了傷做不成什麼事，但大戶人家規矩大，沾沾衣袖都涉及到清白問題。尤其現在這麼多賓客在場，杭家的體面最是要緊。

這般想著，低聲吩咐了沈烟幾句，沈烟神色認真，快步去了。

杭家後花園有個不小的亭子，四面是窗戶，天冷的話關嚴實了窗戶，拉上厚實的氈簾，半點冷風都透不進來。亭子四角上燒了四個熱熱的火盆，炭火紅彤彤的，映得人心裡暖暖的。裡邊擺了一個大席面，同來吃酒的都是杭四至交，只有一個外人。

六少夫人娘家哥哥，兵部尚書之子，也是個出了名的浪蕩子，遊手好閒，拈花惹草。杭四一干人看不上他的身分，不大與他結交，但他總是杭家姻親，素來聽了父母之話，有心與杭四等上等子弟結識了。六少夫人見杭四眾人去後花園吃酒，想起父親囑托，忙忙叫了個丫鬟領了他同去。

杭四等人不喜他為人，厭棄他在場大家不好說話，故意一個勁兒灌他的酒，不到半個時辰，就爛醉如泥了。杭四命幾個老婆子送他去客房歇息，老婆子嫌他重笨，走了半路，眼看離外院客房還有好一段距離，就不太樂意。正好後花園出口處有一座小抱廈，供人走動歇息的，商議一番就把他扔到了抱廈裡間一個簡單的床上，胡亂找了條舊被子給他蓋上，然後悄悄溜了，打算先去偷偷喝個酒，等過了個把時辰再回來請人，想來那時候那醉鬼也差不多該醒了。

弄走袁少爺之後，杭四幾人放開說話吃酒，唯有一個蕭尚不大理會，偶爾自斟自飲。他素來如此，眾人也不以為意。喝了好一會兒，三少爺來了。

原來王爺對日前之事心生愧疚，就想著彌補一番，怕杭四負傷沒精神照料那些王孫公子，就遣了三少爺來看著搭把手，順便勸杭四回房歇歇，晚上繼續。

「四弟，你身子未好全，這樣坐著太費神，不如回房打個盹，這裡有我就行了。」三少爺行事穩妥，把事情交給他，王爺最是放心，不比五少爺還有些孩子氣。

杭天曜半躺半坐在太師椅上，一條虎皮褥子從靠背延伸到座椅，以免他背上碰到硬物生疼。聽了三少爺的話覺得有理，他正想回去看看風荷在不在，前邊的席面散了沒有，就點頭應下。

蕭尚見此，就道：「我送你過去。」

「那就多謝表哥了，小弟還要招待幾位朋友，表哥是自己人，辛苦一趟。」三少爺欲叫丫鬟送回去，又怕丫鬟不得力，就順了蕭尚的話。

杭四覺得坐著肩輿有些像個老太太、老頭，一般不愛坐，寧願多走幾步路。跟隨他過來的兩個凝霜院裡灑掃的小丫頭忙趕了上來扶他，他一手搭了一個的肩，與眾人作別，蕭尚與他並肩而行。

出了後花園，就有一個前院裡打雜的丫鬟來請蕭尚，說是外頭有客要見他，蕭尚只得去了，命小丫頭好生服侍杭四。

待他走遠了，幾人才動身。其中一個穿著水藍襖兒的小丫頭做出有些支撐不住的樣子，另一個苦著臉求杭天曜。「四少爺，要不咱們找個地方坐一刻，奴婢回去再喚兩個人過來。」

杭四氣惱的瞪了丫鬟一眼，便沒有多說，他左右沒有要緊事，就算了。

兩個丫鬟嘻嘻笑著。「少夫人那邊忙，人手不夠，咱們院裡的姊姊都去伺候了，只咱們幾個上不得檯面的，不會伺候人，還請四少爺大人大量，不要怪罪。」

「罷了，還不找個能坐的地方。」他背上受的傷，站立久了容易疼痛，腰間有些受不住力。

往前十來步就是那座小抱廈，丫鬟一指。「不如去那裡，為防客人進園子賞玩，王妃娘娘命人把裡邊都收拾乾淨了，四少爺略坐一坐。」

三間正房，中間的門虛掩著，丫鬟一推，扶了杭天曜進去，走到隔壁花廳，請他坐在炕上。倒是收拾得齊齊整整，連火盆都攏上了。

「還不快去叫人，留妳們兩個何用？」杭天曜煩悶地揮揮手，娘子也真是的，不給自己留幾個得力的人。這卻是錯怪風荷了，風荷倒把含秋、芰香留給了他使，但她們都是有點體面的大丫頭了，不可能跟著去園子裡當著一群外男的面伺候他，只能在凝霜院裡聽吩咐，另點了兩個十歲上下的小丫頭去。

小丫頭慌忙去了，而且兩個好像有些害怕，都跑了。

杭天曜無聊地打量了屋子一圈，突然聞到一股淡淡的酒意，有些刺鼻，便定睛去瞧，屋子裡沒有見到人。但是隨後，就有斷斷續續的鼾聲傳出，他不由吃驚，勉強起身各處轉了一圈，聲音好似從屏風後頭傳出來的，他一手扶了牆，一邊繞過屏風，赫然望見裡間床上躺著一個人，身形大致像是袁少爺，只因他有些微胖，比較好認。

不用多想，杭天曜就知道是婆子偷懶，將人扔在了這裡。他沒那工夫為他計較，抬腳出了裡間，準備等丫鬟來了馬上走。恍惚聽得外邊有人聲，以為是自己院子的人來找他，就推開了窗子一角。

一共三個小丫鬟，圍著一個紅衣女子說話，竟是凌秀。她不在前頭看戲，跑這裡來作甚，杭天曜打算出聲借她兩個丫鬟使。

卻聽得其中一個青衣小丫鬟說道：「小姐不要怪我們走這邊，夫人說，咱們的院子離五少夫人的近，她那邊正有幾個女眷說話，小姐這副樣子從那邊經過，被人看見了有些不好，囑了咱們走這條小路繞過去，就是院子的後門了。」
她話音一落，遠遠跑來一個梳著雙丫髻的丫頭，手裡捧著些鮮豔的布料，像是衣裙。她喘了喘氣，躬身行禮，方道：「小姐，夫人怕小姐濕淋淋的穿久了傷風，叫奴婢先跑回去取衣服過來，小姐快些換下吧。」
凌秀心下有些感動，母親還是關心自己的，又有些好笑，說道：「妳取了來我也沒地方換啊，還是得回了咱們屋裡才行。」
先前說話的青衣丫鬟就道：「這是夫人一片好心，橫豎都是換，前邊不就是個院子，那裡從來沒有人，不如咱們去那裡。小姐自來身子骨弱，挨了這許久，一定冷得很了，還是快些換下吧。」
凌秀順著她手指的方向看了看，知道那是閒置的院子，想來無人，就勉強應了，再嘮叨下去她真要傷風了。
杭天曜站在門後的陰影裡，不仔細看看不到，他聽得很是怪異，從看戲的院子去凌秀母女住的小院，只要沿著東甬道往下走再右轉即是，何必巴巴繞到庫房後，再轉一大圈過去。而且這裡離院子已經不遠了，何必非要到這裡換衣服，被人撞見了豈不尷尬。
他發現自己有些頭暈，發睏，看出去朦朦朧朧的，眼睛止不住想要合上，心中大驚。狠命在自己腿上掐了一把，強自支著身子到了堂屋，那裡有個後門，出了門就是抱廈後頭通往園子的甬道，然後有些脫力，歪靠著牆，滑在地上，眼睛再一次迷糊。
凌秀貼身服侍的都是那個青衣丫鬟，餘下小丫頭是不得近身的，青衣丫鬟接過衣物，就對另幾人道：「妳們在門口守著，別叫人撞進來了。」

進了門，她雙眼在屋內溜了一圈，眼中閃過詫異，隨即一想就明白了。笑著道：「小姐，隔壁花廳有個炕，咱們去那兒方便些。」

凌秀應是。

坐在炕上，丫鬟迅速替她脫下了繡鞋、裙子、襯裙，然後故意說道：「細月這死丫頭，只知道取了裙子，卻沒有看看，這裙子顏色與外衣根本不配，穿出去還不叫人笑話。我去叫她把咱們那件雲緞纏枝花的褙子找來。」說完，也不等凌秀吩咐，就去了外間，喝斥那個叫細月的小丫頭快去。

丫鬟伸長了脖子望向遠處甬道上，遠遠有一團紅紅綠綠的人影，知道是時候了。回了裡間，挨著屏風往裡瞄了一眼，床上果然有個人影。天啊，不對，這個人有些胖，四少爺身材勻稱，絕對沒有這麼胖，怎麼辦？怎麼辦？

她登時嚇得全身發軟，意識停滯，臉色白得可怕，不可置信的望著凌秀。

凌秀兀自不知，手裡拿了襯裙，衝她斥道：「還頓著做什麼，快過來給我穿上。」沒有發現丫鬟神色完全不對。

青衣丫鬟身子搖了一搖，清醒過來，不能按照原計劃行事了，絕對不能叫人知道裡邊有個男子，連小姐都不能說。她戰戰兢兢挪到凌秀身邊，望著凌秀手中的裙子，立時做出反應，飛快的伺候凌秀穿上。可是越快越亂，手抖個不停，腰帶怎麼都繫不上。

凌秀對這個丫鬟的不對勁很是不解，歪了頭喝問：「妳又不是第一天伺候人了，亂什麼？」

被她這一嚇，丫鬟的身子哆嗦起來，手裡的裙子滑落在地上。

話說杭四在後院睏倦不堪，但尚存一絲清醒。突然被人在後背拍了一記，嚇得半死，瞪大了眼睛去看，是沈烟，身後還跟著一個小丫頭。他簡直見到了救星一般，猛地拉了沈烟蹲下，附耳低語了幾句。

沈烟聽得倏忽變了臉色，眼中閃過厲光，看了杭四一眼，低聲對小丫頭吩咐，小丫頭連連點頭。她自己用力扶起杭四，沈聲道：「爺，你堅持一下，咱們必須離開這裡，只要有人從園子出來，立馬就能看到我們。」

杭四雖然實在很想躺下，但他知道事情嚴重，又掐了自己一把，搭了沈烟的肩悄悄而行。這是一排紫藤花廊，擋住了前邊的視線，接著就是太妃安排給杭四子女的小院了，再過去，就是凝霜院後門了。

回頭說女眷們那邊發生了凌秀的事情，並沒有幾人在意，都繼續看戲。

大姑奶奶將座位移到另幾個相識的夫人那裡，說著說著說到杭家那個暖房裡。

「我一路過來，府裡擺滿了各種新鮮花卉，虧得怎麼種出來的，我家裡這個時候只有幾枝梅花和水仙，旁的光禿禿的，看著都掃興。」一個沒落侯府的夫人露出豔羨的目光。

大姑奶奶聽了，吃吃地笑。「這有什麼了不起的，不過是搭了個暖房，籠了地龍而已，什麼花都能催著它開了。」

「雖說我們家也有一個暖房，但沒有這裡的好，頂多也就得了幾十盆像樣的花，多半都蔫蔫的。」另一個夫人趕忙接口。

「幾位夫人若是感興趣，就由我帶妳們去後花園瞧瞧，回頭也弄一個玩玩。正月裡的，瞧著喜慶，其實也算不得什麼。」大姑奶奶非常熱情好客。

那幾位夫人對戲文都不甚感興趣，想著或能學了回去自己也弄一個，有那落魄的，估摸著自己若是開口喜歡上了哪盆花，杭家一定會意送自己幾盆。

大姑奶奶見大家都願意，忙遣了丫鬟去與王妃說一聲，王妃自然不會阻攔，叫三少夫人、六少夫人陪著一起去，主子丫鬟共有二十來人，浩浩蕩蕩出了院子，直奔後花園。

風荷見此，就與太妃說自己回去看看杭四，怕丫鬟都只顧著瞧熱鬧，沒人伺候在跟前，太妃連連應了。

甬道兩旁每隔十步就對擺著兩盆新鮮花卉，把荒涼的冬日裝點得分外妖嬈，只是風荷無心觀賞。

雲碧料到出了事，小心翼翼詢問：「少夫人，咱們是回院子還是去後花園？」

「先回院子，若是不見他們的人再去後花園。雲暮，妳趕上前跟著大姑奶奶她們去，就說是我讓妳去伺候的，隨機應變。」風吹起她的裙角，銀紅緞子的百褶裙，悠悠揚揚，如飛揚的蝶，撥動出扣人心弦的韻律。

沿著西甬道，走到盡頭處左拐，就是凝霜院了。還沒等她們拐彎，就聽到一聲驚懼的驚呼聲，遠遠地傳來，來自後花園入口處那一塊的方向。接著是一連串雜亂驚恐的叫聲，響徹杭府上空，離得近一些的人都能聽到。

「走。」風荷果斷的喝了一句，提起裙子飛快地往那邊而去。

大姑奶奶、三少夫人、六少夫人領著一眾人，說笑著往前走，大姑奶奶指著後花園的入口處笑道：「入了園，繞過一個假山就是了。」回頭咱們累了，還能在這個小抱廈裡歇歇腳。

就在距離小抱廈十來步的地方，大家被叫聲驚住，還沒等她們做出反應，叫聲再一次響起，這次不是一個人，而是好幾個。

「出了什麼事？咱們快去看看。」大姑奶奶做出一副受驚的樣子，拍著胸脯說道。一來是意外，二者是好奇，大家也不細想，一齊湧向小抱廈。

凌秀的丫鬟在心裡千萬次祈禱，大姑奶奶沒有聽到自己的驚呼聲，一定不會進來的，千萬不要帶人闖進來啊，不然別說小姐的清譽沒了，自己也是難逃一死啊。

可惜，她的祈禱沒有奏效，她家小姐還只穿上了一條襯裙的時候，不知哪裡傳來一聲響亮的叫聲，聲音有如催命符一般，在丫鬟脆弱的心神上撩撥了一下，她被嚇得整個人癱軟在地，渾身簌簌發抖。守在門外的小丫頭們驟然聞聽巨響，以為出了什麼大事，都跟著尖叫起來。

吃醉了酒的袁少爺受驚過大，猛地從床上跳了起來。別看他是個浪蕩子，人家兵部尚書的兒子，出身武將世家，自小沒有少被父親逼著學武連藝，一點子警醒還是有的。怔了一怔，迅速起身，發現自己在一個完全陌生的地方，就有些害怕起來。當下也顧不得其他，往外邊跑，先弄清楚發生了什麼事情再說。

但因為他方才睡醒，身上衣冠不整，尤其是吃多了酒，這會兒酒勁發作，臉上紅撲撲的，瞧著曖昧至極。從裡間跑出來時，因為太過急切，他不小心帶倒了輕巧的四摺烏梨木雕花繡緞屏風，袍子下襬掛在屏風角上沒有發現。整個人失了重心，猛地朝前撲，恰好跌在凌秀的腳邊，他完全跌倒之前還想著能扶住什麼東西，也沒看仔細就抱住了凌秀的腳。

凌秀被一系列突如其來的變故弄得有點發懵，正大張著嘴巴吃驚不已，忽地腳上受力，她一個沒穩住人就摔了，與袁少爺摔成了一堆。

大姑奶奶心中暗自得意計謀得逞，興沖沖領著一干女眷夫人們往小抱廈裡闖，屋中的丫鬟正亂成一團呢，見到來了一群主子們也忘了自家小姐在裡邊換衣，都沒有上前攔住。

大姑奶奶等人進來的時候瞧見的就是這副模樣，女子下身只穿了一條雪白縐紗的襯裙，此刻都捲到了小腿邊，露出裡頭淺粉紅的裡褲，腳上的繡鞋有一隻沒穿。秀髮散開，半遮著臉，襯得皮膚越發蒼白，眼中滿是驚懼慌張，熟悉的人都能一眼就認出她是凌秀。另有一名男子抱著凌秀的腳仰面朝下，看不到臉，凌秀的一段玉腕橫在他腰間，兩個人的姿態充滿著淫靡的氣息。

大姑奶奶差一點笑出聲來，好計啊好計，沒想到老四對自己女兒這麼猴急，都撲上身了。不過她可不敢顯出一點得意歡喜的樣子來，還得裝得大受震驚，不可置信的看著眼前這一切，然後疾步跑到女兒身邊，欲要去扶。只她動作混亂，竟不經意間把個女兒推向了男子的懷裡，使兩個人糾纏得愈加緊密。

旁的眾人都太過受驚，一下子忘了上去幫忙，只顧怔怔地望著地上幾個人。唯有一個六少夫人，面上閃過疑惑、不解、驚訝的表情，這個男子的身形好像自己的哥哥？

「秀兒、秀兒，妳怎麼了？妳是不是被人欺負了，妳告訴娘，娘給妳作主啊！」大姑奶奶也不扶著女兒起來，一味哭鬧推搡，不遠處癱坐在地上的那個丫鬟雙目失神，好似什麼都沒有看到。

凌秀能感到自己的心慢慢發寒發冷，漸漸結了冰，寒意通過血液傳遞到四肢百骸，然後她的身子一點點碎裂、一點點被掏空。她的母親沒看見，但她已經看清了那個男子絕對不是四表哥。

母親的計策她並不知情，但不代表她沒有猜到。那日晚間，她是隱約聽到了幾句的，料到這幾日母親一定會有動作，而她不能知道，她一定要裝作什麼都不知道的樣子啊。不是她有意要與母親耍心機，而是她的母親嘴太碎，很容易被人從中套出來自己參與其中。

她當然不願意當杭四的妾室，可是在沒有其他方法的情況下，她勉強可以接受，而她一定得是那個受害者，才能博得四表哥日後對她最多的愧疚與溫存。今日，當那個丫鬟將茶水潑到自己身上的時候，她就明白，母親的計策開始了，因為有幾滴茶水濺到了她的手上，溫溫的，不燙。

她對自己母親的心機是不太信任的，但是「那個人」，她相信絕對可以做成。因為這些年來，「那個人」沒有一次失手過，所以她才會這麼配合，失去了平日的謹慎小心。

但是，這一切，都失敗了。屋子裡的男人不是四表哥，不是他啊！

大姑奶奶繼續哭訴，似乎有意將事情鬧得更大，而不是先把女兒與那個男子分開。再瞧她女兒，傻了一般，沒有任何反應。

地上的男子幾次想要推開凌秀爬起來，都被大姑奶奶擋住了，相反他的衣服角被凌秀壓到了身下。袁少爺又氣又驚，根本不知發生了什麼事，怒斥出聲。「還不起來，把爺我放開！」他的聲音粗魯氣憤。

三少夫人愣了半日，直到聽到男子的聲音，才驚醒過來，這樣的事情，不管裡邊有什麼貓膩，丟的都是杭家的臉面，客人在杭家作客出了這樣事總歸不光彩。她立時大聲喝斥幾個年紀大些的婆子。「都愣著幹麼，還不快去將人扶起來？」

她的話驚醒了懷疑中的六少夫人，居然比婆子們動作還快，搶了過去，帶著哭音問道：「大哥，是你嗎？」

聞言，屋裡的人再次震驚，莫非這名男子是袁家少爺。人都說袁家少爺浪蕩好色，難道他膽子這麼大，趁著來王府吃酒的機會偷窺女眷，還欲行輕薄之事。實在是袁少爺名頭有點大，怪不得眾人首先要懷疑他。

大姑奶奶哭得起勁著呢，兀自沒有聽清六少夫人的話。其餘婆子都慌忙上前，有人去拉大姑奶奶，有人去扶凌秀，有人去攙男子。終於，費了好大一番力氣，才把三人分開。

那句「老四，怎麼是你」還沒出口，大姑奶奶就跟見了鬼一般，茫然而又驚恐地望著眼前的男子。她拚命揉了揉自己的眼睛，再一次逼視著眼前的男子，不是，不可能，絕對不可能！而凌秀如一個布偶般被人架著才沒有倒下。

「大哥、大哥，真的是你。」六少夫人的嗓音本就尖細，她大聲說話之時更是淒厲，大家身上都被冰冷的風颳過。真的是袁少爺？這袁少爺太胡鬧了些，闖禍闖到了郡王府，還毀了一個姑娘家的清白。可憐凌家小姐，清靈靈一個女兒家，怕是不嫁給袁少爺都不行了，哎，作孽呢！

袁少爺比六少夫人大幾歲，也曾娶過一妻，聽說不到一年就被他折磨死了。袁夫人自來溺愛兒子，生性尖酸刻薄，對媳婦就不大看得上眼，兒子的所作所為只是睜一隻眼閉一隻眼。聽說最駭人的是，袁少爺喜歡用那些對付青樓女子的手段對付家中妻妾，一個嬌滴滴的大家子小姐，怎麼受得了那些非人的對待，進門不到一年就赴了黃泉。

因他名聲太壞，以致無人敢把女兒許了他。雖然也有那等人想要攀附權貴，可也得考慮考慮家族名聲啊，賣女求榮的名聲一般官員都不敢擔。因著這些，杭家上到太妃，下至奴才，對六少夫人都不大看得上眼。

風荷之前聽到聲音，就抬腳往這邊趕，將及抱廈之時，從一邊樹叢裡竄出一個丫鬟，是她們院裡新來的秋嵐，王嬸子的女兒。

秋嵐靈巧地湊近風荷，把方才之事簡潔地盡述一遍，原來第一個呼叫的人是她。

風荷聽著聽著露出了笑顏，拍了拍她的肩笑道：「妳做得很好，快回去給妳沈烟姊姊彙報吧，免得她掛心。順便叫她捆了那兩個丫頭，別叫她們胡亂開口。」秋嵐笑得瞇了眼，她第一次應承了這麼大件事，心裡不由得害怕擔憂，怕弄砸了，沒想到得了風荷的誇獎，點頭應下，往凝霜院方向跑。

這下子，風荷不急了，腳步慢悠悠的，看戲嘛，急什麼，好戲還沒開演呢，去得正是時候。

進了屋，恰好看到大家手忙腳亂扶起大姑奶奶三人的時候，風荷扯了扯三少夫人的衣袖，三少夫人回頭見是她，估摸著是聽到聲音過來的，愁容滿面的輕聲嘀咕了一句。「弟妹，妳說這事怎麼了？」

「三嫂，兩邊都是杭家的親戚，一個處理不慎把人都得罪光了，咱們什麼人，上面還有長輩呢，不如請了長輩過來吧，好不好的咱們說了也不算。」風荷亦是一副為難的樣子。

三少夫人連連點頭，悄悄命自己身邊的貼身婢女畫枕去回報給太妃與王妃。她一向不理府中庶務，只是相夫教子，性格敦厚，不愛強出頭，能避則避了。

大姑奶奶受到的刺激太大，一下子有些接受不了，指著袁少爺只會「你你你」的。好半天才迸出一句：「怎麼是你？你怎麼會在這裡？」隨即又抱著女兒哭訴。「我可憐的秀兒啊，妳的為人大家都清楚，一定是他，是他偷偷躲在這裡偷窺妳是不是？妳倒是說句話啊！妳不說話，娘怎麼為妳討回公道？」

第六十三章　非嫁不可

凌秀額頭上的兩綹碎髮不知是因汗還是淚，濕濕地貼在凌秀鬢角，面色蒼白得可怕，嘴唇泛著青白色，臉上像覆了一層輕紗，虛無縹緲，更顯恐怖。她渾身了無生氣，似乎根本沒有聽到大姑奶奶在跟她說話，低垂著頭，好似專注地研究鞋面上的繡花。

其實，大姑奶奶自己是心亂如麻，連她都不知道要凌秀說些什麼，她原先想的那些都是針對杭四的，只要逼得杭家心甘情願娶了凌秀就好，最好還能給個不低的身分。

但是，袁家，不是她沒有想過把女兒許給袁家，而是袁家少爺的名聲太壞了，她不敢呢，倘若凌秀有個三長兩短，還不是她這個當娘的害的。她不停想著，終於決定，絕不能把女兒嫁過去，雖然今日之事女兒的清白沒了，但只要杭家能堵住客人的嘴，回頭把凌秀嫁到外地的官員那裡也是成的。

袁少爺正在拍打著自己身上的灰塵，對於這沒來由的一切惱火得很，聽了大姑奶奶的話，更是生氣，當即反駁道：「妳胡說什麼呢？我哪裡偷窺了，分明就是妳們自己不檢點，還想誣賴人。」

在他開口之前，大家都是有幾分相信大姑奶奶的話的，不然還能有什麼解釋，總不成是人家姑娘拉你來看的吧。

六少夫人在娘家是庶出，但因家中只有她一個女兒，還是頗得袁尚書寵愛的，打小養在主母跟前，與這個大哥還是有一點情分的。何況一筆寫不出兩個袁字，她哥丟了人她還不是一樣丟人，對袁少爺就有幾分埋怨。但這時不是搞內訌的時候，應該合力對外，也跟著嚷嚷。「大姑奶奶，您雖是我長輩，可說話要憑證據，不能這般誣衊我哥哥。」

大姑奶奶認定了是袁少爺弄走了杭四，然後自己躲在這兒偷窺，對他恨得半死，咬牙切齒罵道：「這麼多人親眼看見的，還能有假不成？侄媳婦不用為妳哥哥推託了，他是不是這樣的人，妳比我清楚多了。」

若說這大姑奶奶真不是什麼有謀算的人，這個時候應該儘量把此事壓下去，而不是吵得沸沸揚揚，引得更多人來看，想來她也是氣糊塗了。

不知哪個夫人看得有趣，忍不住插嘴說道：「事情已經發生，妳們還是想個法子吧，我看也只有把凌小姐嫁給袁少爺了，凌小姐的名聲被袁少爺壞了，就委屈一下吧。」

袁家兩兄妹倒還好，這個凌秀家世不算很差，又是杭家的外孫女，長得也行，娶了也不吃虧。尤其這陣勢，由不得他們拒絕。

誰知竟是大姑奶奶不樂意。「不成，我們秀兒還是清清白白的姑娘家，怎麼能隨隨便便嫁給這種混蛋，日後我們秀兒還有什麼好日子過。」說著，又去扶著女兒的雙肩，絮絮叨叨。「女兒啊，妳的命怎麼這麼苦呢。都是為娘的耽誤了妳，若不是娘捨不得，早早定下妳的親事那該多好。妳從小與妳表哥青梅竹馬長大的，換了外頭娘也不放心，娘不該一直拖著，以至於妳表哥另娶了她人，就差了幾個月啊。」

大姑奶奶這是決定要豁出去了，無論如何，她都要把凌秀與杭四扯到一塊兒，牢牢綁在一起，讓杭家非娶不可。不過時間太短，以她的腦袋是想不出什麼有用的方法的，只能試圖用這些話混淆大家的視聽。

的確，她的方法還真管用，女眷們紛紛細品著大姑奶奶的話，表哥，哪個表哥？杭家這邊，少爺不少，娶了妻子的也有幾個，不過聽著話頭像是最近才成婚的，那似乎只有杭家四少一個人了。難道杭四少與自己表妹暗中有情，這倒不是不可能，以杭四少的性子，是個美貌女子都不會放過，何況兩人還是青梅竹馬的呢。

今兒這事越來越有看頭了，杭家這酒吃得真值，回去一定要跟人好生宣傳一番。

風荷氣得哭笑不得，都到這分上了，大姑奶奶依然不死心，還想要繞上自家爺。

憑妳，休想！妳既不願嫁，我就非要妳嫁，還要妳顏面盡失的嫁，嫁過去之前就先得罪了夫家所有的人。

風荷承認自己有點壞心眼了，不過純粹是她們自找的。

天堂有路妳不走，地獄無門妳偏闖，既這樣，閻王爺不肯收，我幫忙收了。

大姑奶奶的話把袁家兩兄妹氣得臉色鐵青，自己就當吃了這個暗虧，誰知——妳們還看不上眼？好，真好，堂堂兵部尚書府妳們看不上眼，還沒問問妳們配不配呢！

六少夫人本就是個厲害的主，說起話來一點都不容人，當即大怒，高聲斥罵。「什麼下賤東西，還想高攀我們尚書府，也不拿把鏡子照照自己，哼！誰知道是不是妳們故意來這兒勾引男人呢，衣服都不穿，給大家看啊。」袁家家學淵源，六少夫人深得她嫡母的真傳。

風荷算了算時間，知道太妃他們已經得到消息了，忙挽了六少夫人的肩膀勸慰。「弟妹，先不說這些，妳看舅爺這副樣子，妳還是叫人給他先梳洗一下吧，你們兄妹倆也能商議出個結果來。大姑奶奶，難道您就這樣看著表妹衣衫不整地站著嗎？快穿了衣裳再說吧。事情發生了，大家還是心平氣和坐下來好好說，有什麼是不能解決的。」

六少夫人平時瞧不順眼風荷，不過眼下對於人家的好意還是領了，想想也是，她必須問問自家哥哥究竟怎麼回事，回頭吵起來也理直氣壯些，以免她話中出現漏洞，被人抓了當把柄。

大姑奶奶看看女兒的樣子，實在有些不妥，她只顧著把事情扭轉回來，卻忘了女兒至今沒有穿上外裙，今天丟人是丟到家了。忙一把抓了凌秀往裡間去，一邊喝罵道：「死蹄子們，快進來伺候妳們主子。不該出現在這裡的人也請出去，難道偷窺一回還不夠，還想再偷窺一次？」

袁少爺被大姑奶奶的話窒得跳腳，甩了袖子往外邊走。六少夫人趕緊跟上，知道這事情沒完，一邊派人去請父母，一邊將兄長拉到了對面的東廂房。

「三嫂，大姑奶奶這邊交給妳了，我去勸勸六弟妹。」風荷對三少夫人使了一個眼色，又對看好戲的女眷們勉強笑道：「叫大家看笑話了，實在抱歉得很。我手頭上有事，不能陪幾位夫人了，妳們幾個，好生招待著。」這是對屋裡的丫鬟說。當然，風荷笑得一點都不勉強，相反她很滿意，大姑奶奶能鼓動這麼多人來看女兒的笑話。

女眷們一點都不生氣，都是強忍著笑意，推她去忙，心中都道，這個少夫人真是個妙人，處置事情很會把握時間，又好似忘了請她們離開，看來是不介意讓她們繼續看戲了。會不會，接下來，還有更精彩的？

風荷不管大家想什麼，忙忙追上了六少夫人的腳步。

六少夫人見是她，心裡承她的情，不好再冷言冷語，只是淡淡問道：「四嫂有何吩咐？」

「弟妹，說句真心話，妳的苦楚我是知道的，而我在王府的處境，想來弟妹也看得明白。弟妹是個聰明人，大姑奶奶話裡的意思想來是比我還要瞭解的，這根本是要毀了貴府上的清譽，只怕伯父在官場上都要受影響呢。」袁少爺氣鼓鼓地跑到廂房獨自坐下，風荷擰了擰手中的帕子，悠悠說道。

六少夫人的性子就是牙尖嘴利，但心眼不多，對風荷一向是嫉妒產生的厭惡。聞言，也有點著慌了，忙拉著風荷的衣袖問道：「真有這麼嚴重？這、這不是什麼大事吧？」她的語氣分明很不確定。

風荷故意掃了出事的屋子一眼，不屑地說道：「若是尋常人家也就罷了，他們畢竟是三品的將軍府，即便是閒職，也不是普通百姓可比的。倘若風聲傳到了聖上耳裡，伯父就得落一個教子不嚴的罪名，輕則貶職，重則停職，妳兄長日後的仕途怕是也走到底了。」

「天啊，這麼嚴重。那怎麼辦呢，有什麼辦法沒有？」六少夫人能嫁到杭家，全虧了她是兵部尚書的女兒，若沒了這層關係，以她那個刁鑽婆婆的性子，非得馬上將她休了不可。

她自然是著急得不行，這已經不是兄長一人的事了，事關整個尚書府。

「辦法不是沒有，但眼下咱們說這些有什麼用，弟妹還是先去問問妳兄長，究竟是什麼事，咱們才能再做計較啊。」風荷循循善誘，今兒這事多虧栽到了袁氏身上，換了旁的妯娌幾個，她不一定有把握說服呢。

袁氏一聽，覺得很對，顧不得再與風荷嘮叨，一陣風般捲到了屋子裡。

「大哥，你是不是真的、真的……」袁氏對於自己這個哥哥還是有些發怵的，雖然外頭的傳聞不全屬實，但相差無幾。

小丫頭恰好上了茶來，袁少爺拚命灌了一口，恨恨地斥道：「哼，妳當我是什麼人，老子要玩女人秦華居裡多得是，何必偷偷摸摸的？」

袁氏暗暗撇了撇嘴，到底只問了一句。「那大哥怎麼會在這裡？」

「我要知道就好了。」說到這兒，袁少爺愈加氣憤，他自己都沒弄清楚呢。

袁氏有些不信，但她不敢追著問，只是噢了一聲。

袁少爺知道她不信，強忍著怒氣把他記得的事情說了一遍，袁氏聽得愁眉不展，這樣看來根本是個巧合了，可是傳出去，誰會相信，尚書府的名聲都會被連累的。

門口進來一個穿紫衣戴著金簪的體面丫鬟，是雲暮，福了福身，說道：「我們少夫人問六少夫人想到對策了沒有，一會子太妃過來，怕就拿了主意呢。」

袁氏有些著慌，想到太妃自來寵愛風荷，若是風荷肯在太妃面前美言幾句，他們家不一定吃太大的虧，不然由著大姑奶奶鬧起來，尚書府的面子裡子都沒了。回頭，她那婆婆還不知怎生磨搓她呢，眼下她應該與風荷處好關係，才能博得太妃一點半點的憐愛。

想到這兒，忙道：「我去與四嫂說幾句話，大哥在這兒等一會兒，可別隨意走動了。」

袁少爺很是不耐，對她擺了擺手。「我何曾隨意走動過了。」

袁氏沒有時間理會他，匆匆去了外邊，對著風荷的神色和氣許多。「四嫂。」

風荷點點頭，輕輕扯了扯她的衣袖，指了指迴廊角落一棵桂花樹旁邊，袁氏會意，住了口，隨著她過去。這邊僻靜，說話時不易被人聽到，而且桂花樹大，冬天都是枝繁葉茂的，能擋住她們的身影。

「令兄怎麼說？」

袁氏就把她兄長的解釋說了一遍，還怕風荷不信，緊張地盯著她看。

「這個好辦，咱們只要傳了那幾個送令兄過來的婆子前來一問就清楚了。」風荷壓低了聲音，轉而故作神秘之色，瞅著袁氏問道：「妳可知道，我的丫鬟方才在那屋裡發現了什麼？」

「什麼？」

「安神香。雲碧帶小丫鬟去給表小姐送梳洗的熱水巾帕等物，隱約聞到房子裡有淡淡的安神香的味道，她就留了意，故意在房中轉了轉，真被她在炭盆裡看到了一丁點安神香的蹤跡。妳看，這不是？」風荷從袖中掏出一方青色的帕子，裡邊包著指甲長的香末，遞與袁氏看。

袁氏聞了聞，香味不甚濃，她素來不大點香，有也是普通的，極少用安神香這樣名貴的好香料，是以不明白。

風荷也不等她發問，繼續說道：「雲碧跟在我身邊好幾年，一向愛擺弄這些胭脂香粉等玩意兒，在我娘家時見過這個東西，只因我覺得這東西對身體不好，就沒大用，她倒是聞過一次就記下了。」

「對身子不好？」袁氏小小吃了一驚，又趕忙捂住自己的嘴。

「安神香顧名思義有鎮定安神的效果，算不得什麼稀罕物事，只它性子有些霸氣，很容易教人昏昏欲睡，等閒之人聞不到一刻鐘就會很快睡去。以前我也曾請教過常去我們府裡診病的太醫，他不建議做日常使用，實在睡不著用一丁點就盡夠了。」風荷徐徐道來，早在秋嵐告訴她杭天曜覺得屋子裡不對勁之時，她就讓丫鬟暗中注意了，果然被她們找到了。

點香之人精確計算了時間，在杭天曜進去之時是最濃郁的時候，隨即就會漸漸消失，眾人闖進去之後只剩下一點點味道，效果不顯。

袁氏又驚又急，她也不是那等蠢笨人，倘若是她大哥去偷窺人，一定是臨時起意的，不可能隨身準備這種東西。若不是她大哥的，就是別人的了，難道是送她大哥過去的婆子？四嫂說這是金貴東西，想來幾個婆子不可能有，更不會為她大哥浪費。總不成是凌秀的吧，她又是為了什麼？

以袁氏的頭腦，大約一時半會兒是想不完整的，風荷決定再添一把火。「弟妹，怕只怕是妳大哥叫人算計了還不知呢。當時表小姐的裙子被潑濕那一節妳可能沒注意，而我卻是看得清清楚楚的。

「妳想想，咱們家這樣的人家，為客人上茶用的定是剛出爐的熱水，何況是今天這樣的大日子，招待這麼多貴重的客人。可我冷眼瞧著，表小姐被水燙到之後卻是一點都沒有呼痛呼燙之類的意思，我當時就覺得不大對勁。如今前後一聯繫，倒是有那麼點意思了。」

「四嫂，妳果真看見了？凌小姐素來嬌慣，別說熱水了，就是杯子碎了的聲音都能嚇得她臉白一白呢，今兒倒是好，不聲不響，旁邊人都沒有被驚動，真是巧了。妳說說，四哥明明是叫那幾個婆子將我大哥送到前邊客房，交給我們家跟來的小廝們，那幾個婆子怎麼敢不聽四哥的話，把我大哥扔在了這裡，我看就是借她們幾個膽她們也不敢，一定是背後有人發了話。

「我只不知，她為何要處心積慮算計我大哥，弄出了這樣的事來，她的閨譽不就全毀了，試問京城還有哪個大家公子願意娶她？」袁氏還不算笨，稍加提點幾句就能前後串連起來，咬著牙，忿忿的。如果自己大哥被人安了一個偷窺女眷的罪名，她那婆婆一定又會拿她撒性子。

風荷點頭應是，院子外響起紛亂的腳步聲，估計是太妃帶著人過來了，就悄悄與袁氏說道：「兩個婆子那裡，弟妹放心交給我，跑不了她們的。妳先進去勸著令兄些，叫他待會兒別發怒，免得太妃生氣。如果一會兒太妃問話，讓他只管實話實說，令兄不但沒有一點錯，反而還受了驚，不用怕。」

袁氏膽子更是壯了不少，興興頭頭與風荷道了謝，轉身去安慰她大哥。

看著她遠去的身影，風荷招手叫了雲暮近前，沈聲吩咐。「派人把那幾個婆子抓了，如何回話妳心裡明白。此前雲碧還趁著大亂之時撿到了一樣東西，妳拿去用吧。」說著，她手裡不知何時多了一個銀葉絲纏繞的翠玉鐲子，成色上等，卻不是最好的東西。

或是因為喜歡做針線的原因，雲暮對這些小玩意兒都是過目不忘的，她曾看見表小姐身邊的大丫鬟綺兒手上戴過，一定是屋裡混亂之時掉了的。如此更好了，越發容易取信於人。她抿了嘴，笑著去了，小姐終於要發威來了。

隨即，風荷看了看自己的衣衫，有點點不明顯的縐褶，但依然整潔，淺笑著快步出去，恰在太妃一行人進屋之前迎上去。

看起來，太妃已經聽說了事情經過，而且不太高興，見到風荷倒是沒有說什麼，搭著手扶了過去。除了太妃之外，還有兩個今日的客人，袁尚書和袁夫人。

袁尚書及夫人本來正要打算告辭，突然聽到裡邊發生的事，氣了個半死，連他們都以為是自己兒子惹出來的禍事，恨不得立時就給打死了事。太妃為著杭家的臉面，儘量壓下了此事，外頭席間的賓客們還未知情。當然，今天日落之後，應該會傳遍整個安京城吧。

進了屋，就看見一屋子女眷三三兩兩議論著呢，有那皺眉的，有那笑咪咪的，有那低頭不語的，不過毫無疑問，大家都對此事相當之好奇。

太妃略有些頭痛，風荷這孩子也糊塗了，忘了將這幾位夫人們請到前頭去，又想著她是晚輩，連三孫媳婦都不開口，她更是不好開口了。

風荷一面攙扶著太妃，一面與她附耳低語。「祖母，孫媳只記掛著讓大姑奶奶帶凌表妹去梳洗，又叫六弟妹先勸著她兄長些，一時沒來得及安排幾位夫人，還請祖母責罰。」

太妃哪裡還有責罰她的心思，她是瞭解老三媳婦個性的，遇事沒個主意，一味聽憑長輩吩咐，出了這種丟臉的事，估計早慌了，老四媳婦一個人確實有些顧不過來，還要去給自己捎信。她身邊人手少，又不能丟下這邊事不管，先陪著幾位夫人去前頭。就勉強笑著對風荷搖頭。「與妳什麼關係，好在妳趕過來了，不然怕是更亂些。」

幾位夫人見來了杭家老太妃，都趕緊起身行禮。

太妃那句請夫人去前邊看戲的話還沒有出口，大姑奶奶就風風火火衝了出來，撲到太妃身上，差點把太妃都撞翻了，好在風荷撐住了。

大姑奶奶嘴裡哭嚷著：「母妃，您要給我們秀兒作主啊，她一個黃花大閨女的，無緣無故受了混人的氣，我們凌家是不會就這麼算了的，這幾位夫人都能為我們見證呢。」

幾位夫人那是笑得嘴都要咧開了，連連應著很是很是。

太妃差點氣得倒仰，不知事的蠢笨婦人，這不是留下幾位夫人光明正大的看笑話嗎？明兒事情傳遍京城，凌秀還要不要活了？有這樣一個糊塗娘親，那孩子可憐了。

大姑奶奶的想法非常簡單，她以為只要確定杭四與凌秀有私情，又作準了袁家混帳偷看自己女兒，並不關女兒什麼事。那時候，眾人都會勸著太妃讓杭四納了凌秀的，太妃迫於大家的壓力，不得不應了。所以她眼下，還是需要這幾位夫人的。

「祖母，您走了一路，先坐下喘口氣，袁伯父和伯母也得請他們坐下說啊。」風荷趕緊笑著，怕太妃真被大姑奶奶氣壞了身子。

太妃想起這麼多人在場，嚥下了心頭的怒氣，無奈地請眾人坐。

袁尚書不足五十的年紀，皮膚黝黑，五大三粗，沒有一般文官的儒雅之氣。一雙眼睛炯炯有神，透著精明果決。袁夫人長得尚屬中等，身材偏胖，上下差不多看不到有腰，眉目間都是凌厲惱怒之氣。

表小姐，攤上這樣的公公婆婆丈夫，妳可別怪我啊，要怪就怪妳的母親，誰叫她一心想著用妳去攀附權貴。比起來，袁家比你們凌家還是高了那麼一點半點的，人家手握實權，又是聖上心腹之人呢。風荷很腹黑地想著。

太妃深深吸了一口氣，看都不看大姑奶奶，兀自問道：「秀兒呢，妳有沒有派人好生照料著，別叫她想不開。」雖然不是特別喜歡凌秀，但太妃對年輕姑娘家都是比較寬容的，好歹都是他們杭家出去的外孫女，出了什麼事杭家不好看。

「三侄兒媳婦陪著她呢，只是流淚，一句話都不肯說，叫我心中又急又痛。」大姑奶奶順勢抹了把眼淚，又狠狠地瞪了袁夫人一眼，尖著嗓子說道：「袁夫人，這就是你們家的家教不成？這還是在親戚家呢，居然行此等偷窺女眷之事，還兄妹倆一人一句的搶白。合著我們凌家女兒就是那小門小戶的，活該被欺負？」

袁夫人雖覺得自家兒子有錯，但她是個最護短的人，自己可以打罵兒子，別人是不許的。尤其她自覺身分比大姑奶奶高了一等，若不是看在杭家的面上，她還不屑於與之說話呢，陰陽怪氣地嘀咕了一句。「閨閣女兒的，不看看是什麼地方，就換起了衣裳，不怪被人看了。」

「住嘴。」袁尚書厲聲喝斥了自己夫人一句，他最重聲譽，偏偏娶了這麼個夫人，教導著孩子不成材，把他一輩子的老臉都丟了，還敢在杭家胡言亂語，恨不得立時把她休了。

大姑奶奶覺得自己贏了一仗，臉面上有光，放緩了聲氣。「你們兒子做錯了事，理應受罰，可我的女兒是好姑娘，不敢叫你們糟蹋了。你們只要叫你們兒子與我們道了歉，重重地賠禮，這件事也就既往不咎了。」

此言一出，不只袁家人，滿屋子女眷僕婦，連太妃娘娘，都震驚地盯視著大姑奶奶，以為她發了瘋，清清白白女兒家被人看見換衣裙，就這樣算了，不嫁給他還能嫁給誰？

「混帳，胡說什麼？」太妃哆嗦著唇角，真想上前甩一巴掌。這個杭明倩，常常仗著自己是杭家女兒在外頭招搖也就算了，如今出了天大的事，不與她商量一番，就私自定了主意，還是個這麼荒誕離譜的主意。

大姑奶奶難得被太妃喝斥，有些委屈，但心下不甘，輕搖著太妃的胳膊說道：「母妃，袁家兒子的德行，您是看見的，難道您要我們秀兒嫁給這種人？我們秀兒受不得委屈。」

太妃對袁家本來就不滿意，偏偏事情鬧成這樣，不嫁都不行了。袁家願意負責已經不錯了，外頭還有哪個人肯娶凌秀呢，即使願意門第都低了許多。凌秀自小嬌生慣養的，吃不得苦，她也是為了這個外孫女兒考慮呢。

「你們不願意最好，我還嫌委屈了我兒子呢，娶個病秧子回去做甚。哼！」袁夫人覺得大姑奶奶還算有點眼界，沒有強逼著自己家娶了她的女兒。

大姑奶奶登時回瞪過去，卻沒有反駁，只是可憐巴巴的看著太妃說道：「母妃，我們秀兒從小到大，一多半時間是在您跟前長大的，她性子溫柔，與表兄妹們又和睦。別提她與老四了，真真是青梅竹馬，好得一個人似地，要不是老四娶了——」

「夠了。妳還知不知道自己的身分，堂堂誥命夫人，將軍夫人，就沒有一點腦子，這種事情也是能隨意攀扯的。兄妹之間和睦那是應該的，但只限於小時候，老四十四歲後，妳幾時看見他主動與外孫女說話了。」太妃真想掐死了大姑奶奶，不願嫁給袁家就算了，居然還想覬覦著老四，老四也是妳們能肖想的嗎？最要緊的是不該當著許多人的面說，這分明就是要毀了杭家的臉面，傳出去就變成老四調戲表妹了。

大姑奶奶的話真就起了不小的作用，眾人都用怪異的眼光看著風荷，杭家四少的風流韻事是多得數也數不完，若說他與自己表妹有一腿，眾人是非常願意相信的。這是多麼令人瞠目的消息啊，娶了新婚妻子不到兩個月的杭家四少被爆出與自己表妹有私情，引得姑媽一心要把女兒嫁給他，不會已經做出了什麼吧？

風荷發現自己的決定是多麼英明正確，這次不把凌秀嫁出去，保不準大姑奶奶又會弄出什麼么蛾子，硬把女兒栽到他們頭上。背後有人輕輕拍了一下風荷，風荷回頭，是雲暮，眼裡閃著幽深的笑意，眼角瞥向自己半藏在衣袖裡的手，裡邊分明一個小紙團。

風荷側身，做出被眾人看得不好意思的模樣，暗中接過雲暮手中的紙團，迅速打開閱覽一遍——

婆子穩妥。爺審丫鬟，得一凌秀書，並交婆子。另有大禮奉上。

前面幾句風荷能想明白，凌秀手書定是什麼詩詞歌賦之類的，本是要兩個丫鬟栽到杭天曜身上，做成什麼杭天曜仰慕凌秀才華行偷窺之事來的景況，現在正好可以用到袁少爺身上。只是最後的大禮是什麼意思？風荷默默計較著，一切具備，她只有一個麻煩沒有解決，就是要為凌秀設計袁少爺找一個所有人看得過去的理由，難道杭天曜已經了然她的用意，想出了應對之策。

話說大姑奶奶被太妃嚴厲的神色語氣嚇得有些失了神，但一想到將來，就咬咬牙，假裝沒聽見，繼續胡攪蠻纏。「母妃，您一向喜歡秀兒，時常與我讚她，難道您不願她長長久久伺候在您跟前嗎？女兒受母妃愛護多年，無以為報，這亦是女兒的一片孝順之心。秀兒是您的外孫女，豈能不比旁人更孝順您三分？」她一面說著，一面帶著指責的目光望向風荷，好似在怨怪風荷不孝順太妃。

風荷委屈的紅了眼，期待地看向太妃。

太妃對這個女兒是徹底失望了，從前看在她自幼喪母的分上，對她多有關照，知道她性子好強手段平庸，把她嫁到了凌家，就是看中凌家兒子有官職但沒實權這一點上。不然，以杭明倩的心性，都不知能仗著自己爺們的權勢做出多少事來呢，那時候反倒是害了她。不想她這些年根本沒有體諒自己的一片苦心，千方百計謀算著娘家的榮華富貴。

想到這兒，太妃欠了欠身子，拉了風荷到她懷裡勸慰。「好孩子，妳待祖母的一片心祖母比別人清楚，妳別與一般人計較，咱們娘倆知道就成。」

她這一說，眾人自然明白大姑奶奶是在誹謗風荷，越發不齒起來。女兒被人壞了閨譽，不說嫁給那男子，反口口聲聲要賴到杭家身上，不是明擺著看中了杭家的權勢。

與此同時，六少夫人進來了，她面上憤然不平，與大家行了禮，才道：「祖母，父親母親，各位夫人們，我大哥說他有話要說，不能平白無故被人冤了。」

眾人聽得六少夫人為其兄長喊冤，不由驚詫。袁少爺喊冤？他喊什麼冤，他偷看了人家女孩兒，難道還虧了不成？

不只別人，連袁氏夫妻都有些摸不著頭腦，以為自己那糊塗兒子又要鬧出什麼事來，反去斥責袁氏。「妳大哥胡鬧，妳也跟著胡鬧不成。叫他安分些，還嫌臉丟得不夠啊。」

袁氏很是委屈，但眼下不是委屈生氣的時候，她強忍了心中的不滿，大聲說道：「大哥說他絕對沒有偷窺凌小姐，分明就是被人陷害的。」袁氏難得明白得很，今兒要讓凌家的算計成功了，她大哥沒有臉面，袁家不會有好日子過，她更是在杭家抬不起頭來，還時不時被人在背後戳上幾下。

太妃倒是有幾分拿不準了，還沒見到正主呢，總不成就把罪名安到人家身上去，那樣傳出去也難以服人。即使他不是故意偷窺的，事實卻是他確實看到了秀丫頭換衣，也跑不掉一個迎娶秀丫頭的結局，聽他說說也無妨。於是，就點頭對六少夫人道：「那去請妳兄長過來吧。都是他的長輩，沒什麼避忌的，老四媳婦去後頭勸勸妳表妹。」

風荷正想下去問問清楚呢，忙應了聲是，帶了自己的丫頭退下，只留下一個小丫頭淺草在廳中伺候太妃。

袁少爺大大咧咧走了進來，面上的緋紅沒有完全褪去，看得出來吃了不少酒。袁大人一見，真是氣不打一處來，酒後亂性是他這個兒子的一貫特性，他想相信他是被冤枉的都難，冷冷喝斥了一句。「孽障，你還有什麼要說的？」

「老爺，先聽孩子說了你再罵也不遲啊。」袁夫人自來護著兒子，倒有些不怕袁大人的樣子。

袁少爺平兒膽大，但對自家老子那是天生懼怕，常跟老鼠見了貓一般的，急忙躲到袁夫人身後，小聲嘀咕著：「兒子沒錯，兒子就是被人栽贓陷害的。」

「你給我說，誰陷害的你，為什麼要陷害你？你說不出來別怪我對你不客氣。」袁大人依然不是十分相信，誰會與他們袁家過不去，還搭上人家女孩兒家的清白，淩將軍那裡，不至於如此急迫吧？

太妃頭痛不已，一個個都不讓她省心，歉意地看了看在場的女眷夫人們，勸著袁大人。「親家，孩子既如此說定是有緣由的，咱們聽他說了再作定論不遲，萬不能委屈了孩子。袁少爺，你能解釋一下你為何在此嗎？」

袁少爺對太妃的好感一下子上來，覺得比他父母都通情達理，也不怕袁大人了，居然敢走到中間去，理直氣壯的辯解起來。「太妃娘娘，您德高望重，有您給我作主我最放心不過了。今日之事，根本是有人故意要陷害我。我原在後花園與四少爺他們一塊兒吃酒取樂，後來興致來了多吃幾杯，我平日的酒量也不是這麼差的，可能心情一好倒比不上平時了。」

「快說正經的來。」袁大人一邊輕喝了一句。他這個兒子，一說起吃酒作耍就有點停不下來，保準說得興致勃勃眉飛色舞，忘了是什麼場合，他只得提醒一下。

袁少爺果然訕訕地住了口，有些害怕的偷看了父親一眼，仍是說下去。「沒想到吃多了身子發暈。四少爺好意，叫幾個婆子把我送到外院客房先歇一會兒。我當時不太清醒，事情還是記得一下，那幾個婆子把我弄出了後花園之後，沒有按照四少爺的吩咐送我去客房，自己扔在了這裡。

「我迷迷糊糊的，很快就睡著了，接下來發生了什麼都不知。直到我從睡夢中聽到幾個丫頭的大叫聲，才嚇得驚醒過來，以為出了什麼事，就往外跑，沒想到屋裡居然有女子在。我何曾偷窺什麼換衣了，根本沒有的事，誰知道什麼時候有人進來了。

「話說那什麼小姐的也太不檢點了些，屋裡有男子在，她居然不管不顧的換起了衣裳，便是真被人看了那也怪不得人，要怪只能怪她自己不小心。回頭還來訛上我，與我什麼關係，別想逼著我娶她。」袁少爺越說越順溜，心裡卻在琢磨著那個小姐長什麼樣，之前太亂了沒看清，回頭若是出來對質可要仔細看看。聽說是杭家的外孫女兒，想來應該不差，弄回去做個妾倒是不錯。他連嘴角都快翹了起來。

大姑奶奶聽得面色鐵青，她當然知道這極有可能就是事實，可是那又怎樣，袁家至少也要好生賠償她們一番，不然白便宜了他們。挺直了身子反駁道：「這是自己家裡，誰能想到內院會有外男，明明是你闖進了內院，還想推卸責任。」

太妃冷冷掃了一眼，警告她閉嘴，本來沒有的事，愣是被這個糊塗女人弄得人盡皆知。頓了頓，她才和緩著語氣問袁少爺：「袁少爺說的一切，只要尋了那幾個婆子來一對質就清楚了，不必爭論。不過袁少爺之前喊著什麼冤枉陷害了你之事，是怎麼回事，這話可不能亂說的。」別人聽了還以為是杭家陷害他呢，這裡可是杭家的地盤，外人還能耍什麼花樣。

說到這兒，袁少爺來了精神，對於有人設計他一事，他還是有幾分期待的，難道那小姐暗中心許了他，只因家中不同意，就使了這麼個招數，那樣自己日後倒是要好生疼愛她一些。

他不由興奮地說道：「太妃娘娘，我妹妹說有丫鬟在那個屋子裡發現了安神香，我正訝異自己就算吃多了酒也不至於醉得人事不省，連人進來都不知道吧。若是這樣就對了，我分明是被那安神香迷暈了。」

啊？眾人禁不住發出了驚呼聲，這場戲是越來越精彩了，安神香，一個廢棄不用的屋子，沒必要點什麼安神香吧，還是這麼名貴的，一定是有人要在這兒做什麼事才對。

太妃亦是怪異不已，他們家中從來不准用這些東西，用多了對人身子沒什麼好處，那是從哪兒來的，會不會是袁家為了推卸過錯撒的謊？

只有大姑奶奶臉色白了一白，身子輕輕一顫，緊緊咬住了自己的唇角。她是怕杭四看見女兒進去，那事情就不好辦多了，便想著把他迷暈一會兒，反正很快他就會被丫鬟的驚叫聲嚇醒的，不愁沒人看見他在房裡。

為什麼會被人發現，安神香的香味與普通薰香相差不多，誰那麼厲害，一下子就聞了出來？而且老四呢，他為什麼沒有出現在這裡，那兩個丫頭如何辦的差事？大姑奶奶真想現在就去質問一番，不由後悔自己方才只顧寬慰女兒，忘了這件要緊事情。

大姑奶奶的變化都被有心觀察她的袁氏看在了眼裡，越發肯定自己的猜測沒有錯。袁氏是個好強的人，一丁點好處都想安到自己頭上，她已經忘了是風荷提示她的，這也是風荷大膽利用她的緣故。

「大姑奶奶的臉色為什麼這麼差，不會做了什麼虧心事被人發現了吧？」袁氏沒有那種放人一馬的寬大心胸。

大姑奶奶正在發呆，聽到她這句話嚇了好一跳，雙眼驚懼地瞪視著她，好一會兒才道：「侄兒媳婦，話可不能胡說，我不過是為自己女兒傷心而已。」

她的不對勁大家都注意到了，也信了她的解釋，唯有太妃微微皺眉，心下產生了一點懷疑，卻很快否定了下去。

袁氏暫時放過了她，轉而與太妃說道：「祖母，有一事孫媳不解，想要請教大姑奶奶和凌表妹一番。」

「什麼事？妳說。」太妃隱隱有些不安，只是不能阻止。

「我想請教大姑奶奶，表小姐那般一個嬌弱的人兒，為什麼被熱水濺到，連哼都沒有哼一聲，就安安靜靜地回來換衣服了。她要換衣服回自己的院子豈不安全方便，何必巴巴繞了一圈，到這裡來換。孫媳實在想不通，還請大姑奶奶給孫媳解釋解釋。」說到最後，袁氏眼裡的笑意濃郁得好比盛開的花朵，她有點佩服自己也能有這樣鎮靜自若的時候。

「咕咚」一下，大姑奶奶覺得自己的心漏跳了一拍，然後重重撞在一塊堅硬的鐵上，疼得她一時沒了反應。她不是不知道這裡邊的小小漏洞，可是原來以為混亂之時，大家只顧糾纏著杭四負責，而疏忽這樣的小細節。當然，她也是準備了說辭的，但做了虧心事的人難免緊張些。

「那是因為茶水不燙，只濺到了裙子上。我怕秀兒穿久了濕衣裳著涼，叫丫鬟先趕回去給她取來，恰好在這附近遇到了，當然揀著最近的地方換了，難道再跑回去不成？」她的辯解總有些心虛的意味。

大家都用懷疑的目光看著大姑奶奶，看戲時她們都是吃了茶，清楚那個茶水究竟燙不燙。即便正好凌家小姐的不燙，她一個閨閣女兒，不回自己院裡，隨便找個地方就換起了衣裳，很有些說不通，無論叫誰聽了都不太認同。即使著急，那也該叫丫鬟們先將屋子看視一圈，確定沒人了再進去，那樣豈會出現今日之事？說到底，凌小姐自己也有很大的責任。

雖如此，眾人還是沒有將安神香一事想到凌秀身上，京城有哪個女孩兒會傻到要把自己嫁給袁少爺，絕對沒有。

只有太妃，心下又恨又怒，不管是不是凌秀母女的計策，她們今兒都是完了，凌家臉面徹底丟盡。

不過，她不能不保凌秀，杭家外孫女兒啊，不能傳出叫人詬病的缺陷。所以，她只能壓下滿心氣惱，打著哈哈。「看來這一切都是誤會，袁少爺恰好在這兒，而小丫頭們太大意了，怪不得袁少爺。」

現在，輪到袁家人不依了，先前指著他們怒罵，如今又想輕易揭過。袁大人能坐到兵部尚書的位置上多年，自然是很有兩下子的，事情裡邊的漏洞太多，最大的就是安神香了，還沒有解決呢。他故意作出一副公正嚴明的樣子來。「雖如此說，事情不得不問一下，比如那幾個婆子，好歹要知道這個逆子有沒有說謊話。安神香在哪裡，不能憑空聽我那丫頭一句話。」

袁氏很想大讚父親英明，太妃是她長輩，發了話她不敢駁，可是袁大人說得多好，人家不是為了偏袒自家兒子，人家公正著呢，甚至話裡話外都不是很信自己兒女。不愧是聖上信任的重臣呢，行事果然不一般，女眷們對袁家人的態度改變不少。
太妃無奈，命人去帶那幾個婆子上來，又命人去請太醫，叫他驗驗屋子裡是否點過安神香，如今是她想息事寧人都沒轍了。
大姑奶奶反而不是很擔心，那幾個婆子與她沒關係，她是半點把柄都沒有留在她們身上。安神香也不打緊，就算有又如何，還能證明是她的不成了。
很快，婆子被帶來了，準確的說是被扭送過來的。
太妃略有不解，自己只說帶人，沒說抓人呢，端惠行事也不老成了。
誰知端惠面上不大好看，想要私下與太妃說，礙於一屋子人瞧著不便，只得深深吸了一口氣，勉強解釋。「娘娘，這幾位就是四少爺派去送袁少爺的婆子們。奴婢領了人正要去傳她們，誰知四少爺已經叫人捆了她們幾個過來，說是，說是四少夫人的乳母葉嬤嬤奉了四少爺之命來問問四少夫人怎麼還不回去，卻在西邊紫藤廊下看到這幾個婆子有些怪異。
「原來她們正在爭搶著一樣東西，葉嬤嬤眼尖，認得是一件成色極不錯的翠玉手鐲，就起了疑心，又聽她們嘴裡說得怪異，就留神聽了聽，好似提到什麼表小姐、綺兒之類的。忍不住上前問了問，幾個婆子嚇一大跳，遮遮掩掩說不清楚，葉嬤嬤就唬了她們一把，假說要送去富安大娘手裡。
「婆子被嚇不過，招了這是表小姐跟前的綺兒賞給她們的，要她們將袁少爺送去小抱廈，別的她們就不知了。葉嬤嬤見事情牽涉到了親戚家，不敢擅自作主，稟了四少爺，四少爺命她送了來，請娘娘定奪。」

她的話未說完，屋子裡大半人都變了臉色，有含笑的、有發青的、有震驚的，不一而足。大姑奶奶更是目瞪口呆，她從來沒有叫這幾個婆子行事，女兒更不會這麼做。可是端惠手裡的鐲子，她一眼就能認出，是初一這日女兒賞給綺兒的。

「傳她們進來。」事情發展到這一步，太妃想要遮掩都不行了，她只能見機行事。好在凌家如今只能算是杭家的姻親，不然杭家幾位未出閣的小姐就要受大大的連累了。當然，太妃並不完全相信此事，她實在想不出一個合理的理由來解釋明倩與凌秀的作為。

一共四個婆子，神色慌張，衣衫簡單，一看就是王府裡最低等的婆子，不然也不會去伺候公子爺們。她們一進來，就慌得跪下，連連磕頭求饒。

太妃覺得自己就是掉到了一個爛泥潭裡抽不出腳，沒好氣的質問：「行了，別磕了。這個鐲子哪裡來的，都給我說清楚了，若有一句虛言，立時杖斃。」

四個婆子嚇得渾身發抖，戰戰兢兢，其中一個略鎮定些，打著顫回話。「娘娘、娘娘，奴婢錯了，奴婢不該貪綺兒大姑娘的東西，可是這真的是綺兒姑娘賞給我們的。她說只要咱們幾個能把袁少爺送到這裡，不但這個鐲子就是咱們的了，回頭還有重賞。餘下、餘下，奴婢真的不知道了。求太妃娘娘饒命啊！」

她話音一落，剩下幾個亦是哭著求饒。太妃挨個問過，口徑相當一致，氣得太妃心口發疼，頭腦發暈。

大姑奶奶滿面震怒，渾然不解，她沒有指使她們啊，她們分明是睜著眼睛說瞎話。她又跳又罵。「混帳東西，血口噴人，我什麼時候指使過妳們了？這個鐲子，是妳們偷來的。

說，是誰叫妳們陷害我們的，快給我說清楚了！」聲音有些歇斯底里。

婆子一個勁兒的磕頭，口裡說的依然是前一篇話，咬定了是綺兒交給她們的。

「都住口，端惠，去把綺兒叫來。」太妃的神色相當可怕，面色陰沈得如六月的雷雨，手指緊緊握成了拳。

綺兒被帶了過來，形容憔悴無比，雙眼無神，怔怔的，連見了太妃都沒行禮，叫人看了就覺得像是計謀被戳穿之後的表情。

大姑奶奶急得衝上前，推著綺兒大喊。「綺兒，妳說，這不是妳給她們幾個的是不是？妳沒有叫她們帶袁家混帳過來是不是？」

綺兒的視線轉到了鐲子上，眼中閃過訝異，倒是開了口。「咦，我的鐲子怎麼在這裡？」

「綺兒姑娘，妳可要為我們幾個澄清呢，這不是妳賞給我們的，還說只要辦成了妳吩咐的事，另有重賞，妳不能不認帳啊。」最先開口的婆子又一次磕頭。

「什麼事？妳說的什麼啊？」綺兒茫然無知，外面的事情沒有人報到裡邊去。

「大姑娘，妳不能這樣呢，妳推得乾淨，咱們幾個算得上什麼東西，聽了四少爺的吩咐豈有違背的理，要不是姑娘說了沒關係，我們也不敢啊！姑娘妳現在不承認，不是要害死我們嗎？」幾個人說得聲淚俱下，叫人看不出真假來。

倒有一多半的人選擇相信她們，她們是杭家的奴才，不會被袁家的人買通去陷害自己府裡出去的姑奶奶們，而且那個鐲子不然怎麼會在她們手裡，凌家的丫鬟就是想把事情推得一乾二淨。

綺兒愈加迷惑了，只是分辯著：「我聽不懂妳們在說什麼？」

婆子見狀，氣得啞口無言，半日忽然想起一事，從懷中掏出一封書信來，問著綺兒。「姑娘不認，這個應該識得吧。姑娘叫我們把此物交給袁少爺，可那時候袁少爺醉得太厲害，我們只顧著放下了他人，怕被人發現，急忙離了，竟是忘了交這個東西。」

太妃點頭，端惠上前接了書信，交給太妃閱覽，裡邊摘錄的是一首女子仰慕男子的情詩，纖弱的字跡一瞧就知是凌秀的，太妃越發信了三分。太妃看畢，端惠又將書信一一給綺兒、大姑奶奶看過。

兩人的臉色從最初的疑惑轉到驚怒，青白中透出黑，隱隱可怖。那是凌秀閒時抄閱的，她們一看便知，大姑奶奶更是清楚這是她從女兒房中翻出來叫小丫頭放在杭四身上的。為什麼會出現在婆子身上？

袁氏一看就知書信裡必有什麼要緊東西，趕忙問道：「是什麼？」

端惠心知太妃瞞不住眾人，給了袁氏一觀，袁氏看得嘖嘖稱讚。「表小姐的字寫得越發好了，我那幾筆，是再不敢往外頭拿了。我雖讀書不多，也能看出點意思來，原來表小姐仰慕我大哥，那直接上門提親就好了，我家老爺和夫人一定會萬分欣喜的，何必做出這種暗中私傳書信之事呢？」

袁少爺聽得心花怒放，他大字不識幾個，聽到千金小姐為他寫情詩還是頗為得意的，回頭還能拿出去炫耀炫耀。這趟杭家，可是沒有白來。

「妳胡說！我們秀兒根本不是寫給妳大哥的。」大姑奶奶情急之下口不擇言。

「啊？不是寫給我大哥的，那是寫給誰的？那又為何叫婆子送與我大哥，大姑奶奶您說呢？」

「妳、妳……」大姑奶奶身子一軟，人栽倒地上，慌得丫鬟們忙上前攙扶。

這回都不用請太醫，因為太醫已經來了。鬧成這般，太妃哪裡還顧得上什麼規矩不規矩的，宣了太醫進來，直接讓他去隔壁屋裡看看，也不請他給大姑奶奶檢查一番。

太醫進去轉了一圈，拱手回話。「太妃娘娘，屋子裡似乎曾點過安神香，味道散去多半，角落裡還是留了一點子蹤影。這個東西，聞多了會使人疲倦瞌睡，等閒儘量不要使用。」太醫心下怪異，杭家今兒不是請吃年酒嗎，怎麼聚了這麼多人在這個小屋子裡，還莫名其妙傳了自己來檢查屋子，居然還出現了安神香。

袁夫人這下子趾高氣揚起來了。明明是妳們設計了人，還想叫兒子背了黑鍋，弄得自家不得不娶妳們，原來是妳們上趕著嫁呢！

「哎喲喲，這真是見所未見聞所未聞啊，夫人們，妳們聽說過沒有？大戶人家的千金小姐，哪個不是賢淑貞靜的閨閣女兒，這看起來嬌滴滴柔怯怯的，原來還有這等本事這等心機這等、嗯、這等情腸啊！我們哥兒也是好福氣，居然能博得凌小姐私心愛慕，甚至為他不惜清譽。

「照理說，凌小姐願以身相許，我們袁家自是極喜歡的，可她應該與長輩們商議了，兩家父母之命媒妁之言，那不是天作一段姻緣。鬧成了這副樣子，倒是叫大家看了笑話。而且自古有言奔則為妾，凌小姐婦德已失，是做不了我們袁府當家少夫人的，看在太妃娘娘的面上，側室夫人我是一定會為她留著的。」

一面說著，袁夫人一面對著眾人做著誇張的動作，還不時用帕子掩了嘴笑，整個人花枝亂顫的，揚眉吐氣啊。當了這麼久縮頭烏龜，她的厲害性子終於有了用武之處啊！

大姑奶奶早沒了把女兒許給杭四的心腸，只指望著能挽回此事，心中悔恨萬千，是她自己害了女兒啊，想出了這麼個上不得檯面的計謀，賠了女兒還丟面子。又不能說女兒是與杭四來幽會的，那樣同樣沒臉，而杭四若不認就更難堪了。

不能，她絕不同意把女兒給袁家做妾，凌秀生得花容月貌，還有滿腹詩書，豈能給那種粗人糟蹋了？尤其是她一心要叫女兒攀上了王公貴族府邸，就是叫凌秀給什麼王爺世子的當個側妃她也願意啊。袁家那兒子，百無一用，家中又沒有爵位可以繼承，怎麼幫得了凌家？

想到這兒，大姑奶奶面容猙獰，張牙舞爪地吼道：「妳作夢，我們秀兒絕不會給你們做妾的。」

當下，女眷們對是不是在杭家都顧不得了，低聲指點著，無不是諷刺凌家小姐人大心大，自己為自己擇了夫婿，都不用爹娘操心，還想出這種下作的手段來。若不是有太妃坐在上首，她們此刻怕是早就大說大笑起來了，還有呼朋喚友前來看這一場世所罕見的好戲。

老王爺，這是造了什麼孽啊，太妃娘娘相信要是早知今日，她當年大姑奶奶剛出生那一刻，拚著與老王爺對立，也要掐死了她。沒想到自己一大把年紀了，還要給她收拾這樣的爛攤子，太妃知道這絕非凌秀的意思，一定是她那個糊塗混蛋母親做下的。當然，她心下還是有一絲懷疑的，那就是凌家如何肯將女兒嫁給那樣一個無賴呢，這與他們好處不大啊。

淺草覺得這戲看得差不多了，有必要報給裡邊的小姐知道，自然不是她自己小姐了，一切都在掌握中呢，她是要間接報給表小姐。她如果聰明，就認了，如果看不清形勢，那確實就只有做妾一條路了，本來風荷還不打算把落水狗打得太慘。

凌秀聽完淺草的敘述，哇的一聲昏死過去，她絕對沒有想到事情會演變到這一步，這根本不在她預料之內。她頂多以為袁少爺是巧合，只要杭家有心保她，她可以安然脫身，就是名譽受了些損傷。事情發生了這麼大的改變，實在是她始料未及的。

三少夫人嚇了一跳，慌得要人請太醫，風荷忙止住了她，叫丫鬟掐凌秀的人中，口中解釋著。「三嫂，不能把表小姐的情況傳出去，那樣只會叫人更加看輕了她，進而影響我們杭家的威望啊。」

三少夫人從來都是沒主意的人，旁人怎麼說她就怎麼做，便呆呆地看著風荷舉動。

嚶嚀一聲，凌秀醒轉過來，伏膝痛苦。過了一小會兒，她又想起不能任由他們把她嫁去袁家，哭著下床，要去求太妃給她作主。

凌秀使計謀劃杭四是她的錯，風荷是存了心讓她自食其果。但風荷到底是女子，不欲看到凌秀太失體面，更怕她會說出什麼牽涉到杭四的話來，扯住了她的衣袖喝問。「表小姐，妳確定妳要出去拋頭露面？今日之事，明日就會傳遍京城，杭家再有權勢也保不住妳。妳想想，你們凌氏宗族容得下妳嗎？妳如果不嫁給袁家公子，妳只有死路一條啊。

「妳畢竟是凌家的人，不是我們杭家的女孩兒，太妃憑什麼出面，憑什麼去跟你們宗族長輩交涉，這些妳想過沒有？而且以眼下的局勢，除了袁家，妳以為還有誰會娶妳，這可是關係到家族聲譽的大事，不是我們婦道人家幾句話就能抹過去算了的。」

不可能，不可能啊，凌秀心裡一千次一萬次的呼喚，但是她僅存的一點理智告訴她，風荷說的句句是真，難道她只有嫁去袁家一條路嗎？相比起嫁去袁家而言，凌秀覺得死反不可怕，但可怕的是那樣一種死法，受世人唾棄，被千人所指，她怎麼承受得起？

三少夫人亦是認為凌秀還是乖乖聽由長輩們吩咐的好，婚姻大事本就應該父母作主，表小姐豈能自己說什麼話呢，那樣婦德都沒了，不過表小姐的婦德已經沒了。她表示贊成風荷的話。

外間，大姑奶奶依然不肯死心，而袁夫人，似乎娶定了凌秀一般，就是不鬆口。她如此，於他們袁家聲望反而有益，袁少爺被人設計與凌小姐共處一室，不但沒有惡言相向，還願意為那女子負責，傳出去，袁家就是那以德報怨之人，而凌家，不堪至極。

太妃知道自己的表態至關重要，可是她存著那個疑慮，叫她不敢輕易作主。就在這樣兩難之時，外頭傳來王爺命人緊急送來的消息——凌將軍在地方上不敬尊長，苛待下屬，收受賄賂，聖上大怒，責令押解進京。

一眾人等都被這個消息徹底震撼了，大姑奶奶捂著自己的嘴巴完全沒了神智。

倒是袁大人第一個反應過來，他稍一思慮，就想明白了個大概，不悅地對太妃說道：

「論理，咱們兩家是姻親，凌家有什麼需要咱們幫的，我也不會袖手旁觀。這是山東布政使前幾日送上來的奏摺，只因聖上還沒有開筆，我便沒有送上去。如果凌家光明正大請我幫這個忙，我一定會在聖上面前稍加描補的，只是凌家不該使計陷害犬子，試圖拿捏我。」

明明還不到開筆的時候，聖上怎麼會突然得知了此事，還這麼快就下了旨意呢，怪哉怪哉。

「太妃娘娘，您別不信，您或許疑惑凌家為何沒有求你們出面在聖上面前說情，那是因為他們不敢。山東布政使說凌家在當地所作所為常指著貴府的名頭，他們怎麼敢叫你們知道呢？」

袁大人這番話對凌家而言是最後的致命一擊，前邊大家的不解懷疑都有了解釋的理由，為了父親的官職，凌小姐願意以身相許是可理解的。原來如此呢！

太妃現在擔心的已經不是凌秀願不願意嫁去袁家了，而是袁家願不願意再娶她。犯官之女，後果如何可想而知，凌將軍所犯之罪不至於連累全家，但有今日之事在前，凌秀這輩子徹底毀了，絕沒有出頭之日。

袁大人似乎感到了太妃的擔心，他拱手作揖。「無論如何，犬子總是壞了凌小姐的閨譽，我便作主替他納了凌小姐吧，還請太妃娘娘作主。」

納了？納了？納妾才是納，正妻只能娶。所有人都聽出了話裡的意思，太妃是想過袁家看在她的情面上，給凌秀留最後一點體面，但是說情的話她開不了口。凌家設計了袁家，難道還能叫袁家娶凌秀去做當家少夫人，換了誰家，都是嚥不下這口氣的，能納了凌秀為妾保她一命已經是仁至義盡了。

她回頭去看大姑奶奶，不知是嚇得還是急得，渾然不覺女兒的命運被定下。

太妃咳了咳，問道：「姑奶奶，妳自己拿主意吧。」

大姑奶奶恍然未聞，但卻是點了點頭，太妃長吁一口氣，她是真想快點打發了這個事，今日杭家來了多少賓客呢，都在外面，而她們為了這件事耽誤太多時候。尤其她一想到凌家藉著自家的名頭在外面做下那些事，聖上對自家會不會有想法，接下來會不會申斥自家呢？

如此一來，袁家與凌家的事情總算做了個了結。所有人都心知肚明，凌小姐去了袁家是絕對不會有好日子過的，袁夫人的性子本就急躁厲害，面對一個曾經陷害自家的妾室姨娘，她能給好臉子才怪。而袁少爺又是那樣一個人，怕是不到一年，凌小姐就會被折磨死了。

第六十四章　你來我往

當日，賓客盡興而歸，盛讚杭家酒席好、戲文好，從來難得一見。

因為杭天曜召喚，風荷沒有陪著太妃回前頭，直接回了凝霜院。凝霜院東北角的甬道上有一棵年份不短的杏樹，杏樹下一叢淺綠色的裙角飄揚，很快拐了個彎消失了，卻有一股極清極甜的香味隨著風散開。

風荷提起裙襬，信步走入，丫鬟們忙迎了上來。院子裡也有那股香味，只是更淡些。

沈烟快步上來請了安，含笑說道：「少夫人累壞了吧，少爺請少夫人過去呢。」

「我身上沾了些灰塵，先梳洗了再說吧。叫小丫頭們把院子灑掃一番，點上薰香。」她的衣裙很乾淨，絕對沒有沾染什麼灰塵之類的。

都是跟了風荷多年的人，她一皺眉大家就明瞭她的用意，均抿嘴而笑，高聲應是。

杭天曜賴在風荷專用的花梨如意雲頭紋美人榻上，抱了書看，書也是風荷常看的《宣和畫譜》。外頭說話聲陸陸續續傳了進來，他先是勾唇而笑，很快又皺了眉，摸了摸自己的鼻子，舉起衣袖嗅了嗅。好像是有那麼點味道，難不成風荷一向有潔癖？

這般想著，心下就湧起一陣不安與焦躁，終是揚聲喚道：「人呢？」含秋應聲而入，杭四忙道：「給我取件衣裳過來，這件褂子穿著不舒服。地龍籠得太熱了，開一會兒窗，透透氣。」這是風荷的繡房，不知他怎麼跑到這兒來了。

含秋故意拿眼覷了覷他，輕輕點頭，先去開了窗，再回臥房取了一件家常穿的灰鼠皮襖子。

風荷換下了見客的大衣，只著了一件蜜粉色織錦短襖和月白色的細褶子棉裙，又吃了一盞茶，方才過繡房去看杭天曜。還未進門，她面上已是一臉可疑的笑意，也不用丫鬟伺候，自己挑起簾子一角，裊裊娜娜行了進來，抽走了杭四手中的書，輕笑一聲。「爺這個時候還能看得進這種書，妾身佩服。」

杭四臉上火辣辣的，他對琴棋書畫之類的雖懂，但並不通，無聊時才用來打發時間，他只是對風荷愛看這些書感興趣而已。聞言好似被人戳穿了自己的把戲一樣，有些訕訕的，扭過頭去。「妳終於知道回來了？也不知給我留幾個得用的人，竟把那種背主之人放到我眼皮子底下。」

「爺這是怪我自作主張了？我知道爺心裡惱我，嫌我壞了爺的好事。那是爺青梅竹馬長大的親表妹，呵護得什麼似的，爺若捨不得與了別人，不過求求太妃就完事了，何必拿我撒性子。再不濟，我去求太妃罷了，好歹也當一回賢慧人，討爺一個歡喜。」風荷跺著腳，小臉紅紅的，說完，作勢往外邊走。

杭天曜急急起身拉住了她，卻因身上沒好，起得急了傷口吃痛，便拽了她的手一同坐倒在榻上，又氣又喜。「妳這麼大的氣性，被誰慣出來的？我不過白說妳一句，倒招了妳那些胡話上來，什麼青梅竹馬，那也是能說的？我若有那心思，幹麼背後助著妳，我直接派人去給祖母送句話就好了。」

「不知好人心。我可是拚了命才保住清白之身，妳不說安慰幾句，反先使性子，妳說說，是這樣的理？瞧瞧，眼都紅了，叫妳那些丫鬟看見又當我欺負了妳，回頭一個個對我齜牙咧嘴的，我真懷疑如今我是不是這院裡的男主人，一點子威風都沒有。妳這個……」說到這兒，杭天曜住了嘴，沒有再說下去，他覺得這樣的話好像有點太親暱了。

風荷本是扭著身子不肯與他坐一起，聽到這兒，眼淚竟是真的滾落下來，反手摟了杭天曜的脖子，把臉挨在他肩窩裡，又是可憐又是委屈的。「我何嘗生你氣來著？我不過是被你急得，我、我以為你真與表小姐有約，又怕你們被人發現，又傷心你半點都不顧著我的感受，滿肚子委屈。後來知道這是大姑奶奶暗中使的計，我氣得什麼似的，打定主意要給她點厲害看看。

「我哪裡想到事情會那般嚴重，害了表小姐，表小姐其實又有什麼錯呢。都是我不好，若叫他們就此揭過了此事多好，豈會弄得這麼糟？」

「妳胡想什麼呢？她們那樣的人，一次不成就有下一次，難道妳希望我下次真被人算計了，娶了幾個回來？好了，不哭了，我才上身的衣裳，這下子沒了。」杭天曜是第一次哄人，小心翼翼的，他覺得這時候的風荷就像是一個單純的孩子，依賴著他，讓他心裡升起滿滿的幸福。

風荷被他逗得「噗哧」一笑，再看他的衣服，果然濕漉漉地沾了一片水跡，忙與他脫了，又道：「你身上哪兒來的香味，甜絲絲的。」

「沒有啊，哪有？」杭天曜一慌，眼神微閃，用力聞了聞自己身上。隨即百般懊惱，他應該實話實說的，清歌過來一屋子的丫鬟僕婦都看到了，他越是隱瞞越有作賊心虛的感覺。後邊連忙跟上。「剛才妳不在的時候，媚姨娘過來了一會兒。」

「我沒問你這個，媚姨娘過來看你是她心裡有你，這也是人之常情，我何時不允她們來了，倒說得我那麼小氣一般。」風荷一面把衣服扔到一邊凳子上，一面回了頭盯著他看，眼中有嗔怪。

杭天曜有點小小的不悅，原來風荷一點都不在乎他的妾室們，那她也不在乎自己了？

誰知風荷輕輕嘆了一口氣，雙眼定定地望著地上鋪的錦繡牡丹富貴絨地毯上豔麗的牡丹，語氣輕飄。「她們都在我之前伺候你，盡心盡力，我應該感激她們才是，又怎能學那些小家子夫人，日日爭風吃醋的，弄得家宅不寧，那樣你在外頭叫人聽見也不像。你不必憂心，只要她們安安分分的，我自會善待她們，不過她們要是欺到我的頭上，就別怪我不賣你的面子。」

杭天曜胸口滿滿的，壓得他有些喘不過氣來，這樣淡淡憂傷無奈的風荷是他從來不曾看見過的，他覺得他們之間好似有一條看不清的鴻溝，阻隔著他，讓他親近不了。但他也清楚，風荷應該是在乎他的，只是她無奈的選擇接受而已，只為了不丟他的臉面。

他忽然有些歡喜，便將她摟在懷裡，語帶歉疚。「她們不過是下人，惹妳不高興了妳要打要罵都使得，賣了也沒什麼大不了的，咱們家不缺幾個使喚的人。對了，妳是怎麼發現大姑奶奶有意陷害我的？」他試圖轉移話題，怕自己陷在她的輕顰淺笑裡，抽不出身。

風荷柔順地靠在杭天曜胸前，簡單解釋了一下。「我也說不清楚，只是直覺感到不對，腦中總是浮現你的身影，就叫沈烟回來看你回了院子沒有。後來聽到大叫聲，嚇得我心跳都忘了，好在沈烟遣了秋嵐給我送信，我才知道你平安無事。」

她纏了杭天曜的手指繞圈圈，眼中現出不解之色，訝異地問道：「你說凌姑父的事情怎麼來得那麼巧，我常聽人說皇上皇后情深意重，我想聖上便是看在皇后的面上，也不會選在今兒下了那樣的旨意啊，除非是凌姑父的事情鬧得太大了。」

「嗯，應該是這樣的吧，還真是巧了。」杭天曜急忙斂了心猿意馬的心神，緊張地應付風荷的懷疑，他這小妻子，腦袋可不比旁人，不過是轉瞬之間，她就能想出那樣的方法，修理了凌家。自己若是露出一丁點蛛絲馬跡，保不準就被她看破了。也不是不信任她，畢竟他們相處的時間太短，他幾乎完全沒有看透風荷。

聽了他的話，風荷沒再多問，不過心中的懷疑是生了根，這個杭天曜，竟然能在那麼短的時間內，把兵部的奏摺直接遞到皇上跟前，皇上還那麼快就下了旨意，這一點，整個杭家，怕是除了王爺，沒有一人能做到吧。他背後，到底有怎樣的實力呢？懷疑歸懷疑，至少風荷放心了許多，她猜中了，外人眼中的杭天曜都是假的，她對他們的未來有信心多了。

「我再去拿一件衣服過來，屋裡雖然暖和，好歹不能大意。晚上爺還去吃酒嗎？」

「不去了。祖母怕是會命人來喚妳，我陪妳歇一會兒，我不冷，抱著妳就好了。」杭天曜換上了他一貫的風流姿態。

風荷輕輕推開他，撒著嬌。「你把我當暖爐使呢，我哪有工夫歇息，還有事情沒有料理。」

「什麼事？」杭天曜揉著風荷的烏髮，不放她起身。

「不過是院裡的小事，趁早了結了我明兒也能安心。對了，明日是永昌侯府吃年酒，咱們不去，要不要另給小侯爺送份禮，爺與他不是關係很好嗎？」頭髮被杭天曜全弄散了，風荷只能用手理順了些，秀髮垂在肩上，映得她膚容勝雪，在嬌豔中有一種慵懶的風情。

杭天曜忍不住在她額上印上一吻，嘻嘻笑道：「韓穆溪自詡雅人，我這種俗人送的東西哪裡入得了他的眼。」

風荷做出羞怯的神情，偏了頭，眉梢眼角間全是風致，口中答道：「既如此，我嫁妝裡有一套文房四寶，勉強拿得出手，我日常也不使那個東西，就送了他罷。」她相信，杭天曜與韓穆溪的關係絕對不是表面上那樣，當初老太爺會為杭天曜定下永昌侯家的小姐，說明兩家交情不淺，只是發生了韓氏之事，才漸漸淡了。

杭天曜認真打量風荷，沒看出什麼異樣，方才笑著應了，還道：「日後這種事，妳作主便罷，何須問我，反正我也是沒銀子的主。」

「爺，只要我們一日是夫妻，我的便是爺的。」風荷正了神色。

一日是夫妻，難道她還想著有一日兩人不是夫妻了？自己是不會休了她的，她總不成要和離吧，杭天曜眼波微動，深深點了點頭。是不是應該早點與她圓房呢？那樣她不會再有別的想法了吧，不知為何，杭天曜一直覺得風荷不是尋常女人，她若想走就一定留不住，他有些膽顫心驚。

風荷覺得自己的意思表達得比較清楚了，也不再與他糾結，起了身坐到炕上去，喚了秋嵐進來。

秋嵐長得不像她母親，敦厚老實的模樣，相反有股子機靈與爽利，倒有些像雲碧的性情，只是沒有雲碧的明豔照人，更似不得寵的小丫頭。她在後花園待了多年，原以為沒有出頭之日了，等著年紀一到就放出去配了小廝，沒想到還有一日能到主子房裡伺候，心中對風荷感激不盡。

如今她不但領了二等丫鬟的分例，管著風荷院子裡灑掃之事，還每日與她母親能見到，真是十分滿意了，做起事來格外用心。

秋嵐有點緊張的站著，這是她第一次被風荷喚到上房來，惴惴的。

「妳的名字是誰與妳取的？」風荷微微笑著，叫人無端平靜下來。

「是我爹，他在帳房，略識得幾個字，我出生之時是秋天，而我爹在書上翻到了嵐這個字，覺得好，就給了我做名字。」她口齒伶俐，語音清脆，不比有些小丫頭到了主子跟前連話都說不完整。

風荷看了杭天曜一眼，見他果然微皺眉尖，就笑道：「這個字雖好，但我喜歡妳清清爽爽的，不如叫秋菡吧，菡萏的菡，方不負跟我一場。」

皇后娘娘閨名杭明嵐，只是外人不知，杭家也不是那等仗勢欺人的，嚴令下人不得用這些字，是以府中知道的人不多，風荷偶爾聽人提起過，就記在了心裡。秋嵐的名字沒什麼大錯，但哪日犯了錯這個也容易被人拿住把柄，索性改了。

秋嵐不知實情，聽風荷給她賜名，覺得好聽，忙磕頭謝恩。於是，正式改了名秋菡。

待她出去，杭天曜方問：「妳怕她犯了姑姑的諱，就不怕她犯了妳的諱。」

「瞧你說的，我是哪個名牌上的人，一個名字而已，況且只是意思相同，字差遠了。」風荷嗔了一句，轉而起身出門，笑著道：「你略歪歪，一會兒叫丫鬟給你送好吃的來。時候不早了，我去前頭看看，可能回來晚些，你有事自己叫人。」

杭天曜目送她出去，不由想笑，她真的很像是他的妻子。

隨後幾日，凌家之事傳遍了京城，當日那麼多夫人看見，怎麼堵得住悠悠眾口。凌氏宗族非常憤怒，逼著凌家趕緊將凌秀送去袁家，竟是幾日也等不得了。

袁家得知消息，隨意請了幾桌酒，就算納了凌秀，凌秀一味哭泣，不肯從了袁少爺。袁少爺原來還對她的美貌看重幾分，有心好好玩玩，誰知這麼個結果，氣得後來再不肯去凌秀房裡。袁夫人歡喜不已，日日磨搓著凌秀，直叫凌秀叫天不應叫地不靈，還要擔心家中大變。

轉眼就是正月十五元宵節了，京城素有風俗，這一日，無論小姐夫人都能出門賞燈，不拘規矩。不過杭家身分貴重，女眷們極少這日出門，不過在自己家裡做了花燈賞玩，到底沒多大趣事。尤其這幾日太妃受了些涼，不大痛快，府中沒有辦席面吃酒，只紮了花燈供大家嬉鬧。

丫鬟們成天被拘著，難得有一日鬆散，風荷令所有人都去前頭賞燈，不用留著伺候。自己身邊只有沈烟與雲暮，守在房裡做針線，杭天曜聽她們說著閒話。

芰香不愛熱鬧，就自告奮勇去守門。

圓圓的月兒暈出一圈橘紅的光暈，清凌凌地掛在半空，朦朧而又討喜。地上的花燈與天上的圓月交相輝映，紅彤彤的，分外有趣。芰香挑了一只花燈在院門口閒耍，忽地看見前面似乎有一個身影，沒有打燈，黑黑的，看不甚清晰。她不由大著膽子上前，衝著人一照，是六少夫人。

「六少夫人請恕罪，婢子該死，不知是少夫人，驚了少夫人。」芰香嚇了一跳，趕緊賠罪。

袁氏難得的沒有與小丫鬟計較，擺了手命她起來，壓低聲音問道：「聽說妳們主子沒有出去，可是在房裡？」

芰香一想，就知袁氏不想太多人知道，才自己一個人過來，才沒有打燈。忙低聲回答：「我們少夫人在裡頭做針線呢，六少夫人快請進。」說著，自己在前頭領路。

「那妳們爺也在了？」雖說杭天曜一向不管事，但袁氏不欲太多人知道她來了這裡，傳到二夫人耳裡又要指桑罵槐了。

「六少夫人放心，奴婢省得的。」這般，她就不再說話了。

袁氏想起當日之事，明白風荷身邊的人都不簡單，既這樣說就是有主意的，點了點頭，跟著她到前院的小花廳坐等。

芰香笑著進了屋，對雲暮招手，小聲說道：「姊姊快來看看，小丫頭送了兩個花燈回來，姊姊替我看看哪個漂亮？」

「妳這小蹄子，還說是守門呢，分明就是去玩了。」說著，她起身見風荷點頭，便笑著出來。不過一小會兒，她就回來，捂著嘴笑道：「不過是兩個尋常的花燈，她就寶貝得什麼似地。」趁著杭天曜不注意的時候，手輕輕比了一個六的姿勢。

風荷會意，故意說道：「那我也去瞅瞅，妳們陪著爺。」

杭天曜對這些東西不甚感興趣，繼續歪著看書。

袁氏吃著茶，心中仍有些下不定決心，亂亂的。

風荷笑著進來，口裡說道：「弟妹不去看燈嗎？正好我悶著，咱們說說話。」

以袁氏的聰穎，她對風荷在那件事幕後扮演的角色不太明白，不過她爹袁大人可是官場上歷練了幾十年的人精，回頭聽袁氏細細說了一遍之後，不由撫鬚沈思良久。最後正色與她說道：「你們家這個四少夫人不簡單，妳要小心了，沒事不要與她衝突。別嫌爹說話妳不愛聽，杭家世子之位沒個結果，但妳必須明白，那是無論如何都落不到你們頭上的，妳就給我安安分分待著，等著日後分一筆家財出去自立門戶，也比白白搭上性命強。

「妳家老夫人與四少夫人不和，那是她的事，妳別摻和，免得被人當了槍使，尤其這次四少夫人算是助了我們家。那份奏摺，我至今沒有弄明白是誰報上去的，不可不防。

「妳回了杭家，面上不變，暗中一定要與四少夫人搞好關係，你們即便幫不上什麼忙，也絕不能與她成了仇。妳看看凌家的結局，就知道了，對於對手她的手段有多狠。指望她日後真的掌了杭家大權，能好好善待你們吧，我瞧著她不是那種趕盡殺絕的人。」

袁氏聽得膽顫心驚，她只是口舌上厲害些，真正論心計那是一百個她都抵不上風荷的，但猶有些不肯信，那個嬌嬌滴滴的四嫂真那麼可怕？

袁大人自然看得出來女兒不服氣，就與她解釋。「凌將軍自己都不清楚有人彈劾他，又豈會想到叫家裡女人想主意，攔下那份奏摺，這根本只是一個陷阱。我估摸著凌家母女原本要算計的是杭家四少，偏逢妳哥哥湊巧遇上了，四少夫人是為了給凌家一點厲害瞧瞧。妳覺得，妳鬥得過她嗎？」

因此，袁氏才會偷偷來尋風荷，就是欲要交好。

風荷對袁大人的心計也是很肯定的，當時袁大人反應那麼快，一下子就把凌家徹底打倒了。他壓著那份奏摺，絕不是為了什麼聖上的原因，而是想要借個機會給杭家示好，可惜他還沒有達成目標，奏摺就報到了上面。

這樣一個不靠家族只是憑著自己的本事能當到二品大員的人物，還主管著重要的兵部，風荷不願與他結仇，只能交好。對於袁氏會過來，她亦是一早算到了。

袁氏抖了抖，強自鎮定的起身笑著。「四嫂，我信腳走著，不由到了四嫂門前，想起前日之事，多虧了四嫂提醒，我們才不至於被凌家蒙蔽了，多謝四嫂。」

「瞧妳，自家妯娌，這麼客氣不生分了，坐著咱們好好說話。表小姐已經去了妳娘家嗎？」風荷笑著攔她下拜，與她一同坐在炕上。

「前兒是吉日，家裡擺了幾桌酒，算是替我哥納了表小姐。原要請四嫂過去吃酒的，又怕四哥這裡離不開四嫂，就罷了。等四哥好了，我再親自置酒，請四嫂一同樂一日。」袁氏覺得自己從來沒有與誰說話這麼和氣小心過，嘴角抽了抽。

風荷把一份晶瑩翠綠的糕點推到她面前，嗔道：「妳再這樣我就生氣了，什麼事情，別說是我，換了旁人看到也不可能不說一句，難道眼睜睜看著令兄被冤枉不成？若說吃酒取樂，我是極願意的，一家子人就該這樣和和氣氣的，太妃娘娘看了也歡喜。」

袁氏能聽出來風荷是接受她了，心中長吁一口氣，說話也隨意起來。「和和氣氣哪那麼容易？就我們老太太，為著白姨娘，一日幾次拿我做筏子，對白姨娘的用度克扣得還不如一個丫鬟，換了我早就鬧了起來，誰像白姨娘那樣把眼淚往肚裡嚥。」

風荷微微訝異，試探著道：「我既拿弟妹當自己人，自是為著弟妹著想，冒昧問一句，弟妹難道不擔心白姨娘日後生了兒子，對妳與六弟不利嗎？」

「我怎麼不擔心，不過、不過……」說到這兒，袁氏趕忙住了口，她後悔起來，不該與風荷這般推心置腹的，改日不會被她要挾吧。

「妳呀，屋裡就咱們兩個人，怕什麼。若是我，我也不擔心，你們是二夫人嫡出的嫡子嫡媳，白姨娘即使生了個兒子，日後頂多分一份家業，那都是王府出的，與你們什麼關係。或許他日後出息了，妳與六弟還能多個臂膀呢。」風荷只當沒發現袁氏的停頓，細細看著茶盞上的青花圖案。

袁氏覺得風荷真是說到她心裡去了，二房多個兒子還能多分一份家業呢，孩子那麼小，懂得什麼，還不得由她和夫君幫著料理。抿嘴笑了起來。「四嫂說得是。哦，對了，瞧我忘了正事，今兒早上我瞥到一個有些眼熟的婦人身影出現在我們老夫人房裡，就留神看了看，原來是四嫂娘家老太太身邊的嬤嬤，她之前來過幾次，是以我認得出來。在我們老夫人房裡待了半個多時辰，也不知說了什麼，丫鬟僕婦都遣到了外邊。」袁氏這是徹底投向風荷了。

「我們老太太與二夫人是姑侄，或有私房話要說，我們爺的身子好了許多，我這過年都沒有回去瞧瞧我娘的，這幾日得跟太妃娘娘告個假，回去一趟。」風荷話鋒一轉，扯了開去，但袁氏知道風荷這是明白了自己的意思。

兩人略說了幾句，天色不早，袁氏告辭離去。風荷叫芰香送她到角門處。

袁氏回到自家院子那邊，恰好遇到二夫人在房裡發火，她只好進去請晚安。

二夫人心裡不暢快，逮著誰罵誰。「大半夜的不知伺候婆母服侍夫君，逛哪兒去？」

「媳婦聽說王妃叫大家去看燈，六爺也去了。媳婦怕六爺穿得單薄，就給他送了一件厚實的斗篷過去。」袁氏嘴上恭敬，心裡早就把個二夫人罵得半死。

二夫人聽說，不好再難為她，喝斥了一句。「有那時間看燈就好好給我生個孫子出來，還不退下。」

袁氏忍著一肚子氣，回了自己房裡，心下對今天去找風荷越發滿意。老不死的與四嫂自來不和，四嫂不會給老不死的安生日子過，自己就看著她被人折騰吧！

第二日，風荷一早起來去給太妃請安，順便提了提自己想回娘家看看，太妃知她掛心自己母親，很快允了，還要丫鬟從自己私庫裡尋了好些上好的人參燕窩出來，要風荷一併帶回去。

杭天曜聽說風荷要回娘家，鬧著要一起去。「娘子，我好了，理應去給岳父岳母請個安，咱們一起去。」

「不可，你傷口未癒合，坐車顛簸了反倒不好，祖母定是不同意的，回頭連我也不能回去。」風荷怕他性子一上來，去回了太妃，太妃擔心孫子，到頭來只能她自己主動說自己不去，忙阻止他。

杭天曜聽她說得有理，快快不樂的，只管囑咐她一吃過午飯就趕緊回來，路上小心什麼的。

風荷好笑不已，杭天曜什麼時候這麼黏著自己了？看了八成是裝的。

一行人大包小包簇擁著風荷往外邊走，恰在甬道上遇到了二門上的婆子，點頭哈腰與風荷請安。「四少夫人大安。門外有四個婆子，官眷人家打扮，說是我們府裡雪姨娘娘家遣來問候的，要不要放她們進來呢？」

雪姨娘？對了，她可是鳳陽縣令的女兒，家裡派人來看她也是尋常事情。風荷故意問道：「往常可有派人來過？都是怎麼回的？」

「大概每隔幾個月都會有娘家人來探雪姨娘，從前是王妃管著，都是放的。不過如今是四少夫人當著院裡的事了，放不放的自然是四少夫人作主。」婆子是個聰明人，說起話來很討喜。

風荷聽得笑了，擺手道：「妳去回了雪姨娘，讓她派個丫鬟跟妳去二門，如果是她娘家人只管領進去。」

婆子應是，沈烟賞了她一個荷包，婆子捏了捏，喜笑顏開的去了。

馬車已經在二門處等著了，風荷上車之時，看到迴廊上立著幾個衣著類似於杭家二等婆子的婦人，卻是個個手裡提著東西，好像還有不少。

她道：「含秋，雲暮要照料爺，院裡的事妳多經心些，若是雪姨娘的家人到午時還不走，叫廚房留飯。」含秋笑著領命。

即便夫人不說，誰不是個長眼的，縣令之女？如果江家有錢有勢，豈會把一個如花似玉的女兒與人做妾；倘若江家日子清貧，雪姨娘是從哪裡學來的滿腹詩書？尤其是每過幾月就有娘家人來探看，鳳陽離這兒遠著呢，江家那麼捨得下血本？如果說江家疼愛女兒，更不該送她來做妾，外邊配個中等人家做個當家主母豈不好？

第六十五章 兩心繾綣

四個婆子跟在梨素身後，前後掃了一眼，沒有人，方壓著聲音問道：「梨姑娘，二院門口上馬車的是新四少夫人嗎？好個氣派。」

「住嘴，什麼新的舊的，四少夫人就是四少夫人，那當然是好氣派。」梨素是雪姨娘從娘家帶來的大丫鬟，生得倒一般，只是神韻很有些像雪姨娘，一般清冷，平日不愛出來走動，府裡的丫鬟與她交好的不多，兩人有些避世的感覺。她喝斥之時，有淡淡的威嚴，不像個姨娘身邊伺候的。

婆子們忙噤聲，這裡可是王府，一個不慎腦袋都能搬家。乖乖跟在梨素身後，不再說話不再東張西望。

雪姨娘閨名江雅韻，很有詩情畫意，氣質比得上大家千金，一點不見身為姨娘妾室的侷促之態，每日安分的過著自己的日子。除了請安，從不會主動去凝霜院裡，更沒有試圖勾引杭四的舉動，杭四去了她伺候，不去她也不聲不響。閒時看書作畫，倒也逍遙自在。

她的屋子佈置得也精巧，紗窗是淺淡的艾綠色，遠遠望過去迷迷濛濛，屋子裡不用鮮豔顏色裝飾，一律的冷色調，多是銀色、天青、月白等等。雪姨娘似乎不怕冷，屋子裡只有一個暖爐，只比外頭略暖和些，不像其他幾位姨娘的屋子，都得燒三、四個暖爐。姨娘住的地方自然不能跟主子相比，這個院子沒有地龍，只靠暖爐取暖。

門口是一個稍微厚實些的氈簾，屋子裡卻用藕荷色的薄紗軟簾，風一吹，飄飄揚揚，如入仙境。案几上一個白色的海碗裡，種了一枝水仙，打著花骨朵。

雪姨娘獨自坐在窗下的紅木圓凳上，對著一方雪白的帕子出神，直到梨素喚她方才回過神來。

「叫她們在花廳等著。」她很少笑，清清冷冷的，與她待久了覺得自己都能變成一個雪人。

梨素出去，命四個婆子站好，不許說話。

雪姨娘又對著帕子看了看，袖進懷裡，懶懶的起身，走到外間坐在上首，卻是問了一句：「怎麼又來了？」

四個婆子低垂著頭，小聲呼吸著，其中那個打頭穿棕紅色大襖的婦人年紀最小，大概三十多，輕輕福了福。「我們夫人怕表小姐在這裡冷清，早就有心派我們過來，只是為了過年，一直沒有得閒。這是夫人送與表小姐把玩的，表小姐能著用吧，還有幾樣是表小姐家鄉的糕點，夫人命廚房新鮮做的，表小姐熱一下就能用了。」

這位婦人穿著打扮一般，但是言談舉止倒像是大家子出來的，不見半點小家子氣，不卑不亢。

雪姨娘根本不去看她們手裡的東西，只是點點頭，問道：「還有別的事嗎？若沒有，妳們就去吧。」

婦人悄悄看了她一眼，欲言又止，終是咬著牙說道：「夫人得到消息，鳳陽去年秋冬大旱，河道枯竭，小麥都乾死了，今年怕是不好應付呢。尤其這快到青黃不接的時候了，江大人那邊只怕有人尋事。我們夫人說，咱們兩家是至親，自然不會看著江大人出事的，一定想方設法保住江大人，表小姐只管放心。」

她的話未說完，雪姨娘的臉色就白了白，身子輕輕一顫，唇角被咬得殷紅，她沈沈應道：「我知道了，回頭代我謝謝妳們夫人。」

婦人沒再多說，幾人放下東西，準備告退。

門外有小丫鬟的招呼聲，梨素忙打起簾子往外瞧，是少夫人房裡的含秋。

含秋穿著雪青色的大毛褂子，頭上點綴了一、兩支釵環，笑著進來，與雪姨娘行了半禮。「姨娘安好。我們少夫人說，既是姨娘的娘家人，就請用了午飯再回去也使得，廚房那邊已經吩咐下去了，姨娘不必著急。」

「多謝少夫人體恤。不過幾個下人而已，不敢叫少夫人煩勞了，她們這就要走了呢。」雪姨娘眉眼微動，很快推拒起來。

含秋打量了四個婆子一眼，隨意的說道：「什麼煩勞不煩勞的，姨娘多心了。廚房那邊已經開始準備了，幾位大娘稍坐坐何妨，也是來我們王府一趟。」

四個婆子趕忙道謝，眼裡卻是覷著雪姨娘，沒有一口應承下來。

雪姨娘不好再拒，應了下來。

含秋從她房裡出去，轉而去了柔姨娘房中。

柔姨娘的肚子有三個多月了，還沒有怎麼顯懷，或許是冬天穿的衣服多看不大出來。見了含秋進來，她並沒有起身，只是笑著問好。「是含秋姑娘啊，快屋裡坐。」

含秋道謝，又道：「姨娘這幾日覺得身子怎麼著，有什麼想吃的只管打發人去找我們少夫人要，少夫人若是沒有還有太妃娘娘、王妃娘娘呢，可不能委屈了自己。」

「姑娘說的什麼話，少夫人對妾身百般照料，真是千妥萬妥的，還請姑娘代妾身好生謝過少夫人。」她笑得溫柔和氣，但沒有起身聽含秋傳風荷的話，聽完了仍然危坐不動。

含秋眼底閃過不悅的光芒，但沒有與她多做糾纏，只是讓她好生安胎，就要告辭。

不料，柔姨娘搶先問道：「少夫人今兒是去董府了嗎？」

「正是。姨娘若有什麼說的，與奴婢說也一樣。」含秋恭敬的回話。

「沒有，隨口問問罷了。」柔姨娘掩了唇，笑著道。

含秋又去了端姨娘房裡，端姨娘正與丫鬟圍著暖爐做針線，見是含秋，忙站了起來，先對著她給風荷行禮。

含秋側了身，扶她起來，對她說四少爺一個人待著無聊，請她過去說話。

端姨娘一聽，忙隨著含秋動身，並不回房刻意打扮一番。

杭天曜看見端姨娘隨著含秋進來，愣了一愣，先就問道：「妳怎麼過來了？可是有事？」

端姨娘滿心訝異，不解的望著含秋，含秋笑道：「少夫人臨走時吩咐，四少爺一個人悶壞了也不好，叫奴婢請了端姨娘過來伺候四少爺。四少爺若是想叫別的姨娘過來也使得，奴婢這就去傳。」

「罷了，妳忙妳的去吧。雨晴過來給我搥搥腿。」杭天曜坐直了一些，風荷的丫鬟都寶貝得很，他可不敢使喚她們幹這種事，頂多就是遞遞東西之類的，連衣服都是他自己穿的。杭天曜自問，自己待風荷太好了些，以至於她都敢擅自給自己作主，回來不好好教訓她一番。

端姨娘跪在炕沿上，一面給杭天曜搥腿一面偷偷拿眼覷著杭天曜，少爺自從少夫人來了之後好似變了許多，雖然旁人可能不知道，但自己最是清楚。從前，少爺絕不會無故走神，而且臉上露出那樣古怪的笑容，少爺更是有段時間沒有去妾室房中了。過去，少爺只要隨便見了哪個清秀些的丫頭，就會動手動腳的，有許久沒有看到少爺這樣了。

端姨娘知道這是好事，可是心裡微微泛著酸楚。

含秋與雲暮小聲嘀咕了幾句之後，就穿上風荷賞的青色綿綢夾裡繡花披風，攏了一個墨綠色的包裹，去了後花園，折了兩枝梅花，叫小丫鬟送回房插瓶，自己捧著幾枝含苞待放的梅花去了後門口。後門該班的正好是甘娘子，她是被風荷調進小廚房的張婆子的表弟媳，見了含秋討好的上前行禮。「這大冷天的，姑娘出來有事？喲，這好俊的梅花。」

含秋把其中兩枝遞了給她，笑道：「我們少夫人的乳嬤嬤著了風，在家休養。少夫人不放心，叫我找個人送些藥過去，這不是，我路過後園，看到梅花開得好，順便與她帶幾枝過去。從前頭走太麻煩，正好我們少夫人娘家陪嫁過來的幾個護院住在這後頭的下人房裡，還請大娘使個人去幫我請一個叫譚清、一個叫石磯的過來。」

說著，她袖子裡一個荷包不著痕跡的到了甘娘子懷裡，甘娘子越發笑彎了眼，忙道：

「姑娘到房裡稍坐一坐，雖然簡便些，好歹比外頭暖和。奴婢這就去請兩位大爺。」表姊常誇四少夫人會做人，待人寬和大方，竟是真的，日後可要好好巴結著四少夫人。換了旁的主子，哪個不是對我們喝斥來喝斥去的，從不見這等和顏悅色讓我們做事，還有賞，她屁顛顛叫了自家丫頭去請人。

不過半盞茶工夫，石磯和譚清一前一後趕了過來。甘娘子倒是個有眼界的，推說自己去守門就退了出去。

含秋把包裹與剩下的幾枝梅花一併交給石磯，笑道：「石大哥，得煩勞你走一趟，去葉嬤嬤家中替我問個安，這是少夫人賜給葉嬤嬤的藥材。這是十兩銀子，少夫人知道你們平兒沒什麼事，就那點月銀，這是賞給你們兄弟幾個這個月打酒吃的，你們安心待著，很快就有用你們的時候呢。」

石磯幾個自從被陪嫁到杭家之後，就相當於成了只拿月銀不幹活的閒人，心下不由焦急擔憂，怕風荷不要他們，日日懸著心。就如風荷今兒出門，跟著去的也是杭家的侍衛們，根本用不到他們。聽了含秋的話，吁了一口氣，心算是放回了肚子裡。

待他走了，含秋才小聲與譚清說道：「少夫人請譚侍衛幫個忙，我們府裡雪姨娘的娘家人來看她，回頭譚侍衛跟上去看看，她們到底從哪兒來。這也不是什麼要緊事，譚侍衛自己小心些，別被她們發現了就好。」

譚清欣然領命，又道：「姑娘放寬心，譚清心裡有數，早則今晚晚則明早，就有消息了。」

「那就辛苦譚侍衛了。我裡邊還有事，先進去了。譚侍衛一有消息，就請門口的甘大娘使喚個人進去知會我一聲，就說是買到了我要的繡線。」含秋與他兩個人共處一室，略有些尷尬，說完了話馬上走了。

譚清就在杭家大門外守候，只等著雪姨娘家的婆子出來。

柔姨娘靠在迎枕上，手輕撫著肚子，面色古怪。

寶簾估摸著她的心思，笑勸道：「姨娘前兒不是還擔心少爺被少夫人迷住了眼，顧不上姨娘嗎？如今可是放心了，少夫人前腳剛走，少爺就迫不及待召了那位過去。看來少爺往日只是顧忌著少夫人而已，心裡待姨娘還是一樣的。」

「那他為什麼召了她去，反而不叫我呢？自我有了身孕至今，都沒怎麼見到少爺，我這可是少爺頭一個兒子啊。」柔姨娘的語氣頗為猶疑，對於杭天曜，她一直沒有摸透過，以他的風流性子，少夫人身邊幾個丫鬟個個都是美貌的，尤其那個叫雲碧的，但從沒有傳出少爺寵幸她們之事。便是那個有點眉目的銀屏、落霞，最後都是不了了之。

人人都稱少爺對自己寵愛甚深，可自己細細算過，即便自己得寵之時，少爺一個月留在自己房裡的時間統共不足三晚，而朱顏、江雅韻就更少了。

寶簾給柔姨娘捏著肩膀，笑出了聲。「姨娘糊塗了，姨娘懷的是少爺頭一個兒子，少爺寶貝得什麼似的，怎麼捨得讓姨娘辛苦？」

柔姨娘想想是這個理，就沒再糾纏，反而吩咐寶簾道：「妳不是要去尋紫萱要個花樣子嗎？趁我這回無事，快去吧。」

寶簾微怔了怔，很快反應過來，笑著應了。

杭天曜歪得久了，真有些迷迷糊糊，卻聽到外頭有人說話，好像不是自己院裡的。再一聽，是王妃遣了身邊的丫鬟過來問午飯杭天曜有什麼想吃的，雲暮正在回話。

杭天曜清醒過來，大手一伸拉了端姨娘在懷，揉搓著端姨娘滾圓的胸部。端姨娘初時還含羞忍著，後來實在禁不住叫出了聲。「爺，大白天呢，快別鬧了。再說爺身子未好，將養著要緊。」

「爺我早就好了。妳們少夫人難得不在，妳還不肯伺候著我了。」杭天曜的聲音露骨而淫靡。

隨即裡頭的笑鬧聲漸漸轉弱。王妃派來的是姚黃，她雖沒有出閣，但日日伺候著主子，還能半點都不明白的，登時羞得滿臉通紅，草草與雲暮作別。

話說風荷坐車回了董家，守門的一見是王府的馬車，急急報了進去。後來得知是風荷回府，也不等裡邊的信，趕緊開了正門請進去。現在可不是府裡大小姐了，人家那是王府少夫人，還有可能成為世子妃呢，不巴結著就晚了。

正月十六開始，也就是今天，董華辰便去了國子監與幾個同窗一同攻書，無事不太回府。董老爺不在，府裡只有女眷。

董夫人聽說女兒回來，大喜過望，就要跑出去迎接，隨即住了腳，讓飛冉、錦瑟給自己換了一件鮮亮的新衣，稍稍上了一點脂粉，才起身往外走。此時，風荷已經進了二門。董老太太與杜姨娘得知風荷回來，先是吃了一驚，後來知道她是一個人回來的，就沒有前去，只管坐著。

風荷亦不打算與她們浪費時間，不過照著習俗行了一禮，呈上太妃準備的禮物，就說要去看望董夫人。

太妃尊貴慣了，出手一向大方，何況是風荷今年頭一次回娘家，備了極其豐厚的禮物，董府每個人都沒有落下。其中有許多是董家不常使用的，看得董老太太和杜姨娘有些直了眼，暗道風荷在杭家那麼受寵？

董夫人進來，滿臉都是笑意，整個人顯得精神了許多。

「母親。」風荷快步上前，拜了下去。

董夫人一把拉住她，左看右看，眼裡沁出淚花，自己忙掩了，強自笑道：「還好，沒大瘦，只是氣色瞧著不太好。」

「娘，我哪有不好？您看我好著呢，可能是昨兒晚上看花燈歇得晚了。」風荷抱著董夫人的胳膊，不依地搖著。

董老太太自來看不慣她們母女親熱，擺手命她們自去敘話，她還要好生看看杭家的禮物呢，算算價值幾何。

如此最好，二人告了退，回僻月居去。

董夫人屋裡的擺設似乎比之前好了些，但離當家主母還是差了不只一點半點，風荷知母親不愛計較這些，便沒有多說，只是問著飛冉兩個，董夫人近來的飲食睡眠。

「妳呀，我是妳母親，妳是我女兒，哪裡要妳操心這些了。妳在杭家住得還慣嗎，姑爺身子好了沒有？」董夫人截住了風荷的話頭，摩挲著她的臉頰。

「正因我是娘的女兒，才更要問呢。我很好，太妃待我很好，爺他也不錯，娘不要擔心我，只管好生保養身子。若是待著悶了，去莊子裡或是臨江院住段時間，散散悶，每日在房間裡對身體也不好。」風荷把頭靠在董夫人肩上，如小時候一般撒著嬌。

董夫人越發歡喜，啐了她一口，笑道：「又不是當小姐的時候，說話還這麼口沒遮攔，那是妳的陪嫁，都是杭家的了，怎麼好意思把娘家母親接過去住。回頭叫姑爺聽見了，小心與妳生氣。」

風荷揚眉，語氣霸道。「怕什麼，他敢。那是我的，與他什麼打緊。」

雲碧一邊與飛冉幾個收拾著風荷帶來的禮物，一邊笑著抬頭。「夫人真的不用顧慮，少爺待少夫人好著呢，才不會計較這些小事。」杭天曜在上次凌秀之事中的反應大家都看到了，不但沒有為他表妹出頭，還背後助了風荷一筆，這一點引得風荷的丫鬟對他改觀許多。原先一看到杭天曜，幾個丫頭都是充滿了防備，現在倒是比先前殷勤不少，讓杭天曜受寵若驚。

「妳不說話沒人把妳當啞巴。妳不是還說要去看看妳哥哥嗎，怎麼還不去？」風荷嗔道，卻不是生氣的模樣。

雲碧趕緊笑著放了東西，拉了沈烟說道：「好姊姊，少夫人這裡妳辛苦些，我很快就回來的。」

「行了，妳就去吧，在這兒也是淘氣。」沈烟推她，雲碧父母早亡，與哥哥相依為命，只她哥哥沒有陪嫁去杭家，仍然留在董家。

這邊廂，風荷與母親說著體己話，董夫人不知是晚上睡得少了還是累了，中間咳嗽了兩回，風荷皺了眉，言辭認真。「飛冉，妳給我說實話，夫人的身子究竟怎麼回事？去年底的時候不是都好多了，還說不再咳嗽了，今兒我覺得不大妥呢。」

飛冉小心翼翼瞟了董夫人一眼，終於不顧董夫人對她使的眼色，嘟著嘴說道：「少夫人不知，這幾日老太太日日把夫人叫去，纏著夫人一定要夫人鬆口答應把二小姐收到夫人名下，夫人不肯，老太太不是發怒就是指桑罵槐的。夫人雖沒受多大委屈，卻著了氣惱，夜間不曾睡好，陸太醫說吃兩服藥就好。」

「其實這也不是什麼事，我只是不願自己被她拿捏罷了，我的女兒只妳一個，從沒有第二個。」董夫人說話之時，難免有些黯然，她素來心細，多思多慮，又怕此事連累到風荷身上。

風荷輕輕摟著董夫人的脖子，磨蹭了幾下，才冷冷地道：「她們要鬧，由著她們鬧去，母親不需理會。有本事她們說服老爺，讓他自己去跟族裡長輩說，族裡同意，咱們自然沒有意見，不然揪著咱們也沒什麼用。」

當年董華辰出生之時，因董夫人膝下無子，把他記到了董夫人名下，是以真正算起來，董華辰是嫡出子嗣。不過董家有條不成文的規矩，如果有嫡子嫡女，妾室所出之子女就不能記到正室名下，以免混淆嫡系血脈。風荷敢這麼說，就是因為清楚這一點，便是董老爺同意，族裡也是決計不會答應的，尤其因為鳳嬌驕橫跋扈的名聲在族裡很響亮。

董夫人笑著點頭。「我何嘗不是這麼說的，偏她們一個勁兒折騰，以為只要我鬆了口，族裡就沒有藉口阻止。」

風荷對董老太太與杜姨娘的瞭解比董夫人還多，知道她們的臉皮有多厚，以為董夫人是她們能隨意使喚的，求人只怕都是趾高氣揚的，更為不快。半晌，對飛冉笑道：「妳弟弟不是在書房伺候嗎？讓他找個機會把老太太和杜姨娘的所作所為慢慢透露了，老爺心中有數，就會拿主意，好過她們日日來纏著母親。」

飛冉暗罵自己怎麼沒有早早想到，夫人不想與老爺有任何關係，才不肯去說，自己弟弟偶然聽了內院的閒話，順口提起，能有什麼事？

董夫人沒有說話，也沒有阻止。

風荷餵董夫人吃了藥，不解地問道：「杜姨娘不是從來都不屑與娘說話嗎，鳳嬌更是沒有盡到一個為人子女的義務。最近是發生了什麼事，使得她們改變了主意，杜姨娘倒是狠得下這個心，怕是老太太都不樂意吧。」

「妳可能沒有聽說，從去年年底就時常有人來給鳳嬌提親，不是年紀太大的就是家世不好的，總沒一個合適的，後來好似聽其中一位太太提起，是礙著鳳嬌是庶出，沒有好人家願意娶她。要不然，老太太和杜姨娘也不會想到我。可惜她們錯了，以為我事事都由著她們，這回我還就是不肯了。」

聽董夫人的話，可能賭氣的意思更多些，董夫人被她們欺辱了幾年，心中不可能沒有一點怨恨，但她生性溫厚，不與人計較，可也不會毫無芥蒂。

「原來是為了這個。以鳳嬌的年紀，說親是差不多了，難怪老太太與杜姨娘著急。娘，咱們只管過自己的日子，隨她們折騰去，哪日宗祠發了話，您再出面，餘下一概都推了。」風荷篤定族裡是不會答應的，就讓老太太她們忙著與族裡交涉，沒那閒工夫來找董夫人的麻煩也好。

午飯之時，老太太居然命廚房做了一桌子豐盛的飯菜送來給她們母女用，而且多半都是她們愛吃的菜色，董夫人淡淡看了一眼，並沒有放在心上。風荷猜著老太太一定打著什麼主意，她既不說自己自是不清楚，好好吃她的就是。

用了飯，母女倆話著家常。未時正的時候，董夫人就一個勁兒地催著風荷回去，到底是做了人家媳婦的人，不能由著性子來，上面婆婆、太婆婆、叔嬸妯娌一大堆，哪個不是盯著新媳婦的。

風荷無法，為免董夫人焦心，只得依依不捨的起身。去辭別董老太太之時，老太太幾次欲言又止，神情有點尷尬。風荷想她是要自己開口勸勸母親，只她不說，自己才不會主動提起呢。

老太太頓了幾回，終於打算開口了，誰知杭家那邊派來了人，說是杭四少爺來請少夫人回去。他莫不是有千里眼順風耳，來得真是時候。

把個老太太一句話堵在心中，七上八下的難受不已。風荷暗自好笑，發了一回善心。

「老太太想說的事我已經聽說了，依我看老太太逼著母親那是不頂用的，這個還要族裡開口方成。族長的兒媳婦不是與老太太交好嗎？老太太去與她說一聲，沒有不成的事。」

說完，風荷就與母親道了別，出門上車。

實際上，族長兒媳婦與老太太是最不對盤的，當年老太太仗著自己家中官職高，沒有少扯族裡的後腿，族長兒媳婦那是個厲害人，不乘機報復那還成嗎？後來，董老爺勸了老太太幾回，老太太不應，果真去找族長兒媳婦商議，結果鬧得不可開交，這是後話了。

風荷上車，問了杭天曜派來的人。「府中有什麼事嗎？少爺這麼急著找我？」

「沒事，少爺說少夫人去的時間久了，叫小的來看看。」這是杭天曜的侍衛。

「既如此，你先回去，與你們爺說一聲，我再去一趟忠義伯府，一定趕天黑之前到家。」自從杭芸懷孕，風荷還沒有見過她呢，出門之時就另外準備了一份送給她的禮物，打算過去看看。

到家之時，已經是酉時初，馬上就要開飯了。

風荷沒有回房換衣，先去拜見了太妃。

「母親說謝謝祖母的禮物，她很喜歡，只是太貴重了，有時間一定親自過來拜見祖母。還誇祖母會調教人，把我養得比先在家時還要胖些，規矩也比從前好，她高興得什麼似的。」太妃喜歡在吃飯前繞著屋子走幾圈，風荷攙著她，婉轉笑著。

太妃聽得很是歡喜，捏了捏風荷的粉頰，笑罵：「妳這猴兒，就會哄我這老太婆高興。妳娘都好吧，等到開了春，天氣暖和了，請她過來走動走動，陪我說說話。」

風荷忙應道：「祖母可要說定了，別到時候心疼錢，又捨不得。咱們把三妹妹也請上，等過兩個月，她的身子就穩了。我方才還去瞧了瞧她，這幾日倒是吃得好睡得好，孕吐的症狀沒了，人也胖了些，只是想念祖母。」

「好孩子，還是妳想得周到。她果真胖了？真是佛祖保佑，之前吃不下睡不著的，別說她家爺和老太太，連咱們都急得什麼似的，這多虧妳的方子，回頭她生了個大胖小子，讓那小子給妳磕頭。」前段時間，太妃的心情一直不好，雖然凌家之事沒有牽扯到杭家，但想起自己一手帶大的女兒成了那副樣子，總有些不快，更別提滿京城的流言蜚語了。被風荷這一說笑，忘了大半，心情好轉，連帶著用晚飯都有食慾了。

風荷沒有留在太妃房裡用飯，她還得回去服侍杭天曜那個傷患呢。

杭天曜悶悶不樂的，見了風荷也沒個笑臉，眼睛瞅著書，一副認真鑽研的樣子。

風荷見他如此，自己先去換下了出門的衣裳，順便洗了個熱水澡，渾身通泰。把頭髮擦得半乾，拿方絲帕鬆鬆綁了，披了件安寢時穿的銀紅袍子，搖搖地走了進來。

杭天曜眼角斜著，從縫隙裡瞄了她一眼，繼續埋首書中。

風荷故作不見，坐在炕上問著雲暮。「今兒都有哪些人來了？時辰不早，擺飯吧。」

雲暮先到門首吩咐小丫頭進來擺飯，才回來站著，笑看了杭天曜一眼。「只有端姨娘來陪著少爺坐了一會兒，還有王妃娘娘遣了紫萱姊姊來問少爺有沒有什麼想吃的。」

「雨晴坐了一會兒有什麼大不了的，值得妳這麼興師動眾嗎？」杭天曜越添了三分氣惱，索性扔了書，起身要回房，看意思連晚飯都不想吃了。

「我幾時興師動眾了？我不過白問了一句，你就甩臉子給我瞧，難不成我這個女主人出去了一天，回來連問都不能問一句。」風荷強忍著笑意，亦是賭了氣般。心下卻在研究這個杭天曜究竟是幾歲呢，為何跟個三歲孩子一樣，一點小事還計較，哪有男兒家的樣子。

杭天曜本就不想出去，不過是要她留著自己而已。聞言就住了腳，回身繼續坐著，面上忿然。「妳走的時候說很快就會回來的，竟是哄我呢。我讓侍衛去請妳，妳不但沒跟著回來，還去了別的地方，妳眼裡哪有我這個做夫君的？」

其實杭天曜的心機手段都是一等一的，但情緒有些陰晴不定，尤其當他在意某個人的時候。他有過一堆女人，但那些與他而言什麼都不是，她們只需要服從他，而他用不著考慮她們的感受。風荷給他的感覺，是不同的，他會在意她的想法，會在意她的心事，會為了她一個無心的舉動而像孩子一樣發脾氣，他會為了風荷對他不夠好而發愁。

這些，都不是他希望會發生在他身上的，以至於他更加厭惡這樣的自己，就變得易怒、易焦躁。而他做這一切，只是想要得到風荷一點關切的表情。

風荷把他惹得差不多了，該給點甜頭。往他身邊湊了湊，見他沒反應，索性坐到了他腿上，揪著他耳朵，扳著他的頭正對著自己，畫著他的眉毛、眼睛、鼻梁、嘴唇。口裡嬌笑著：「你也小器。人家累了一天，晚飯還沒吃上，反受了你一頓排揎，你摸摸，肚子都癟了。」

杭天曜心中又酸又甜，真箇摸了摸風荷的肚子，煞有介事的說道：「呀，都小了一大圈。」然後抱起風荷走到小圓桌前。

雖然他的傷沒完全好，但已經結了疤，風荷估計抱著自己走幾步路應該沒問題，就沒掙扎，反把頭貼在他的鬢角。

上了床歇下，杭天曜把風荷固定在自己懷裡，與她低語。「晚飯前，蕭尚叫人傳了信來，三日後楚澤就要回南邊了，想要明天來我們府上謝謝我上次解圍。」他怕風荷不知誰是楚澤，又解釋道：「楚澤是江南皇商楚家的子弟，上次我與恭親王七爺打架就是為了他。」

「那明日妾身叫廚房備下上等席面招待表弟和楚公子？」蕭尚看著冷漠的一個人，交好的人倒是多，連江南大家楚家都有交情，不知他們的關係發展到什麼地步，是不是足以託付？風荷想起自己手中的銀子，白放著也沒什麼用，若能有個信得過的人一起做生意，倒是不錯，以楚家的名頭想來做什麼生意都能成。但自己與楚家從沒有往來，此事只能慢慢籌劃。

杭天曜點點頭，看著懷中的人兒眉目如畫，清雅出塵，卻又有一股少見的嫵媚風情，就有種力不從心之感。他對風荷，沒有一點把握，這是他最放心不下的事。

「好，這個就交給妳吧，別讓大廚房弄。風荷，等我身子好了，可能要離京一趟，凡事妳要小心些，等我回來再說，也別委屈了自己。」他輕輕握了風荷的一段雪白皓腕，放在唇邊輕啄了一口，又一口。

風荷一愣，便道：「要多久呢？有哪些要準備的，我好慢慢先收拾著。」她沒有問他去哪兒，若他想說就會告訴自己，如果不願說，自己的問題不但是多餘的，還是一根刺，無形中傷了人。

杭天曜亦是有些發怔，原來，這種事，他是從來不會告訴身邊女人的，外人只知他在青樓妓館中花天酒地。也不知是不是魔怔了，脫口而出。他把風荷的胳膊放到自己腰間，柔聲道：「短則十天長則一月。不用帶東西，外邊什麼都有。」

「雖這麼說，銀子總是要的，三千兩夠不夠？」風荷相信，自己一定是少見的好妻子了，還管夫君花錢的事，何況他們徒有其名而已。哎，誰不是這麼過來的，古來同床異夢的多了，或許她與杭天曜已經是不錯了，至少到現在為止，大面上杭天曜都是尊重她的。

「妳呀，怎麼這麼傻，妳不怕我是騙妳的，其實拿了妳的銀子出去胡混。妳應該好好藏起來，日後傳給我們的孩子，免得被我揮霍光了。」杭天曜苦笑，他的妻子明明是一個絕頂聰明的女人，可為何很多時候，他會覺得她又笨又傻又可愛呢。

風荷腹誹著——我不笨不傻，你還看得上嗎？男人嘛，不就是希望女人對外人時聰明睿智，對自己時就是傻瓜一個。她若連這點都不明白，還敢嫁給京城聲名頭一份的杭家四少？早被人休了。

她笑得有些難過。「我既是你的娘子，自然應該為你著想，銀子沒了就沒了，總不能叫你在外邊吃苦。何況你若是出去鬼混跟我要銀子，我也不會不給啊，我對你的情意盡到了，就沒有虧欠你的，也不會遺憾，結果就不是我關心的了。」

杭天曜的心軟得化成了一灘水，恨不得將風荷狠狠揉進自己身體裡，但他什麼都沒做。兩個人安靜了許久，久得風荷都進入了夢鄉，杭天曜才附在風荷耳垂上輕輕呢喃著。「風荷，妳什麼時候做我真正的妻子呢？」

十五的月亮十六圓，外邊明月高照，清風淩淩，房裡紅燭高燒，燭淚到天明。風荷恍然未聞，翻了個身，腳上不知不覺間蹬了杭天曜一下。

第六十六章 殺人無形

初春的陽光薄弱而荒涼，淡淡的灑在紫色的屋頂上，斑駁的樹杈間，風荷漣漪般飄動的裙角上。淺粉紅光滑的宮緞上，繡著一朵朵鵝黃色的迎春花，輕柔而瀲灩，反射出飄渺的金光，絢麗華美。

含秋、青鈿跟著她，一路去小廚房，小廚房坐落在倒座房後兩間敞亮的屋子裡，她說要親自去廚房吩咐廚娘們兩句。

蕭尚吃過早飯就帶了楚澤過來，杭天曜身子不便，沒有去外院，太妃讓他們到了凝霜院來說話。反正太妃心中風荷有一日是要接手王府的，見幾個外男是尋常事體，哪個當家主母身邊只有女的管家娘子呢。

王嬸子帶了張婆子、幾個丫頭忙得不亦樂乎，這是自開了小廚房後第一次招待外客，她們可得好好展示一番手藝，不然什麼時候丟了差事都不知呢。

小廚房每日的分例是由大廚房撥過來的，按著凝霜院主子僕人的人口精確算過，一般都是不會有多餘的。如果偶爾想吃個什麼，還得再去外面買。好在王嬸子等人都是住在府外的，每日都要進出，順便帶了菜蔬進來。

大家一見風荷，趕忙讓開一條路，王嬸子把手在圍裙上擦了擦，笑著請安。「少夫人過來了，這裡煙燻火燎的，少夫人有吩咐只管傳奴婢們去說。」

「妳們忙妳們的，不用管我，我看看而已。今兒備有哪些菜？」風荷提了裙角，前後繞了一圈，倒是收拾得頗為乾淨整潔，異味不濃，唇角含了笑。

王嬸子聞言，忙把菜單奉上。「太妃娘娘知道今兒四少爺有客來，讓大廚房多撥了幾樣菜蔬，這個小羊腿、野豬肉就不是今兒的分例。」

「我怎麼瞧著這個小羊腿不甚新鮮？」風荷難得進廚房，不代表她一竅不通。

王嬸子有些尷尬，倒是張婆子回了話。「回少夫人的話，這是前天元宵節用剩下的。現在天氣寒，肉類不會放壞，還能用一下。」

風荷瞇了瞇眼，嘴角微勾，浮上冷笑。「如今大廚房的管事是誰？」

張婆子的眼裡閃過笑意，應道：「管採買的是王妃娘娘身邊田嬤嬤的男人，管分例的是王妃娘娘奶嬤嬤的兒媳婦，我們都稱她為金大娘子。」

「照這麼說，是金大娘子撥過來的了？」風荷秀眉一挑，聲音有些冷，太妃還在呢，自家夫君好好的呢，有些人就要揣摩著主子的心思行這種下作之事了。可惜她算錯了，知道她的作為，第一個饒不過她的就是王妃了，虧了她婆婆，竟沒有提點她一、兩句。王妃的奶嬤嬤一同陪嫁來的，只是後來身子不好，王妃體恤讓她榮養，提拔了她兒子媳婦上來。

王嬸子與張婆子一同應是。

風荷看了含秋一眼，含秋立時從身上掏出一個荷包，裡邊有一些碎銀子。

「張大娘，妳帶個小廝一同出去，買些新鮮菜蔬回來，記住一定要新鮮的。這個先別用，也別扔，回頭我還要呢。」張大娘忙接了含秋遞過來的銀子，領命退下。

風荷又對王嬸子道：「大節下的，大家大魚大肉吃膩了，嬸子揀些清淡爽口的菜做上來，客人是南邊人，不愛咱們北邊的重味兒，嬸子手上把握好了。再要幾樣精緻的點心，上次那個炸紅薯味兒香，吃著還好，也做個上來。」

王嬸子一貫服從主子吩咐，不會多說多問，她會的本就多是家常菜，依著風荷的意思反而更能顯出她的手藝，亦是笑著應下。

離了這裡，想起後花園暖房的幾盆蘭花快開了，不由信步往後院行去。

含秋見左右無人，方才低聲說道：「清早譚侍衛就喚了奴婢去，已經查清楚了，昨日的四個婆子並不是雪姨娘娘家的人，而是她姨媽戶部侍郎盧家派來的，也算得上娘家人了。雪姨娘的母親出身長安望族衛家，是旁支，她有一個堂姊是長房所出，嫁到了盧家，派婆子過來的就是這位盧夫人了。

「上一次，還是去年七月的時候，盧家也曾派過人來。來了也就送些吃穿之物，並不多坐。還有，譚侍衛說盧大人原先不過一個小小縣令，盧家只是陝西的普通書香門第，近幾年來升遷很快，但沒有打聽到有沒有人在背後助他一把。具體小姐還有想知道的，譚侍衛可以再去打聽。」

譚清倒是有幾下子手段，不過短短時間，就能打聽到這麼多，想來表哥在後邊亦是幫了不少忙的。從這些情況看來，雪姨娘沒有什麼不妥之處。非要說有何不妥，那只有她為何到杭家做妾了，縣令之女倒罷了，有個侍郎夫人的姨媽，居然還願意來做妾，那就有問題了。

「有沒有聽府裡丫鬟提起，當年雪姨娘是如何進的府？」風荷停下腳步，手扶在一株海棠樹上，輕輕攀折了一段枝杈，拿在手裡把玩著。

青鈿一聽，立時振作了精神，她們幾個年歲小些的，平日沒什麼吩咐，就是到處閒逛玩耍，打聽事情，杭家的大小事被她們聽了個七七八八。風荷一有問到的，也能儘快答上來，她神色間略有不屑地說：「人人都讚雪姨娘清高孤傲，我看不盡然。這是兩年多前的事了，一次少爺與幾個公子去京郊賽馬，在一處茂林裡遇到幾個搶匪攔路搶劫，一個像是官眷人家的馬車被攔。

「少爺幾個一時興起，救下了馬車裡的人，正是雪姨娘。聽說是雪姨娘隨其母來京城探望重病的姨媽，及給表姊送嫁。少爺一見之下，驚為天人，回來就要人去提親。但以雪姨娘的出身位居正妻是遠遠不夠的，不知江家怎生想的，倒願意把女兒給人家做妾。就這樣，雪姨娘就來了咱們府上，開始少爺待她極寵了一陣，後來慢慢淡了下來。」

好一齣英雄救美啊，美人酬英雄，比戲臺上演的都好看，想來這個事當年也在京城哄傳了一陣吧，畢竟是段旖旎香豔的故事。

「行了，妳們以前見到雪姨娘如何仍然如何，不能因著這些就怠慢了她，回頭妳們爺生氣我是保不住妳們的。」風荷不清楚雪姨娘在杭天曜心裡到底有多重的位置，是以不敢輕易下結論，男人對於這樣柔弱而清冷的美人兒，應該都是有一樣保護征服的情腸吧。在沒有確定杭天曜的心思前，風荷還是會一如既往的好好供著他那些姨娘們，做一副妻妾和睦的樣子出來。

從後花園回來，兩個丫鬟分別捧了一盆春劍一盆雪鶴，都是名貴品種。杭家還真有錢，為了這些花花草草，每年捨得得很呢。

午飯時，三個男子在前院，風荷一個人在後院用的。想起金大娘子，她計上心來。命丫鬟去知會了杭天曜一聲，自己領了人要去給太妃請安，長日漫漫的，陪太妃打打馬吊做點吃的也好。

才出門，卻聽到身後有人喚自己，不由詫異地轉過了身，是蕭尚，他一個人。月白色暗銀紋的長袍，在腰間覆了一條紫色的帶子，頗有瀟灑之氣。風荷兩次見他，他都穿著深色的衣服，顯得人冷峻威嚴，沒想到他穿淡色的也很好看，多了絲人情味與俊朗氣。

「表弟可是有事？」風荷莞爾笑著，陽光灑在她臉上，薄如蟬翼的肌膚輕輕跳躍，好似開了一朵聖潔的梨花。

「沒有。屋子裡坐久了有些悶，出來透透氣，恰好遇到表嫂。」或是因為喝了酒的原因，他說話的語氣比平時溫和，有種家常的感覺。

風荷對蕭尚的看法一直處在第一次相見時他那銳利如鷹的目光，所以她對他有本能的疏遠，這個人教她防不勝防，只能保持距離。可是她看得出來，今天，蕭尚是故意接近她，為了什麼？難道為了杭天曜，怕自己對他不利，想要試探試探。又不像，他全身慵懶，並沒有太大的戒備情緒，反而教人放鬆。

她只得與他周旋。「酒菜不好，還請表弟勿怪。等四爺傷勢好了，一定再請表弟過來，哦，對，還有表弟妹。」既要與嘉郡王府聯絡好感情，女眷那邊絕對少不了，聽說蕭尚是王府世子，他的世子妃是怡親王家的郡主。

蕭尚的隨意瞬間消失，一股寒意從他身體裡漫出來，風荷不經意地退遠了一步，而他，頓了須臾，淡淡相謝。「多謝表嫂的好意，得閒了一定來。」他沒有提自己妻子。

「都是自家親戚，哪裡用得著這麼客氣。我還與我們爺說，等他好了，我們一起去給舅舅、舅母磕頭呢。」風荷面上笑著，心裡卻在思量著難道蕭尚與他妻子感情不好，不是成親不到三年嗎？正是濃情密意的時候呢。

「歡迎之至。到時候表嫂表哥一定要來。」他說完這句，就假意怕杭四兩人尋他，回了屋。

風荷望著他遠去的背影，有一層朦朧的金光，猶疑不定起來。終是什麼都沒想，抬了腳繼續前行。

粗使的小丫頭手中提了一個紅漆的捧盒，裡邊裝著那塊小羊腿肉。

在太妃院門外，遇到與丫鬟嬉鬧的杭瑩。自從發生了凌秀的事情後，她傷心了幾天，那畢竟是與她一塊兒玩耍的姊妹，一旦發生那種事，教她有些難以接受。過了幾天，也就好了，她性子有些大大咧咧，但是個很乖巧的姑娘家，聽長輩話，讀書、女紅都是好的。在京城閨秀群中頗有點名氣。

見是風荷，她忙甩了丫鬟們，上前與風荷打招呼。

「五妹妹也在，雖說天氣涼，可別出汗了，回頭著了風倒不好。」杭瑩剛與丫鬟們耍蹴鞠，額角上微微帶了些薄汗，小臉紅紅的。風荷把自己的帕子遞給她，語氣中並沒有責備的意思。

杭瑩與風荷相處時間不多，但很喜歡她，偶爾閒了也會去找風荷說笑。不由接了她的帕子快速擦了擦汗，然後遞給了丫鬟，口裡笑道：「回頭洗乾淨了再送還給四嫂，四嫂這回過來是看祖母的嗎？」

風荷拉了她的手一起往院子裡走，笑道：「是呀。祖母這幾日晚上睡不沈，白天索性就不歇了，我慮著她悶，就過來坐坐。妳不知道，我還帶了好東西呢。」

「什麼東西？我也要看。」杭瑩越發拉緊了風荷的手，興致盎然。

「喏，這不是。」風荷指了指丫鬟手中提的捧盒，神秘地笑道：「妳四哥今兒在家裡宴客，大廚房撥了這個東西過來，我便琢磨著咱們自己弄來吃，豈不有趣？」

杭瑩脫了風荷的手，上前去，那丫頭趕忙揭開食盒，一隻小羊腿肉，她就有些洩氣。「我還以為什麼好東西呢，這個成天吃的，有什麼意思，四嫂哄我呢。」

風荷抿嘴而笑。「我想著咱們叫了婆子們給我們在院子裡生了火，然後把它弄乾淨了，咱們自己蘸了調料，在火上烤著吃，不是很好玩？什麼東西倒無所謂了，關鍵是咱們既能玩了還能吃了。」

杭瑩從來沒有自己做過東西吃，聽得睜大了眼，眼中閃過亮光，一副躍躍欲試的樣子，推著風荷往屋裡走，要去請示太妃。

屋子裡，太妃正在與王妃說話。

「母妃，明兒是老國公爺的七十大壽，母妃在家裡悶得久了，不如咱們明日一起去熱鬧一日。」王妃偏坐在下首的雕花玫瑰椅上，神色恭敬。

老國公爺，京城國公府不少，王妃沒有明指的應該是哪一個？哦，對了，英國公，英國公府是太妃娘家，老國公爺是太妃哥哥，也只有他們府上太妃願意去走一遭。

太妃凝神想了想，恰好看見風荷、杭瑩二人進屋，先喚了她們上前。「老四媳婦也過來了，都過來坐。」

風荷依禮給二人行了禮，方才走到太妃跟前笑道：「孫媳惦記著祖母一人閒悶，過來作陪，不想母妃與五妹妹早就到了。」

「好，都好。老四還在與他朋友吃酒嗎？妳有沒有記得叫人勸著他些，他傷口未好全，千萬不能吃多了。」太妃攬了二人上炕，坐在她左右手。

「孫媳給爺準備的是咱們莊子裡自己拿葡萄釀的果子酒，味兒甜，吃多了不妨事。上回送了些過來與祖母和母妃，不知有沒有嚐過？」風荷並不坐，跪在太妃身後給她捏著肩膀，舒服得太妃搖頭晃腦。

太妃拍了拍杭瑩的手，假意訓她。「見了沒有，妳四嫂怎麼孝順人的，以後好生學著點。那個周嬤嬤斟了一杯給我嚐嚐，我吃著極好，就讓她收了起來，嘴裡淡的時候吃上一杯。」

風荷笑得彎了腰。「祖母這是臊我呢，還是打趣自己。這不是擺明了嫌我小氣只送了一小甕嗎？祖母放開了吃，我那兒還有呢，怕祖母不愛吃，先送了一點來試試，若是果真吃著好，以後叫她們多多做了。祖母可別怪五妹妹，五妹妹比我還孝順。我剛才與她提著咱們自己弄了個小羊腿，用火烤了吃，她就立時想到祖母與母妃，要來請祖母、母妃一併玩兒呢。」

杭瑩原是被太妃打趣得紅了臉，聞言感激地看了風荷一眼，連連點頭稱是。

太妃被她們挑起了興致，一迭聲問道：「什麼小羊腿，怎麼吃？妳們好歹說明白了，咱們讓她們快去弄。」

風荷招了招手，守在門外的小丫頭趕緊提著東西進來，先與大家行了禮，方把捧盒放在中間。風荷一面解釋道：「因為四爺今兒宴客，祖母特地讓大廚房給我們多撥了些分例菜過來。我瞅著菜多得很，這個小羊腿肥而不膩，最適合烤著吃，就自己貪了沒叫她們做。媳婦最近忙著照料四爺，都沒有好生服侍祖母與母妃，心下正不安呢，就想借花獻佛，弄了它來咱們自己烤著吃，既能取樂又能逗祖母一笑，豈不兩全其美？

「五妹妹聽了，還說要自己動手烤了孝敬祖母、母妃。東西沒什麼，不過看在我們一片心意的分上，還請祖母、母妃賞臉呢。」

「我看呀，這哪是孝敬我們的，分明就是怕我們不讓她們玩，把我倆一齊拉下了水，她們好盡興。」太妃輕輕捶著風荷的胳膊，大笑起來。王妃亦是抿了嘴。

「祖母怎麼猜到的，四嫂就是跟我這麼說的。」杭瑩故意繃著臉，眼睛衝風荷眨啊眨。

風荷不依，上去撓著杭瑩的胳肢窩。「五妹妹出賣我，我再不依的。」

看她倆鬧成一團，不只太妃、王妃，連伺候的婆子丫鬟都跟著笑了起來。

笑過之後，太妃想起烤羊腿，忙命周嬤嬤帶了人下去洗乾淨了，切好，再帶上來。周嬤嬤應聲，叫丫頭提了籃子跟她去小廚房。

這邊先議正事，太妃點頭對王妃道：「妳說得是理，天氣逐漸暖和起來，沒得在房子裡發霉了，明兒咱們一起去。連老四媳婦都去，老四身子好了七、八，有丫鬟服侍著就好，妳累了大半月，也出去鬆散鬆散。」

風荷起身笑應。「人人都讚大舅老爺仙風道骨，慈眉善目，我竟沒有福氣一見。這回可是好了，沾了祖母的光，明兒跟著去沾點福氣回來。」

「妳這猴兒，三句話就得逗我大笑，哪日我笑得合不攏嘴了才拿妳出氣呢。」太妃拍著風荷的臉頰，滿是慈愛之色。

「祖母高興了，多吃些睡得安穩些，便是拿我出氣都值了。」風荷索性偎到太妃懷裡，由著太妃拍她。

杭瑩望著她們，眼裡有一點點豔羨，難怪祖母那麼喜歡四嫂，四嫂年紀比自己略大，但在祖母跟前從來都像女孩兒一樣愛撒嬌愛玩鬧，相比起來自己倒顯得太過老成了，不招老人喜歡。想到這兒，立意以後要向風荷學習。

王妃笑看著她們，並不說話。

誰知周嬤嬤面色略有些不好的進來，躊躇著動了動嘴，又不說。

太妃性子偏急，就和聲斥道：「妳這老貨，有什麼事啊？快說。」

周嬤嬤輕輕瞟了一眼王妃，王妃心下一「咯噔」，就有些緊張，周嬤嬤輕聲回道：「四少夫人帶來的小羊腿肉好是好，只是不大新鮮，應該還是前日元宵用剩下來的。或是大廚房的人一時弄混了，拿錯了吧。」

「怎麼會？我瞧著好好的啊，早上大廚房才送來的！」風荷吃驚，立起身來。

太妃臉上的笑容全定住了，冷冷掃了王妃一眼，轉而吩咐周嬤嬤。「既是如此，妳再去大廚房要一個過來，把這個扔了。」

王妃臉色不大好看，有點發白，緊緊咬著嘴唇，心中暗恨不已。這些混蛋奴才，不會辦事就算了，還自作主張，非得去犯到老四媳婦頭上，難道這段時間還沒看清老四媳婦不好惹嗎？自己受罪罷了，還得連累自己，太妃沒明說，可是私底下還能對自己沒有意見，哪一日被他們攬得丟了這掌事的大權，自己找誰訴委屈去？

只有杭瑩一個沒有弄明白裡邊的彎彎繞，兀自想著一會兒怎麼吃，廳裡的氣氛慢慢好了起來。風荷也怕太妃心裡存了氣身子不好，與杭瑩說起明兒出門穿什麼等等，岔開了這個話題。

王妃事情多，忙得很，一會子就離開了。晚上傳來消息，金大娘子被人指責手腳不乾淨，王妃恨她不爭氣，罰了三個月月銀，打了十杖，攆到了後花園看守花園。若不是她婆婆求情，只怕都逐出了王府。

第二日，杭府的人都熱熱鬧鬧裝扮了，準備去英國公府祝壽。

杭天曜不能去，看風荷一個勁兒收拾打扮自己，沒好氣的問道：「不就出個門嗎？打扮得花枝招展給誰看？」

風荷沾了一點胭脂抹了唇，從鏡子裡看他立在身後不遠，瞪著忙進忙出的丫鬟們，忍不住笑出了聲來。「好歹是舅老爺家，我還能不去請個安，論理早是該去的。難得今兒祖母歡歡喜喜的，你可不能鬧彆扭，招了祖母的氣上來，小心父王捶你。」

「他愛打就打，反正都不是一次、兩次了。」杭天曜越發氣惱，撩了袍子下襬一屁股坐在床上。

風荷擺手命丫鬟們出去，自己走到他身邊坐下，握著他手勸道：「父王脾氣急躁，還不是為著你是他兒子，我知道你心裡委屈，只是別帶出來，叫人看見難免背後中傷你。我頂多去兩個時辰，吃了午飯就回來好不好？你看看，我的眉毛畫得好不好？」

杭天曜轉了頭看她，在她頭上輕輕彈了一下。「好看，誰見了都會誇妳。」

「哈哈哈，真的，那就好。我這還不是為了你，我灰頭土臉出去，人家只會說杭天曜的妻子是個又醜又老的婦人，我好看了，人家也是羨慕你，讚你一句對我好，你說是不是這個理？」風荷捏著他的鼻子，微微仰起頭看她。

杭天曜被她說得有些飄飄然起來，一把抱了她坐在自己懷裡，在她眼角親了一口，又含了她耳垂輕輕嗜咬著。

風荷被他弄得發麻，臉上燒紅了一片，如開了一朵豔陽下的桃花，嬌媚妖冶。

杭天曜越發動情，吻著她白玉般細膩的脖子，手上開始不老實起來，在她身上摸索開了。風荷怕自己才上身的新衣裳被他弄縐了，又覺得時間不早，一把按住他的手，在他左右臉頰上分別狠狠親了一口。隨即趁著杭天曜沒有注意，大笑著跑了出去。

杭天曜懊惱又被她溜了，只得起身去前邊，準備吃飯時再占點便宜也好。

他一出去，就有丫鬟給他請安，不知怎麼回事，每個丫鬟看到他，不是偷笑就是直接笑出了聲，把杭天曜笑得怔怔地。

風荷在小花廳看著調停桌椅，擺置碗筷。就有幾個姨娘過來請安了，來得最早的是柔姨娘和媚姨娘，兩人一個嬌豔一個嫵媚，裊裊行了過來。她們都知道今天風荷會去英國公府，少爺一個人留在府裡，安了心要來引逗杭天曜重新記起她們。

她們在門口等待小丫鬟進去通報，從打起的簾子一角瞥見了杭天曜站在中間，一臉的迷茫，頓時大驚，相互對視了一眼。因為杭天曜自己看不到，但別人都能看到，他兩頰上有兩朵鮮紅的唇印。能公然在凝霜院裡這麼做的，除了少夫人還有誰，少爺已經這麼寵愛少夫人了？少爺不是一向厭惡女子親吻他嗎？每次都避開她們的唇。

柔姨娘和媚姨娘的震驚可想而知，她們都是伺候了少爺幾年的，都不曾獲得這個待遇，沒想到少夫人短短幾日，就把少爺勾引得見了她們都沒個笑顏。狐狸精，真是個狐狸精，大白天的當著一屋子丫鬟呢，竟然這麼招搖。兩人把手中的帕子擰得比麻花還緊，彷彿那帕子就是風荷。

風荷看早飯得了，就過來叫杭天曜用飯，不意看到他臉上的桃花，又是好氣又是好笑，忙拉了他衣襟回裡間，把他推坐在梳妝檯前。

杭天曜此時才知自己臉上留著風荷的唇印，登時通紅了臉，卻把那唇印映得更加豔麗了幾分。風荷拿帕子給他擦了，又叫人打了水，給他再梳洗一遍。

杭天曜惡狠狠的瞪著風荷，他杭家四少幾輩子的臉都被她丟光了，從來只有他調戲別人的，沒想到還被個女子給調戲了，尤其落到了一屋子人的眼睛裡。

風荷討好地笑著，還主動挽了他的胳膊。「爺餓了吧，咱們快去吃飯吧，有爺愛吃的鴨子肉粥呢。」

飯後，風荷領了丫鬟去太妃院裡，準備伺候太妃出門。就在眾人要上馬車的時候，宮裡來了人，只得放下此事，先去正廳相迎。

來的是皇后娘娘宮裡的掌宮太監安公公，來傳皇后娘娘口諭，宣莊郡王府四少爺夫人杭董氏立時進宮覲見。

眾人大吃一驚，無緣無故的皇后如何宣風荷進宮呢，風荷無品無級，按理是不能進宮的，當然貴人相召是例外。但眼下，卻不是考慮這個的時候，既然諭旨到了，進宮是必然的，好在皇后娘娘是杭家女兒，倒也不用太擔心。

太妃攬著風荷，柔聲笑道：「宮中禮儀妳是知道的，有不懂的地方安公公也會提點妳，只要比平日略恭敬些也就好了。想來皇后娘娘不過是掛心老四的身子，宣妳進去問問而已，妳只管放心去吧，有什麼實話實說。」

太妃說話之時，周嬤嬤已經遞了一個厚厚的紅包給了安公公。安公公是皇后的心腹，自然清楚杭家的分量，對杭家原就恭敬小心，如此更是露出溫和的微笑，連連點頭。

王爺知道自己這個皇后妹妹對老四格外看重，宣人進宮詢問病情是極有可能的，倒不太擔心。風荷年紀雖小，但自從進了王府沒什麼大錯，一應規矩禮儀都是學得不錯的，尤其是膽大，不至於進個宮嚇得話都說不完整。只是叫了三少爺過來，與他吩咐道：「你四弟妹要進宮，你一路護送她去，再安安穩穩接她回來，周家那邊不去也使得。」

三少爺杭天瑾眼角的餘光掃過風荷，連忙應是，心中卻在思量皇后對老四果然不同一般，不愧是當日帶過一年的。原來先王妃去世之時，杭四只有三歲，皇后那時十三，跟著太妃帶了杭四一年，第二年就進宮立為皇后。

太妃又囑咐了風荷幾句，點了沈烟與自己身邊的端惠伺候她進宮，讓端惠帶足了賞人的紅包。端惠是常跟著太妃進宮的，自是不怕，沈烟穩妥，也是個得力能用的。風荷身上穿的本就是去英國公府拜壽的正式服裝，如此倒不用換了，可以直接穿著去。

這邊，跟了安公公一行人進宮，車子去得遠了，太妃才帶眾人去英國公府祝壽。

莊郡王府離皇宮甚近，不過一刻鐘多的工夫，就到了南側門。

下了馬車，有皇后特地派來的一乘小轎等著，四個清秀的太監抬著轎子一路進了後宮，倒省得風荷繞半個皇宮走一圈。

第六十七章　爭風吃醋

天空明淨蔚藍，金黃色的琉璃瓦重簷殿頂，在陽光照射下閃耀著耀眼的光芒，顯得格外輝煌與莊嚴。地上鋪著方正的青磚，每一塊都打磨得光滑平整，壓住了金色的俗氣。一路行來，或有侍衛、宮人，俱是安靜的低著頭，也有給安公公問好的。

皇后是太妃的獨女，也是老太爺最小的女兒，尤得太妃、老太爺喜歡。先皇身子羸弱，英年早逝，只有太后所出一子，即是當今聖上。聖上初登基時，只有十五歲，還未娶正妃。後來發生了太皇太后幼子叛亂一事，雖很快平息了，到底影響深遠，此事一結，皇上就迎娶了莊郡王的嫡女，立為皇后。

皇后進宮第三年，就生下一子，便是如今的太子，還有一女，今十二，人稱光華公主，備受寵愛。皇上與皇后是少年夫妻，共過患難，感情愈篤，對杭家也是萬分看重的。

皇后住在平章宮，平章宮坐北面南，面闊連廊九間，進深三間，其中東西兩間分別是過道，真正住的是中間七間。最中間三間並不是皇后日常起居的地方，這裡只在有重要事情時方用，皇后一般都是住在東邊兩間的暖閣裡，西暖閣是佛堂。

安公公進去稟明，隨後有兩名穿粉色衣裙的宮女來領風荷往裡邊走。「娘娘宣四少夫人進去呢。」

「謝謝兩位姊姊。」風荷微笑以待，低了頭跟在她們身後，端惠與沈烟都留在了殿外，有旁的宮女帶她們去了下人房中歇息。

屋子裡鴉雀無聲，但是風荷知道有不少人，她能聽到些微的呼吸聲，卻不能抬頭。

「啟稟皇娘娘，四少夫人來了。」

宮女的話音一落，風荷就住了腳，屈膝跪下行禮。「杭董氏拜見娘娘，娘娘千歲千歲千千歲。」她目不轉睛的盯著地上白色的方磚。

「快扶四少夫人起來。老四媳婦，抬起頭來給本宮瞧瞧。」聲音圓潤低迴，好聽的迴蕩在空曠的宮殿裡。

風荷謝了恩，不敢讓宮女扶著，自己起身站好，微抬了頭，臉上掛著絕對端莊的笑容。

皇后端正地坐在環形大炕上，下面墊著金黃色的褥子，並沒有穿著傳說中的鳳冠霞帔。只是一件九成新的鏤金絲鈕牡丹花紋宮緞褙子，下著淺金色撒花裙子，與尋常富貴人家的夫人無異，只是頭上一支銜著碩大一顆紅寶石流蘇的鳳簪表明了其高貴的身分。皮膚白皙中透著淡淡的粉紅，化著時下流行的宮妝，鼻子很挺，在溫柔中透出一縷威嚴，彷彿與生俱來一般，教人不敢仰視。

算年紀，皇后今年不過三十四，本就生得好，再加意保養，端得明豔照人，光彩絕世，根本想不到她的長子都十七了。

她含笑打量著風荷，儀容不俗，姿態嫻雅，像大家出身的小姐，尤其見到自己都沒有顯出慌亂之象來，比起那些初次進宮嚇得戰戰兢兢的高門貴女，強了不知多少倍。自己突然召她進宮，就是存著試試她的心思，好在沒有教自己失望，果然是個不同的，難怪都說母妃對她甚是寵愛。

這一打量，對風荷而言，好似過了整整一日，心中在哀怨著皇后怎麼看個沒完，就算她面上的表情再和藹，那也是一國之母啊，翻臉不認人，才不管她是不是侄兒媳婦。

皇后看得滿意了，才點頭笑道：「不負母妃這般看重妳，坐吧。」

宮女聞言，忙搬了一個紫檀木鼓腿彭牙的方凳來，擺在靠右首的地方，風荷再一次謝恩坐下。

待她坐穩了，皇后方問道：「聽說老四臥病之時，都是妳細心服侍著，才能好得這麼快，本宮要賞妳。」

賞人就直接賞了，還用得著說出來嗎？風荷腹誹著，面上誠惶誠恐。「身為人妻，服侍自家爺那是本分，不敢得娘娘賞賜。何況四爺好起來，都是因為有娘娘垂青，祖母與母妃的關照，哪裡是臣媳的功勞。」

「雖如此說，妳日日侍奉在床前，總是妳的功勞，不必推託。聽說現在都能下地走動了？」皇后輕輕擺了擺手，越發和顏悅色起來。

「是的，太醫說，再休養半個月，就能痊癒了。」風荷開始關注自己衣袖上的繁複花紋，似要看出點什麼來似地。

皇后看得好笑，知她心裡防備著，就與她話起了家常，多半是杭家近來發生的事情。慢慢的，風荷發現皇后還是頗為親切的，想來是看在太妃和杭四的關係上，這上頭有人，就是不一樣啊。不過她也不敢大意，每次回話雖然快，但都是經過深思熟慮的。

誰知皇后話鋒一轉，忽然嚴厲起來。「本宮聽人提起，當日妳被指婚給老四之後，妳母親哭鬧著不肯答應呢。」

風荷暗暗吃了一驚，不知這樣私密的事怎麼傳到了皇后耳朵裡，還是皇后有意詐她。她匆匆起身，恭敬的回道：「娘娘母儀天下，臣媳不敢有任何欺瞞。慈母愛子之心，娘娘定是能理解的，臣媳母親誤聽了外邊的謠言信以為真，心中擔憂女兒將來。這便是嫁到任何一家，想來母親都是不放心的吧，是以有些焦慮，但絕沒有要抗旨的意思。

「如今，臣媳母親得知臣媳在王府過得很好，四少爺待臣媳頗為尊重之後，就放心了許多。前日臣媳回娘家之時，臣媳母親還一直囑咐臣媳出嫁的女子就是婆家人了，上要孝順長輩，下要友愛晚輩，恪守婦德，謹言慎行，臣媳一日不敢忘。」

皇后凌厲的眼神緩緩收了起來，反是笑著。「本宮不過隨意一問，倒把妳嚇著了。妳說得有理，母親愛女，無論女兒嫁到何處都是放不下心的。哪日老四好了，可要叫他去給妳母親磕頭呢，遇到這麼通情達理的岳母是他的福氣啊。」

「娘娘過獎了。」

直到半個時辰之後，皇后臉上似乎現出了乏色，語氣無比親切。「今兒還有事，便不多留妳了。小安子，送四少夫人出宮。」

風荷愣了一愣，謝恩出宮，心中卻在計較著，皇后這是什麼意思，好端端的叫了她進宮，也沒說什麼事，就放了出來，難道皇后太閒了找個人說話？那自可以宣太妃、王妃啊，叫了她來算什麼事。

安公公沿原路送風荷出宮，來的時候兩手空空，出去的時候卻帶了許多包裹。

坤寧宮後殿，一襲明黃色的袍角露了出來，黑色雲龍紋的靴子。

皇后舒展了一下身子，才笑著上前扶了皇上坐下。「皇上可是看夠了？巴巴地要我宣了人進來，自己倒是躲到後頭去了。」

皇上挽著皇后一起坐，眉眼間帶著滿意的神色，笑道：「自是看夠了。老四倒是好福氣，娶了這麼個美貌賢慧的妻子，日後妳也能放了心，不用再為他的婚事懸著了。」

皇后卻沒有顯出隨意，她深諳后妃之道，皇上隨意那是可以的，自己卻不能，誰知道哪日惹惱了這個手握生殺大權的人呢。不過面色舒緩。「當日母妃來請旨之時，我還有些訝異呢，誰家的小姐能教母妃看上特地來請旨，後來聽是董將軍的女兒，我還有些不肯相信呢。好在皇上當即做了決斷，要不然可不是白白錯過了這麼好的女孩兒。」

「妳呀，油嘴滑舌吧，這是妳母妃的主意，關朕什麼事，朕只是滿足了她的心願而已。說起來，太妃娘娘倒是個會識人的，居然看出來這個丫頭不簡單。」皇上望著窗下搖曳的紗簾，有點認真。

「怎麼不簡單了？確實，端莊嫻雅、不卑不亢，但臣妾都是今兒才發現的，皇上難道此前就見過了？」皇后一直沒有想明白這一點，皇上為何無緣無故要召見老四媳婦。

皇上捏了捏皇后的柔荑，嘆了一聲。「妳不知道，最近又有人提出來要尚未立世子的王府儘快立下世子，妳想想，這不是針對莊郡王府嗎？除了他們，京城還有哪個沒有立下人來，頤親王府雖沒有，但他們王妃只有一個嫡出之子，一向口碑又好，只是走個過場而已。

朕今日想起此事，又聽人說自妳那侄兒媳婦進門之後，老四收斂了許多，就想看看她是不是夠格主理一個王府？」

皇后聽得感動不已，伏在皇上肩頭，低聲泣道：「原來皇上一心為臣妾娘家考慮，臣妾倒是半點都不知情。皇上日理萬機的，還要為臣妾娘家那點小事操勞，教臣妾心下怎麼過意得去？」

皇上拍了拍皇后的背，低聲說道：「明嵐，莊郡王在朕最危險之時站了出來，又將妳送進宮，朕一直記著。即便不為這些，為著皇兒順利繼位，朕也不能輕易放下你們府裡的那些事。立誰為世子雖是王府內務，但關係著江山社稷，朕不能不盯著。對於王爺，朕自是信得過的，正因為信得過，所以不能由他把擔子交出來，這還要你們莊郡王府繼續擔著呢。

「或許，王爺迫於外頭的壓力，考慮妳五侄兒，可是魏平侯府的事情，妳應該清楚，朕是不能容妳那五侄兒執掌王府的。朕就擔心妳父親對老四太過失望，以至於寧願卸下重擔，都只能叫旁人繼承王位，那樣事情就會棘手得很。」

皇后靜靜聽著，自是清楚皇上所指何事，蹙了眉問道：「皇上，難道那位依然沒有死心嗎？可是吳王已經沒了呀，她要靠誰呢，不會是恭王呀。」

「她自然不會相信恭王叔。可是，吳王還有一個兒子活著，這也是朕近兩年方得到的消息，卻不知他在哪裡。」皇上的眉頭皺得越發緊了，這個消息當初讓他震驚得說不出話來，真是寢食難安。

「哎，臣妾只是不明白，她年紀都一大把了，享了一輩子尊榮，為何就是看不破呢？皇上，咱們一定要拿到證據才行。」她美麗的臉蛋因為生氣而在眼角閃出了淡淡的皺紋。

怔了許久，皇上才道：「也許那時候她本沒有那個心的，或許為了吳王吧，她是要報復。」如此，這天下最尊貴的夫妻倆都不再說話了，恩怨一筆勾銷那只是癡人說夢而已。

馬車在宮門口等著，三少爺杭天瑾在最近的茶樓裡吃茶，一個人默默等著，食指輕叩著桌面。足有一個時辰工夫，小廝才來請他，四少夫人出宮了，他匆忙起身離開。

先把皇后賞賜的東西都堆到後頭下人的馬車裡，這些都是宮中之物，不能出一點差錯的，風荷站在一旁看著。

遠處傳來噠噠的馬蹄聲，大家回頭去看，一輛貴氣的馬車由遠及近。到這兒來的，多半都是進宮的女眷，哪個不是高門貴族的？

待得近了，細看前後八個膀大腰圓的護衛包圍著馬車，後邊還跟著一輛略嫌輕便些的馬車，疾馳而來。前面明晃晃地打著承平公主府的招牌，難怪敢這麼囂張，承平公主雖不是太皇太后親生，與親生也差不離了。

馬車停下，裡邊跳下一個人來，小巧靈活，原來是西瑤郡主。她見到風荷，不由怔了一下，就不悅的走了上前，沒有禮貌地問道：「妳在這裡做什麼，莫不是也要進宮？」

風荷對這個美貌但刁蠻的郡主實在提不起一點好感來，卻不得不給她行半禮。「杭董氏見過郡主，適才出宮。」

「算妳還有點眼色，知道要跟我行禮，跪下。」她俏臉生霜，寒氣逼人。

風荷無語，懶得應付她，淡淡說道：「郡主有什麼吩咐嗎？家中有事，若是郡主沒有吩咐，就先告辭了。」她說完，就要轉身回自己的馬車。

不意西瑤郡主快步上前，一把攔住了她，挑釁的笑道：「妳這麼急著做什麼，難道一會子不見四哥就急著回去勾引他了？」

她的話太不客氣，根本不該是堂堂郡主能說的，但她備受寵愛，時常出入市井之地，外頭的話聽了不少，冷不防就衝風荷突口而出。說完，自己也覺得有些莽撞，瞟了一眼在場的許多下人，越發焦躁。

風荷當即大怒，渾身掠過寒芒，口氣轉硬。「郡主說的什麼村話，我可是沒有聽說過的，也請郡主慎言。這裡是什麼地方，由得我們兩個婦道人家當路吵鬧嗎？傳出去郡主不要顏面，我還要呢。請郡主讓開。」

西瑤因為自己出口的話正有幾分氣惱呢，只她沒想到風荷敢當著眾人的面反駁她，而且用這樣一種態度，呆了一呆，身子往後退了半步。

風荷索性繞過了她，扶著沈烟的手上了馬車。

這邊廂，沈烟與端惠正要跟著上馬車，不料從哪裡閃過一抹金光，就聽見駿馬嘶叫一聲，撒開四蹄奔了開去，馬車上只有風荷一人，連車伕都沒來得及上車。馬車一共有兩匹馬拉著，其中一匹受驚狂奔，另外一匹被拉著只能跟著跑。

這一下出手太快，大家都沒看清楚，甚至根本沒有想到，西瑤望著飛奔而去的馬車，露出了得意的笑容，拍拍手招呼自己人直接進了宮。

王府的人都懵了，直到風荷的馬車離開了一射之地，才反應過來，沈烟先是邊追邊喚。

「快救少夫人！」

她這一聲，把震驚中的下人都驚醒了，幾個侍衛飛一般掠了過去，可是始終趕不上馬車的速度。

杭天瑾過來之時，只隱約看到風荷的馬車在自己面前飛過，心中大驚，猛地回身去追，可他根本趕不及追上疾馳中的馬車。

風荷當時還沒有坐穩，就覺得渾身一震，身子往邊上歪去，她下意識去抓車窗，勉強被她抓到一角，然後整個人東搖西晃，如海浪中沈浮的懸木。

不及多想，風荷就猜到一定是西瑤郡主下的手，眼前卻不是與她計較的時候，保命要緊，馬車這樣狂奔，還不知一會兒會撞上什麼東西呢，千萬別撞上人啊！

風荷的身子便似狂風中的柳枝，顛來倒去，她感到胃裡一陣陣噁心，手更是用力抓緊了車窗，若是這樣被摔出去，不死也得殘了。而侍衛們，誰的武藝那麼好，能攔住飛馳的馬車或是從車裡把她救下去呢，對此，她不太抱希望。

都不知奔出了多少路，風荷隱約聽見外面有喧譁的人聲。這下糟了，一定是到了大街上，本來宮門對著出來的大道就是通向最繁華的南北大道上的，這裡店鋪如林，攤販成群，到處都擠滿了人。外面不斷傳來大人的驚呼聲、小孩的哭鬧聲，風荷額上漸漸滲出了汗，臉色泛白，她這回定是連累了無辜的百姓。

永昌侯小侯爺韓穆溪從書肆裡出來，意外地發現大街上亂成一團，有一個五、六歲的男孩獨自跌坐在地上，身邊沒有人，他朝著前邊發呆。韓穆溪順著他的視線望過去，嚇了一大跳，一輛華麗的馬車衝著小孩的方向快要輾了上來，他立時躍起落在小孩身邊，然後一手撈了孩子，另一手借力躍回原地。

放下孩子，他正想教訓教訓馬車的主人，京畿重地皇城之外，縱馬狂奔，誰竟敢這般大膽？不過他一瞥中，看到從他身邊飛奔而過的馬車前座沒有人，沒人駕車？難道是出了事？

他來不及多想，身子輕巧的一躍而前，追著馬蹄翻滾的塵煙而去。很快，他就看到馬車撞在了一個商鋪的牆上——

砰的一聲巨響，馬車似乎撞上了什麼地方，向右傾斜，風荷的頭撞在堅硬的馬車頂上，痛得她有些發暈，她覺得自己就快堅持不住了。馬車以驚人的速度轉了彎，卻因速度太急，以至於車身傾轉，騰空翻轉過來。

風荷整個人被翻了過來，手上再也使不上力，直直地飛出了馬車，如一片秋風中的落葉開始下墜。

韓穆溪以為車上沒有人，卻見一道緋色的影子飛了出來，飄落向地上。他知道，硬要去接這個人影的話，自己極有可能受傷，但顯然那是個女子，讓他見死不救他還真做不到。

他咬了咬牙，一連在地上點了幾點，順著人影飄落的方向衝過去。手指搆到一段柔滑的衣帶，他順手一扯，女子的衝力減弱了些許，他才用力攬住了女子的腰，兩人順著力道一齊摔到了地上。

風荷知道有人救了她，雖然她摔在上面的這個身子有些硬，但比直接接觸地面那不知好了多少。這個人，不會受重傷吧？這是風荷的第一反應，她立時要爬起來，可是手肘上擦破了皮，疼得她眼淚都要落下來了，根本就沒有力氣支撐著自己的身子起來。

在接觸到女子柔軟的身體時，韓穆溪腦海中閃現了一個奇異的直覺——他認識她。與地面的直接碰撞，讓韓穆溪痛得渾身都要散架了一般，但他愣是沒有吭一聲，很快清醒過來，咬牙抱著風荷的腰讓她先坐起來。

風荷有些茫然，坐在地上，才定睛去瞧地上的男子，禁不住呼出了聲。「小侯爺。」聽到略微熟悉的聲音，韓穆溪亦是抬頭對上她的眼睛。「世嫂。」

大街上方才四處躲閃的百姓都冒了出來，靠近前去瞅著他們，圍成了一個圈。

風荷有些尷尬，她還從沒有這麼狼狽的坐在地上呢，衣衫不整，釵環凌亂，髮鬢歪斜，她忙爬了起來，頓了頓終是伸出手去扶韓穆溪。

韓穆溪不自覺地將手放到她溫軟濕熱的手心，手中滑膩的觸覺驚醒了他，他登時抽出了手，自己拚力站了起來，有些搖晃。

風荷更覺不自在，把手縮回衣袖中，低垂眼眸輕聲道謝。「多謝小侯爺搭救。」

「舉手之勞而已。」韓穆溪恢復了一貫的瀟灑溫和。

「對小侯爺而言可能是舉手之勞，但對我而言卻是救命之恩。」她的聲音有輕微的打顫，惹人憐惜。

韓穆溪一眼就瞅見她手肘上的衣裳破了，滲出殷紅的血跡，還有手上，磨破了一點皮，如嫩藕般潔白如玉的手上看來尤其觸目驚心。他不由皺了眉詢問：「世嫂如何一個人，車伕呢，馬車怎麼出的事？」

風荷衝著皇宮的方向望了望，馬車跑出太遠，王府的人還沒有趕上來，而她不適合以這副形象繼續留在這裡，她必須馬上回府。只得簡單解釋一番。「出了一點意外，能請小侯爺送我過去與家人會合嗎？」

韓穆溪想也沒想，把自己身上披著的黑色裘衣脫了下來裹住風荷的身子，點頭道：「這是自然，請世嫂領路。」

圍著的人群從來沒有見過長得這麼美貌的女子與俊朗的男子，都開始喝彩，誇韓穆溪好樣的，英雄救美。風荷與韓穆溪對視一眼，都是一驚，這樣的名聲於他們而言，絕對不是什麼好聽的玩意兒，便是沒有絲毫牽扯，被眾人這一傳，很快滿京城就會活靈活現的講演著這一齣英雄救美的佳話。

韓穆溪倒罷了，尚未娶妻，風荷已是人婦，這會成為別人攻擊她的最好把柄，光天化日之下公然與一個男子摟摟抱抱，她的名聲是別想要了。這樣的結果是兩人始料未及的。

但事情被太多人看見，他們無從解釋，兩人只得朝皇宮方向走。

不過走了幾十步路，王府的侍衛最先趕到了，他們一見風荷大喜過望，俱是跪地認罪。

「不干大家的事，都起來吧。準備回府。」風荷勉強笑著。

隨後，杭天瑾、沈烟、端惠等人都趕到了，看到風荷安然無恙，均是鬆了一口氣。唯有沈烟的眼淚止不住滾落下來，輕輕扶著風荷問道：「少夫人要不要緊，咱們快點回去叫太醫來瞧瞧。奴婢失職，請少夫人降罪。」

「行，罰妳把眼淚收起來吧，我可見不得一向穩重的沈烟姑娘這副樣子。」她的話俏皮隨意，大家緊張的氣氛漸漸鬆了下來。

「四弟妹，我已經叫人暫時雇一輛馬車前來，妳將就用一下。」杭天瑾又轉身對韓穆溪拱手相謝。「感激的話我就不多說了，回頭一定登門拜謝。」

韓穆溪平時不大結交王孫公子，與杭天瑾來往不多，客氣的與他說了兩句。

馬車來了，這一次，沈烟自己先上了馬車，再由端惠攙扶著風荷上去，眾人與韓穆溪作別。風荷在車上，對韓穆溪點了點頭，才放下車簾。

回到王府，太醫恰好也來了，忙給風荷開了壓驚的藥方和外傷的膏藥。

待到風荷回了凝霜院，杭天曜才知她受了傷，彼時媚姨娘一直伺候在他跟前。

媚姨娘偎在杭天曜胸前，不知說著什麼有趣的事，時不時格格笑著，眼神嬌媚無比。

「少爺，少夫人受傷了。」小丫頭匆匆忙忙跑進來報信，說完就轉身出去了。

杭天曜倏地一下從炕上跳了起來，顧不得歪倒在一邊的媚姨娘，快步奔了出去。風荷等人已經進了院門。

在馬車上的時候，沈烟稍稍把風荷的頭髮整理了一下，身上仍然披著韓穆溪的輕裘，幾個人簇擁著往裡邊走，身後跟著面帶焦急的杭天瑾。

「風荷，妳受傷了？哪裡，快給我瞧瞧？」杭天曜一把抓住風荷的手，語氣頗為焦急。

「啊，痛。」風荷沒注意到，驚呼了一聲，趕緊抽出自己的手，輕嗔了一句：「你弄疼我了。」

「對不起，我不是故意的，快進去包紮一下。」他連連擺手，滿臉自責的表情，很是懊惱。

一行人進了屋，沈烟褪下輕裘，扶著風荷坐下。

杭天曜被她手掌上、手肘上的傷嚇得呆了一呆，高聲喝斥。「還不打水，都愣著幹麼！」

其實，已經有丫鬟去打了水來，聞言快步走了進來，跪在地上。杭天曜小心翼翼捲起風荷的衣袖，面上神色無比認真，他是要親自給她清洗包紮。

一旁愣著的媚姨娘不可置信的望著他們家爺又是痛惜又是緊張的臉色，頓了一頓，上來要去碰風荷的手。「爺是粗人，怎麼幹得慣這種細緻的事情，還是讓妾身服侍少夫人吧。」

她的話音未落，杭天曜早就飛起一腳，恰便踢在她心窩，冷冷的從牙縫中擠出一個字。「滾。」

媚姨娘渾身打著顫，驚懼地望著杭天曜，這是他們家爺嗎？她的身子再是一抖，寒氣席捲周身，倒在地上起不來，清麗無雙的下巴上掛著一條血絲。

不只是媚姨娘，房裡所有人都呆住了，風荷都是怔了半刻才喚道：「還不扶媚姨娘下去歇歇，再把方才的太醫請回來，可別傷了哪裡。」

「不許請太醫，關到下人房裡，沒有我的吩咐誰都不許放她出來。」杭天曜不知生的哪門子邪氣，立意要發作媚姨娘。

「你這是什麼意思，是與媚姨娘生氣還是與我生氣？我說請太醫你不許，送回去也不許，她又沒犯什麼錯，關著她算什麼回事？」風荷可不想叫大家以為媚姨娘被關是因為自己，這跟她半點子關係都沒有。

杭天曜憂心她的身體，心急如焚，也是一時氣上心頭，怕她真個惱了越發不好，忙放緩了聲音連連安慰。「妳別生氣，是我的錯還不行嗎？就依妳的話，把她送回房請太醫，不過得關她禁閉一個月，好是不好？咱們快點上藥吧，別為不相干的人浪費時間了。」

如此，風荷總算點頭。忽地抬頭看見立在一邊沈思的杭天瑾，不由止了杭天曜的手。「你呀，好在三哥送我回來呢，你還不去替我謝謝，讓丫鬟們服侍著就好了。」總不能當著大伯子的面吧。

杭天曜剛想反對，很快明白了風荷的意思，勉強命沈烟幾個扶著風荷回內室，自己與杭天瑾說話。「多謝三哥了，不知我娘子是如何受的傷？」

「我只看見四弟妹上了馬車之後，馬車忽然飛奔起來，實際情景端惠可能比我清楚些。」杭天瑾拉回自己漫天游離的思緒，神色中有歉意。

不等杭天曜相問，端惠已就主動把一切都說了出來。她亦是憤憤不平的，那西瑤郡主即便身為郡主也不能這樣啊，無故尋釁少夫人，少夫人一再忍讓於她，她反而變本加厲，做出了那等瘋狂的事情。天皇貴胄雖然高貴，但他們杭家難道就是受人欺的，還沒有人敢這麼不把杭家放在眼裡呢，回頭她定要與太妃好生說道說道。

杭天曜怒氣勃然，拳頭狠狠在几上拍了一下，黑漆的小几往空中跳了一跳，隨後碎成兩半轟隆倒地。

「我不會放過她的。」

「四弟，此事還是等祖母、父王、母妃回來再說吧，你千萬不能輕舉妄動，事關重大啊。」他這個四弟最易衝動，這些年來惹的大大小小的禍事數也數不清，他不希望因他而壞了自己的前程。

「我不會連累到你的。」杭天曜只是輕蔑的掃了他一眼，高傲冷漠。

杭天瑾大是羞慚，兀自說道：「四弟，我絕非此意，咱們是兄弟自然有福同享有難同當。何況四弟妹出事，我這個當哥哥的也有責任，是我沒有保護好四弟妹，四弟要怪就怪我吧。」他說得言辭懇切，情深意重，一臉的悔意。

但杭天曜是與他從小一處長大的親兄弟，看都沒有看他一眼，留下一句「我去看我娘子，三哥請便」，就頭也不回地去了，丟下尷尬不已的杭天瑾。

沈烟、雲碧萬分小心的清洗風荷的傷口，手肘上擦破了皮，有細碎的沙子嵌到了肉裡去，看著觸目驚心，手上倒是還好，只是有幾條血絲，額頭上腫起了一個大包。

風荷閉著眼睛不去看她倆，她一直都是養在閨閣裡的千金，受這麼重的傷還是第一次。當時情況太緊急，自己不容多想，現在回想起來，真是害怕起來，身子隱隱有些發熱。

杭天曜又是心疼又是生氣，眼巴巴看著她的傷口，怒氣越來越濃。要不是放不下風荷，他現在就去平了承平公主府了。

「你可不許為我出頭，若不是你，我也不至於遭這麼大罪。」風荷沒好氣的說道，以她的七竅玲瓏心思，還能想不明白傅西瑤是吃醋，不是杭天曜她倆就沒有可衝突的地方。

他很是訝異，不解地問道：「與我何干？我當時並不在呢。」

「蠢材蠢材，人家那是看上你了，才對我看不順眼的。」每一個男子是不是都這麼反應遲鈍，風荷用完好的手撫了撫額，無奈地說道：「我累得很了，想要歇歇，你能陪我嗎？」

她是想把他拘在自己身邊，怕他在氣頭之上做出什麼不好的事來。

杭天曜自然明白她的心思，心中不知是該慶幸還是痛惜，點了點頭，輕輕抱著她放回到床上，脫了大衣，給她掖好被角。自己歪在一邊，瞬也不瞬地盯著她很快沈睡的容顏。

風荷睡夢中，一直拉著杭天曜的大手。傅西瑤此仇，她是一定會報的，但不能讓杭天曜輕易出手，造成嚴重的後果。這樣心狠手辣的女子，今日是她運氣好撿了一命回來，換了別人還不一定人人都有這樣的好運氣呢。

第六十八章 縱橫捭闔

月亮還未爬上樹梢，滿天的繁星眨著眼，一顆顆絕世寶石一般鑲嵌在深藍色如光滑緞子的夜空裡，柔軟恰似拂過人的心頭，發出沙沙的聲音。一院的幽靜，寧馨得像似最美好的夜，只有絲絲縷縷的幽香層層漫上來，衣袖飄拂之間都帶了臘梅特有的寒涼的香味。

遒勁的老梅樹下，一名白色單衣的男子長身玉立，長髮細碎的飄揚著，彷彿是謫仙下凡。而他，是京城聞名的杭四少。

今日，太妃等人很快從英國公府趕了回來，凝霜院有史以來第一次迎來了杭家最尊貴的幾位主子，不只太妃、王妃，連王爺都象徵性地坐了一坐。

此事當然不僅是西瑤郡主欺辱風荷，而是承平公主府沒有把莊郡王府放在眼裡。杭家在京城立足至今，還沒有人敢這樣公然無故尋釁他們，便是仗著有太皇太后撐腰，那也絕不允許。

或許太妃是單純把風荷當作自己孫媳婦來看待，但是於王爺而言，風荷不是一個沒見過幾面的兒媳婦，而是杭家的少夫人，是受皇后娘娘親自召見並豐厚賞賜的。皇后剛打發出宮，就在宮門口被西瑤郡主害得差點丟了性命，這口氣杭家是無論如何不打算忍下的，不然往後誰都敢踩杭家幾腳，連皇后都沒有面子。

但是對於怎樣與公主府交涉一事，杭家內部卻不是很一致。

太妃要求立時將此事上報上去，讓皇上作主，還風荷一個公道；而王爺以為眼下還不是與公主府撕破臉皮的時候，不能將事情鬧得太大，應先去公主府交涉，倘若他們願意賠禮道歉，那麼就此揭過不提。

「母妃，孩子受了委屈我知道，可是母妃想想，這件事發生在宮門口，有多少宮中侍衛都是親眼目睹的，理應早就傳到了上面的耳朵裡。可事實上，上面到現在都沒有表示出明確的態度，那是有人故意在壓著此事了，整個皇宮有誰有這樣通天的本事。咱們若先亂了陣腳，或被人倒打一耙呢，一定要從長計議。」王爺有他的顧慮，皇上還沒有與太皇太后決裂的意思，他們杭家不能在這個節骨眼上激怒了那邊。

太妃怒容滿面，她自嫁進杭家幾十年，還沒有受過這樣的屈辱呢，竟敢拿她孫媳婦不當回事，這可是杭家未來的主母呢。今兒不把此事討回來，日後有人提起對風荷而言總是不光彩的，人人都會以為風荷在傅西瑤面前矮了一等呢。

她當即喝斥自己年紀不小的兒子。「照你這麼說，人家道個歉，咱們就算了不成？我是決計不會同意的。」

王爺暗暗計較著，母妃對這個兒媳婦倒不是一般的看重呢，為了她竟願意與承平公主府公開對上。他不由望向坐在下首臉色鐵青的兒子一眼，兒子身上瀰漫的殺氣叫他心下一跳。

王妃翕了翕唇，試探著勸道：「母妃，王爺說的不是沒有道理。承平公主氣性高傲，非常人可比，能逼她們道歉已經是極不容易的了。宮裡有太皇太后，咱們就是鬧大了，也得不到多少好處啊。」

「怎麼？妳怕妳侄女在公主府裡受苦不成，風荷還是妳兒媳婦呢。不說為她討回公道，一個個只知怕事。」太妃看來是氣狠了，說話有些口不擇言。

魏平侯的嫡長女，王妃的親侄女，兩年前嫁給了承平公主的嫡長子，是以太妃才會有這麼一說。太妃有些衝動，但王妃未嘗沒有這個顧慮，公主府是魏平侯府的姻親，她是十分不想得罪他們的。但正如太妃所言，名義上風荷是她的兒媳婦，她沒有不幫著兒媳婦的理，她不應該只為自己娘家著想。

王妃被說得滿臉紫脹，太妃平兒對她雖算不得多親熱，面子情兒還是不錯的，從沒有這樣當著小輩的面譏諷自己，教她顏面盡失。

屋子裡的氣氛有些緊張，太妃訓斥王妃，王爺身為人子自然是不敢駁的，五少爺夫妻顯然是受了驚嚇，最後是三少爺出來岔開去。「祖母，說起來都是孫兒不好，孫兒沒有護著弟妹，才使她受驚，還請祖母責罰。」

王妃暗暗吁了一口氣，面上好過了些。

太妃說出來的話卻叫大家又吃了一驚。「你確實有錯，罰你去祠堂靜思一日，誰都不准去給他送吃的。」這樣的處罰無疑重了，太妃有意如此，她就是要所有人都知道她對風荷的看重，更是為了讓承平公主府看看風荷在杭家的地位。

杭天瑾只是愣了一愣，很快應是，語氣中聽不出有抱怨。

這番爭論到最後到底沒有得出結論，王爺還是想拖著幾日看看上頭的反應，也想給公主府一個主動認錯的機會。太妃強不過他，氣得當夜就發了舊病，吃了兩丸藥才勉強睡下。

晚上大家準備歇息之時，凝霜院的丫鬟前來報信，四少夫人受驚太過，開始發熱。

這一鬧，請太醫、煎藥、聞訊，直鬧到了三更天，方漸漸安靜下來。

晚飯的時候，風荷只吃了一點葉嬤嬤親自熬的粥，就不要了，神情懶散萎靡。

杭天曜急得不知如何是好，揚聲就要吩咐人去請太醫。風荷掩住了他的唇，把身子伏在他胸前，喘了口氣，低低問道：「商議得如何了？」

這話問得杭天曜登時變了臉色，神色中閃過複雜的情緒，安慰著她。「妳別操心這種事，好生歇了才是正理。妳放心，我不會教妳白白擔驚受怕的，我一定會讓傅西瑤一點點還回來。」

「你還哄我呢，是不是等公主府放下身段前來給我致歉？你不必這樣，我知你的心意，只是你一切都要聽我的主意，不然我就真箇惱了，明兒就搬去臨江院住。」

見風荷噘著嘴，可是杭天曜清楚，她不是在開玩笑，這些日子的相處，他已經慢慢發現他這個小妻子可不是個受氣包，犯到她手裡的人一般都不會有好結果。

這般想罷，他亦是安心了不少，扶著風荷靠在自己肩上，溫言細語。「我都聽妳的行不行？不過咱們先去請太醫吧，耽擱不得。」

風荷舒服得伸了一個懶腰，變得神采奕奕，一隻手摟著杭天曜的脖子嬌笑。「你看我像是受驚不起的人嗎？」

杭天曜被她突如其來的變化唬得發懵，隨即開始了然，雙手輕環著她的腰，越發歉疚。

「是我沒用，若我現在是王府世子，妳就是世子妃了，還有誰敢這般欺辱妳。總有一天，我會為妳奪得這世間所有的榮耀。」此刻，他是真心想為風荷去一搏的，只為了不願再看見她受了傷的樣子，弄得他早就麻木的心隱隱作痛。

「你有這番心意我已經很滿足了，不過我相信你會做到的，我等著那一日呢。當下，只要你人好好的，就是我最大的心願了。唉，二更的時候，讓丫鬟報到外院去請太醫吧，我估計那時候會發病。」她不是很信他的話，卻要表現得深信不疑，對男人而言，女人的信任與鼓勵是對他能力的崇敬，她不介意偶爾對杭天曜仰望一次。

「我明白，只是妳對太醫的醫術那麼有把握？」他還是不解，她用什麼法子讓太醫覺得她病了呢。

「這個我以後自會告訴你。你說，今兒我與西瑤郡主的衝突被那麼多人看見了，馬車更是在大街上橫衝直撞的，會不會明天整個京城都在傳言這件事呢？」她狡黠的笑，杭天曜既能在一個時辰內把兵部的奏摺直到天聽，那麼是不是也可以在一夜之間讓全京城都傳言他夫人受驚一事？

杭天曜被她笑得涼颼颼的，在她瓊鼻上輕啄了一口，寵溺地罵道：「小妖精，都被妳猜準了。」

安頓風荷睡下之後，他悄悄去了後園，然後又神不知鬼不覺的回了房。

第二日，京城在官員上朝的馬蹄聲、市井商販的叫賣聲中醒轉過來。照往常的習慣，現在大家都會品評著昨日英國公府的酒席大戲，哪裡比別家的好，哪樣不及誰家。除了上層貴族，小市民也喜歡聽人說這些，為自己平淡拮据的生活增添一份瑰麗的夢想，只是夢想而已。意外的是，昨日英國公府好似壓根兒沒有作壽，大家對杭四少夫人受驚一事顯然更感興趣些。

「哎呀，你們聽說沒有，四少的新夫人昨兒墜了馬車？」

「誰不知道，還等你來，要不是永昌侯府的小侯爺武藝高強，京城怕是得大辦喪事了。」

「小侯爺真是文武雙全啊，更有俠肝義膽，救人於危難之中。如沒有他，嘖嘖，教人想都不敢想。」

「四少真是剋妻不成，好不容易娶了一個，又差點死於非命。」

「你知道什麼呀，這哪裡是意外，這是公主家的小郡主幹的，不知她哪一點看不順眼四少夫人，居然把自己的簪子插到了馬上，害得馬受了驚才會狂奔的，不然哪有這檔事。」

「哪家公主府？哪個小郡主？」

「哎喲喲，你連這都不知道，除了承平公主府上的小郡主，還有誰敢欺到杭家頭上。」

「這是為了什麼？他們兩家不是一向交好嗎？聽人說杭家的王妃娘家侄女兒還嫁給了公主的大兒子呢。」

「這誰知道，或許是小郡主嫌四少夫人生得比她好唄。你們記不記得，前年有個外官帶了妻女回京述職，人人都誇他女兒才貌雙全，後來在吏部尚書家赴宴的時候不小心落在湖裡，當時只有小郡主與她一處。」

「行了，快別說了，小心掉腦袋。」

大家對自己的腦袋還是滿看重的，但往往離了這個地方，回頭在另一群人面前就要忍不住吹噓自己剛剛聽來的消息，最後總結一句這是我家在王府當差的姑媽的丈夫的舅舅的堂侄兒說的。

這樣熱烈的傳言感染了一向謹言慎行的為官作宰者，衙門裡，人人都是小聲議論著。

「早上上朝之時，路上遇到了陸太醫，那麼早，就去莊郡王府診脈呢，看來這次杭家四少夫人受驚不小。」

「一介婦人，從奔馳的馬車中摔下來，不躺幾個月怕是不行呢，換了男子怕是都心有餘悸。」

「公主府那邊，有什麼動靜嗎？」

好似商量好了一般，大家都不再言語，只是或嘆氣或搖頭。

杭家，陸太醫一個人不敢拿主意，又從太醫院請來了徐太醫、顧太醫，三人會診。結果都是四少夫人受驚過大，夜有所夢，寢食難安，只得慢慢調理，卻沒有一個拿得出委實有效的方子來，愁壞了太醫院的太醫們。

第三日，太醫不頂用，杭家四少憂心妻子病情，抱著些微的希望，命人四處請普通大夫來看視，俱是連診金都沒敢拿就推了。

杭家四少夫人病中卻吩咐自己的僕人去出事的街上詢問有沒有百姓因她的馬車而出事的，受了傷的厚厚補償了一筆診金，毀壞了財物的原價賠償。一時間，人人都讚杭家詩禮傳家、憐貧惜弱，四少夫人慈悲心腸，自己病著還不肯教人吃虧。

第四日，立章宮裡，太皇太后一臉疲態，苦口婆心數落著公主與郡主。「為什麼還不去杭家致歉，妳們沒看見事情鬧得多嚴重了嗎？滿城人都在傳言公主府仗勢欺人，郡主心狠手辣，妳們還嫌不把哀家的老臉丟盡了嗎？哀家囑咐過妳們多少次，凡事謹慎些，輕易不要惹到杭家頭上，你們渾不當一回事。西瑤，妳倒是說啊！」

傅西瑤愈加忿忿，尖厲地罵道：「那個董風荷有什麼了不起，別說受了點傷，怎麼就不摔死了她。」

「住口！傅西瑤，妳再如此，別怪哀家不保妳，妳以為皇上不知道，皇上幾次都暗示了哀家，要不是哀家一力攔阻了，妳以為妳還有好日子過。」一盞流光浮動的翠玉盞猛地砸在地上，震得立章宮外侍立的宮女太監都抖了一抖，一套八盞的翠玉茶杯，少了這麼一個，就得廢了。

承平公主四十上下的年紀，是先皇的小女，生母只是個卑賤的太皇太后身邊的宮女，生下她不滿一年就沒了，太皇太后看著可憐，就抱到了自己身邊撫育，當親生女兒一樣待。她是皇上的姑媽，年紀其實只比皇上大了幾歲，皇上對她一向也算敬重。

眉梢眼角倒有一點點像太皇太后，但比太皇太后多些嫵媚之態，據說駙馬傅大人家中沒有一個通房小妾。承平公主驕橫是出了名的，仗著有太皇太后撐腰，等閒皇室子弟都不看在眼裡，更別提杭家一個小輩的媳婦。西瑤是皇室郡主，難道還向個無品無級的婦人彎腰低頭，那她們公主府的臉往哪兒擱。是以，雖然太皇太后命人去傳了話，她終究沒有太放到心裡去。

此時，見太皇太后發怒，心下也有幾分害怕，擔心女兒不知好歹說出什麼真箇惹怒太皇太后的話來，忙攔著她自己強笑道：「母后息怒，兒臣知錯了。兒臣即刻遣人去杭家賠禮道歉，一定化解此事。」

太皇太后其實並沒有打算真叫西瑤去賠罪，那樣杭家會愈加不把她這個太皇太后放在眼裡，她只是想教訓教訓公主郡主，讓她們知道違逆了自己，她們什麼都不是。聞言，臉色稍稍緩和了些，嘆氣道：「妳能明白就好。妳或許沒有聽到風頭，如今朝堂上已經有御史彈劾公主府了，還有那批自命清流的文官日日抓著這個不放，揚言王子犯法與庶民同罪，何況一郡主乎？

「杭家一直沒有太大的動靜，就是賣了妳們的面子，妳們再不知好歹，人家怕是要來真格的了。皇后清早還召見了去杭家診脈的太醫，對杭四夫人的病情非常在意，賞下了一大堆東西去。這是皇上在讓皇后傳達自己的意思呢，難道妳們還看不清？行了，快去吧，這都第四天了。」

說完，太皇太后就厭煩不已，不想見到這兩個闖禍的人，攞手命她們退下。

回了公主府，西瑤郡主氣得一個人關在房裡，誰都不肯見，即使只是去個丫鬟婆子，那也是代表了她低頭呢，這叫她怎麼嚥得下這口氣。

公主點了府裡兩個二等的管事娘子，四個二等的丫鬟，裝了小半車禮物，去莊郡王府賠禮道歉。

一見公主府只來了這麼幾個不甚體面的僕婦，太妃氣得見都沒見，也不讓王妃招待，只讓周嬤嬤負責去接待了。

幾個僕婦都是宮裡出來的，橫著走慣了，不過看在皇后的面子上，禮數還是馬馬虎虎盡到了，說了幾句不鹹不淡的話，然後要去給風荷賠禮。

周嬤嬤命個小丫頭去凝霜院裡請示了風荷與杭四的意思，原本以為不見，誰知竟是見得，滿腹懷疑的領了六人進去。

到了院門口，守門的換成了淺草，小丫頭無精打采的問了好，請她們稍等，自己進去通報。這一去，就等了一刻鐘工夫。

淺草匆匆忙忙跑了出來，頭上還有一層細汗，不等公主府的人質問，她就已經滿含歉意的連連解釋。「不好意思啊，叫大娘和姊姊們久等了，實在是我們少夫人病得太重，院子裡的姊姊們不是忙著抓藥煎藥，就是去了前邊請太醫。我一進去，恰好碰到少夫人才吃的藥全吐了出來，連忙幫著收拾了一番，總不能叫大娘和姊姊們看笑話。」

「罷了，現在我們可以進去了嗎？」領頭的是公主手下主管迎來送往的一個娘子，夫家姓卜，年紀近四十，穿得比普通官員家的主子還要好幾分，語氣中滿是不屑。

「當然，少夫人請進去呢。這邊走。」淺草笑得很無害，在前頭領路。周嬤嬤藉著太妃有事先走了。

進了院子，又在屋門口等住了，這回由更大一些的丫鬟進去通報。這次卻沒有叫她們久等，直接領進了屋，請她們在大廳坐下，丫鬟可能太忙，忘了上茶。

這一坐，坐了半個時辰都沒人出來，公主府的幾個人便有些不滿，屢屢伸著脖子往裡間瞧，除了水紅色的簾子什麼都望不到。

卜娘子站了起來，冷言冷語。「既然少夫人沒有空閒，我們改日再來吧。」說完，她就想帶著眾人離去。

恰好遇到含秋端著茶盤進來，見此詫異地問道：「大娘這是要去哪裡？哎，少夫人一病，院子裡亂得沒個章法，大娘和姊姊們吃茶，廚房裡每個灶臺上都煎著藥，好不容易等到這點熱水。」她說著給每個人上了茶，弄得她們不好再走，訕訕地回來坐下。

整整吃了三盞茶，裡邊還是沒有動靜。公主府的人越發急了，沒好氣的問道：「如果少夫人不得閒，我們先走了，公主那邊還有許多事情要吩咐呢。」

「這是怎麼說的，大娘和姊姊們好不容易來一趟，豈能不見見少夫人？我這就進去替大娘們問問。」含秋按著卜娘子坐下，說著往裡間走，幾個人倒是不好再走。

不過一小會兒，含秋就面色不好的快步走了出來，也不管公主府的人，徑直到廊下指著等候的小丫頭狠狠罵道：「還不去把藥端來，少夫人都暈過去了。少夫人待人仁慈，妳們就以為自己是那人上人了，呸，賤蹄子一個，便是給我們少夫人磕頭都不配。還杵著幹麼，快去啊，真是素日縱壞了妳們，妳們別急，等少夫人身子好了，一個個收拾的時候有著呢。」

小丫頭嚇得眼圈一紅，眼淚啪嗒啪嗒往下掉，還不敢反駁，掩著嘴去了。

公主府的人聽著這話怎麼聽怎麼怪，總覺得哪裡味道不對，在屋子裡坐也不是站也不是，渾身難受。

含秋罵跑了小丫頭，方才轉了身進屋，一面走一面低聲斥著：「剛吃了幾日飽飯，就當自己是那千金大小姐了，一肚子的壞心眼，沒個眉眼高低。」隨即，她像是才想起公主府的人在屋裡，忙笑著上來道歉。「大娘和姊姊們莫怪，人啊，都是這樣的，給她幾天好臉色瞧，她就忘了自己的本分，非得教訓一番方能守著自己的規矩。

「喲，差點忘了，我們少夫人原要強撐著身子來見大娘和姊姊的，誰知起得急了，暈了一暈，今兒怕是不得了。還請眾位改日再來，我這邊還要進去伺候少夫人，不能多送了。一路走好。」

公主府的人懷疑她的話是指桑罵槐，可是看含秋的樣子，溫柔的淺笑著，真摯得不行，哪裡像是在裝，她們只得按下心中的懷疑。來了這大半日，別說賠禮道歉了，一個正主都沒見到，光與下人們打交道了，回頭怎麼交差，幾個人暗暗埋怨開了。

循著原路轉了回去。

誰知剛出了院子沒有幾步，不知從哪兒冒出兩隻有半人高的大狗，眼睛瞪得圓圓的，盯視著她們。

卜大娘幾人被狗兒盯得渾身發毛，幾個人繞到路邊上，小心翼翼往前走，心中祈禱著這兩隻狗千萬別發瘋。可惜，她們的祈禱有些晚了，大狗像是許久沒有吃過東西，衝著她們撒開四蹄飛奔過來。幾人驚逢此變，腿腳發軟，有伶俐的勉強逃開幾步，動作慢的只顧在原地發愣。

一隻狗先撲倒了卜娘子，倒沒有咬她，只是用鋒利的牙齒撕著卜娘子的衣裙。卜娘子嚇得肝膽俱裂，拚命想要躲閃，可是人仰躺在地上根本起不來，口中呼救怒罵。另一隻狗撲倒了另一個娘子，情形與這邊差不多。

四個丫鬟哭叫著逃竄，卻不認識路，不知該往哪兒去。大狗沒有放過她們，很快放開了兩個娘子，轉而衝著她們過來。不過短短半刻鐘時間，六個人身上都是衣衫盡破，眼淚糊了一臉，神情呆呆的，嚇懵了一般。

大狗像似玩累了，大搖大擺就走了，理也不理她們。

「哎喲，這是怎麼回事？」含秋的聲音驚懼慌張，撲了過來要扶起幾人，一面高聲叫人，很快院子裡出來了幾個小丫頭，大家都很是震驚。

卜娘子幾個好不容易被人扶著坐了起來，卻沒有反應，含秋作勢要喚醒她們，在她們身上狠狠掐了好幾下，幾人吃痛驚醒過來，不及敘述就大哭起來。

半日，含秋問明白了情形，好笑地向她們解釋。「這真是誤會。那是我們少夫人閒來無事養著玩的幾條狗，這兩條狗沒別的愛好，就愛撕著布料作耍，往常我們見了隨便丟個帕子給牠們就是了。平兒都是在後花園有專人看管的，不知怎生被牠們逃了出來。妳們要是早點從身上扯個帕子汗巾子之類的就沒事了，妳們越跑，牠們越以為妳們是逗牠們玩，反而更起勁。」

幾個人想不到是這麼回事，又臊又急，不過兩條狗而已，她們就被嚇得四處亂竄，傳出去顏面都丟盡了。勉強起身，含秋叫人把她們領到了下人房裡，尋了幾套下人穿的衣裳給她們換上，口裡連連致歉。「衣裳不好，大家將就著穿吧。」

幾人這時候哪裡還顧得上這麼多，胡亂套了，就趕緊回府，再待下去她們保不住命都嚇沒了。

待得她們走了有半個時辰，風荷命雲碧、含秋代自己去公主府解釋一番。

公主府裡，傅西瑤聽說派去的人回來了，氣也消了，連忙跑來聽經過。等幾個人把經過敘述了一遍，氣得她火冒三丈，大罵董風荷不賣她臉面。

她這邊怒氣沖天之時，雲碧與含秋就到了。穿了一色的素淨衣裳，帶了幾疋綢緞幾樣糕點前來拜訪。

公主尚未發話，她就已經叫人去領了進來，劈頭蓋臉喝斥起來。

雲碧本就性子倔強，何況得了風荷的意思，半點不服輸的架勢。「郡主這話奴婢不懂，少夫人身子實在受不住，才沒有見幾位大娘和姊姊的，郡主豈能因著這樣而怪責我們少夫人呢？再者，少夫人的病情郡主心中有數。我們少夫人那是小家子出來的小姐，沒有見過那樣的場面，從馬車上摔下來之後，就每日每夜睡不安穩，夜裡不是被噩夢驚醒，起來就發了熱。

「這是實情，太醫們都是知道的，郡主這樣說，叫我們少夫人情何以堪。郡主身分尊貴，自是人人都敬著的，可郡主也不能因此欺負人啊。我們少夫人好歹是莊郡王府的媳婦，自從到了杭家之後太妃愛重、王妃器重、少爺更是好得沒話說。只是不知哪兒得罪了郡主，郡主說出來，我們少夫人一定會登門賠罪，郡主這樣叫我們實在無話可說。」

聽到杭四待風荷好得不行，西瑤郡主的怒氣就再也遏制不住，高聲要人打。還是公主理智些，攔了眾人，低聲勸慰。「外邊多少眼睛看著呢，妳再惹出事來小心太皇太后真的不管妳，那時候怎麼辦好。不過幾個不知輕重的下人，妳與她們計較什麼，好不好的打發了就是，豈有一個主子與奴才對嘴的理？」

傅西瑤生生被她母親勸住，閉了嘴，只是對風荷的恨意更濃。

雲碧與含秋出來之時，不知何時公主府外圍滿了看熱鬧的人，雲碧、含秋臉上都是淚光點點的，神色憔悴不堪，瞧著受了天大的委屈。眾人不由指指點點，說公主府犯了錯不但不承認，還把人家的丫鬟嚇成這樣，真是豈有此理。

當天晚上，王爺還在書房處理一些公務，小廝送了一封信上來，說是裡頭四少夫人命人送出來的。王爺大是訝異不解，拆了信看，除了信還有一封小摺子。看完信，王爺拈著鬚，怔怔地坐了半晌，眉間卻浮上激賞之色。

風荷坐在榻上，嘴角含著輕微的笑意，就著燭火把手中的一張小紙條燒成了灰燼。

杭天曜一臉的笑意，大踏步走了進來，他的身子已經好了八、九成。扶著風荷的肩膀低低笑道：「答應了？」

「嗯，一切照計劃實行，不過你現在要是心疼捨不得那也來得及。」風荷用簪子挑了挑燭火，便沒有再戴上，隨意放著，語氣滿是戲謔。

「妳再胡說，今晚我可不管妳是不是在病中呢，非得好好教訓妳。」他一下就聽出風荷這是在指傅西瑤，他怎麼可能對那種刁蠻囂張的女人有感覺，他還是比較喜歡風荷這樣的。

風荷輕笑著推開他，理了理衣衫，起身到梳妝檯前，鬆了髮髻，長至腰際的如雲秀髮瀑布般的垂瀉下來，在燭光下搖曳生姿。她回頭嫣然一笑，低語道：「我身上有藥味，不如安排你去姨娘們房中吧，你看著哪個好？」

杭天曜被她嫵媚婉轉的樣子勾得不知是該氣還是該笑，大步上前抱起她扔到了床上，身子壓了上去，嗓音低沈醇厚。「別想把我推給不相干的人，這裡才是我的院子。」

風荷在他胸前捶了一下，主動褪下他肩上的衣服，就在杭天曜又驚又喜之時，肩上傳來一股痛楚與搔癢，他眼中便只剩下那個眉目如畫、楚楚生媚的女人。越是這樣，他就知自己越不能輕易動她，不然她若惱了，自己非得後悔死不可。

天空是鴉青色，天際卻有一道渺茫的緋紅色霞光閃現。朝堂上爭論不休，陷入膠著狀態中。

這本來算不得大事，沒有必要被這些日理萬機的文武官員拿到朝堂上說事，可是他們在偶爾提起幾次後，發現皇上並沒有發怒禁止，就越發來了興致。文官們洋洋灑灑，從郡主蠻橫扯到紅顏禍水，從貴族犯錯扯到律法不公，從閨閣小事扯到朝堂不寧，總之，就是唾沫星子也能把承平公主府給淹了。

「皇上，女子當以賢淑貞靜為要，西瑤郡主身為郡主，當為百姓作表率，無故陷害她人，差點置人於死地，這怎麼配得上皇家郡主的身分？杭家四少夫人至今臥病不起，西瑤郡主是肇事者，卻沒有登門道歉，還把人家的丫鬟趕出公主府，難道這就是咱們堂堂天朝的禮儀規矩？」

「皇上啊，王爺是國之棟樑，先王爺更是立下過汗馬功勞，董將軍曾在邊疆駐守多年，皇上不能寒了功臣將士們的心呢。」
「杭四少夫人賢慧良善，不顧病弱之軀，一力照顧當日受傷受損的百姓們，這樣的女子，若是不能為她伸冤，還要我們這些人何用？聽聞四少夫人病臥於床，太醫們都束手無策，為今之計，只有先安少夫人的心，方能期待她好起來呢。」
一個個慷慨陳詞，說得傅大人和一向親近傅家的魏平侯、鎮國公等人無言以對，冷汗涔涔，這些文官自命清流，每日動動嘴皮子就能把人說死。可是皇上的態度顯然頗為讚許，叫他們有心駁斥幾句都不敢出頭。多少軍機大事被擱置，就為了這麼點小事日日爭論不休，而且動輒上伸到王法威嚴、皇室尊嚴、皇朝安定的高度。
聽了半日，皇上終於帶些無奈的說道：「眾位愛卿言之有理，只是西瑤郡主是太皇太后最寵愛的外孫女兒，若是……只怕太皇太后不暢快呢。朕以孝治天下，豈能不顧太皇太后年邁，何其忍心讓太皇太后鬱結五內啊。」
聞言，已經有人反應過來，馬屁拍得響。「皇上之憂正是臣等之憂。但臣以為，太皇太后母儀天下，德淑賢能，公正無匹，自然把天下女孩兒都當成了自己晚輩去疼愛，更不肯為了一己之私而置朝堂法紀於不顧。」
眾人附和不已，把太皇太后傳得比包青天還要青天。
皇上受不過百官的意思，轉而去問莊郡王。「王爺以為如何？」
莊郡王出列而立，恭聲啟道：「皇上，臣有本奏。臣媳有請罪書一封託微臣轉呈皇上，婦人之言本不該拿到朝堂上來說事，但因關係著同僚們的心意，微臣僭越了。」

不只百官，皇上都是滿臉的訝異不解，杭家四少夫人要請罪？她請的什麼罪過，她不是受屈的那個嗎？

大家都非常感興趣，皇上命莊郡王當朝唸了出來。

莊郡王從袖中抽出小摺，一字一句不落的唸了一遍，聽得滿殿之人震驚唏噓不已。

「吾皇萬歲萬歲萬萬歲。臣婦一介婦人，深知自己身分卑微，不該為一點小事讓吾皇憂心。但臣婦自知有罪，不敢隱瞞，願受懲處。臣婦無知，惹怒郡主之尊，尚不知也，此一罪。臣婦御下不力，縱馬狂奔，傷害無辜百姓，此二罪也。為臣婦些許小事，勞天子與百官費心，耽擱朝政，此三罪也。此乃大錯，臣婦願自領罪責。但請吾皇寬宥郡主，諒她年幼，勿要過多牽連。」

莊郡王眼角微濕，語氣哽咽。「兒媳聽聞為她一人之事以致聖上與同僚們操心，自知不該，是以寫了這封請罪書。微臣亦是為人父母者，難免為兒女委屈，但微臣更是聖上子民，但願能為聖上分憂，而不是勞聖上牽掛。皇上。」

無論是百官還是高高在上的天子，都被感動了。朝堂裡一片寂靜。

卻不知哪來的大膽侍衛，居然在這關頭在大殿外探頭探腦。皇上起疑，喝令進來回話，侍衛嚇得戰戰兢兢，勉勉強強成言。「啟稟皇上，指揮僉事韓大人有報——嘉郡王府小郡主與禮部侍郎蘇大人的千金在天香樓起了爭執，兩邊家丁打了起來，把天香樓打了大半。韓大人不知如何處理，特來請示。」

一個是郡主，一個是貴族小姐，一言不合就把人家酒樓給打了，偏偏沒有人敢抓她們。

都是嬌滴滴的大小姐，一個比一個身分貴重，誰敢上去拿人。眾人心下有些明瞭，這是大家有樣學樣了，反正打了也是白打，這不就是承平公主府做出的好榜樣嗎？

貴族千金鬧事砸了酒樓之類的事，平時是絕少發生的，即便發生了酒樓也只能認栽，誰讓他們惹不起呢。不過此次不一樣，酒樓是承平公主名下的，偏她的女兒前幾天才害得杭家四少夫人從馬車上摔下來。

這位韓大人也是個有趣的人物，他寧肯被皇上責罰辦事不力，也不想自己平白無故背了這個黑鍋，哪邊都不敢得罪啊。

皇上心裡好笑不已，這發生得太是時候了，能掐會算也不過如此，他很有興趣再見見老四的媳婦。不過，他一點都不敢表露出來，反而緊緊繃著臉不悅的問道：「眾卿以為如何？」

百官們能做到這個位置，誰不是人精，唯唯諾諾沒有一個人出來回話，心中暗暗思量著不是都說嘉郡王的小郡主溫柔端惠嗎？蘇家更是出了名的書香門第，一言不合打了起來？匪夷所思啊匪夷所思，或者是西瑤郡主的事跡太有說服力，讓平日大門不出二門不邁的小姐們都起了爭強好勝之心？

大家不說話，皇上亦是不言語，他在等，他要等太皇太后親自下令處置西瑤郡主。如果經由皇上的手，回頭太皇太后哪裡不舒服了，他就是不孝，皇上自認自己對她還是孝順有加的。只有讓太皇太后自己出手，既能撇清皇上自己的嫌疑，也讓太皇太后好好堵上一段時間。想到這一點，皇上心情大好，真是許久沒有這麼暢快過了。

果然不出所料，不過一會兒，立章宮裡的掌宮太監德公公來了，帶來了太皇太后的懿旨。太皇太后先是自陳老邁，沒有及時聽說此事，然後把西瑤郡主斥責了一頓，貶為郡君，命西瑤郡主立即去莊郡王府賠罪。又賜下了一批珍貴藥材，給杭家四少夫人養病。

大家歌頌了一番太皇太后英明睿智，公平正義，山呼百姓有福社稷有福，然後算是圓滿結束了這件轟動京城的事情。嘉郡王與禮部蘇大人見好就收，不停請罪，言道會賠償一切損失，鑑於兩府認錯態度良好，皇上自是稍微申誡了一番。畢竟兩個姑娘又不是自己動的手，閨閣千金，下人不服管束也是難免的。

公主府裡，西瑤郡主，哦，不對，是西瑤郡君大發雷霆，揚言不會就此算了的，堅決不肯去賠罪。她一直對自己的封號引以為傲，如今因為董風荷被貶，叫她怎麼嚥得下這口氣呢。

駙馬傅大人原是當年的進士，書香門第出身，只因娶了這個公主之後就再不能插手朝政，看著榮耀其實手中沒有一點實權，他私下不是不抱怨的。這次妻子女兒闖了大禍，他幾次勸說二人，但公主淫威尚在，到底沒有他說話的地方。現在發展到這一步，怒氣再也難以忍耐，厲聲喝斥——

「滿朝文武看著呢，天下百姓看著呢，妳以為妳不去就由著妳了。這次可是太皇太后下的懿旨，妳難道想抗旨不遵，妳不要再希圖太皇太后會為妳說情了，妳不去也得去。郡主的名分沒了，難道妳想連這個郡君都丟了不成。我去上朝，多少人在我背後指指點點，妳們就不能安生一點，讓人過幾天清靜日子。

「往常換了旁人我也不與妳們計較，杭家那是什麼地方，誰不賣他們三分顏面，妳們倒好，欺到了人頭上去。杭家是那麼好欺負的嗎？糊塗糊塗。」

依照儀制，公主之女一般是沒有封號的，太皇太后寵愛傅西瑤，才會在她的授意下封為了郡主，眼下降了二等好歹還有一個郡君的封號在身，比普通官家女子總算高了一點。

傅西瑤不認為自己真的錯了，她是天之驕女，董風荷給她下跪磕頭都是該的，憑什麼要讓她去賠罪。又沒摔死，可惡的韓穆溪，天天待在家裡抱著書袋子，偏偏這日就出了門呢。書呆子會讀書就算了，幹麼還要習武，習武也罷了，還去充什麼英雄好漢。

傅青旭是長子，一向頗得公主的心，勸著自己母親。「母親，您勸勸小妹吧，暫時低個頭而已。只要妹妹日後博得了太皇太后的喜愛，郡主的封號還是可以回來的。倘若這次違背了太皇太后的懿旨，太皇太后一氣之下，咱們家怕是不好呢。」

傅青靄嘴角含著嘲諷的笑意，嗤之以鼻，他只是有些好奇，杭天曜對新夫人好似不錯啊。不過長得那麼美貌的女子，換了自己也是要好好疼惜一段時間的，不知杭天曜這次的興趣能延續多久，這戲有看頭。

公主從小養在太皇太后身邊，對她的性子比他人更瞭解幾分，知道太皇太后的懿旨那是絕不容人違背的，不然後果不堪設想。她只是心疼女兒而已，勉強攬了女兒在懷，好聲好氣的勸道：「西瑤，諒杭家也不敢把妳如何，妳只管放心大膽的去，不過是一句話的事。咱們有的是時間討回這一切來。妳聽母親的話，讓妳大哥二哥陪妳走一遭。」

連一向最寵愛自己的母親都開了這個口，傅西瑤無奈，勉為其難地去了。

杭家客客氣氣，沒有一句為難的話，爽快地命人將西瑤郡君領到四少夫人院子裡去，而傅青旭、青靄二人被留在了前頭，由三少爺、五少爺出面招待。

傅西瑤一路走著，想起或許能看到四哥，情緒稍微好轉了些。小小一個董風荷，她還怕了不成，她總不敢當真把朝廷有封號的郡主怎麼樣吧。

風荷端坐在床上，身上蓋著大紅百子吉祥如意被，秀髮綰成一個慵妝髻，鬢邊壓了一朵淺紫色的玉蘭，清麗脫俗，慵懶嫵媚。她算著了傅西瑤會來，房間裡特地佈置過了。

丫鬟領著西瑤郡君進了臥房，搬來一几一椅請她坐，上了上好的碧螺春。

傅西瑤以為此刻的風荷一定病得氣息奄奄，面色蠟黃，形容不整，看到這一幕不由呆了一呆，咬牙切齒問道：「妳不是生了重病嗎？為何這樣好端端的坐著？」

「郡君前來探望我，我這心情一好啊，病勢就去了大半，多謝郡君美意。」她笑得眉眼彎彎，語氣親暱得像似在與最好的朋友說話。

「妳，原來妳一直是在裝的，我要讓大家都知道這件事。」西瑤郡君氣得渾身發抖，她生平第一次被人這麼耍弄在手掌心，恨不得立時上前掐死了風荷。

風荷抬手撫了撫額，做出頭疼狀，輕啟朱唇。「妳莫非覺得現在還有人會相信妳的話不成？太醫院的太醫、市井的大夫、杭家的人，都能證明我病了，病得很重，都起不了床。而妳呢，誰能證明妳的話，妳何必再自取其辱呢？」

西瑤郡君不信，她不信自己就鬥不過這個陰險狡詐的女人，挺直著脊背給自己打氣。

「太醫院的太醫都被妳收買了是不是？妳做這一切就是想把事情鬧大，逼著百官讓我來給妳賠罪，是不是？妳不要以為妳能得逞，妳今天不應該讓我知道真相的，只要我進宮去與太皇太后說明，她一定會為我作主的。」

風荷用帕子掩了嘴，吃吃嬌笑出聲。「妳猜對了，我就是要讓妳給我賠罪，讓妳清楚為自己的行為付出代價，讓妳永遠都記著這一次我帶給妳的屈辱。妳知道又如何，不知道又如何，重點不在於這兒，在於別人信不信妳口中的真相。妳以為太醫院的太醫是那麼好收買的不成，這裡邊應該有人是專門給太皇太后看診的太醫吧，妳覺得他會看得上我給他的那點子好處嗎？

「郡君，明人不說暗話，妳看上了四少爺是不是？妳不忿我嫁給了他，所以妳才針對我的，對嗎？」

確實，在給董風荷看病的太醫裡有太皇太后的心腹，他是不可能被收買的，那到底是怎麼回事？西瑤郡君腦海裡亂成了一團，聽到最後一句話的時候震了一震，秀眉微揚，她不介意說出自己的心事。「是，我就是喜歡他。要不是我年紀小，現在杭家的四少夫人就是我而不是妳。不過妳別得意得太早，我一定可以得到他的，妳等著瞧。」

「呵呵。郡君，妳太單純了。妳便是嫁給了他得到了他，又能怎樣呢，他是不會對妳有半點情意的。為這樣一個男子，值嗎？妳信不信，我昨日曾問過他，我同意納妳進門為妾，只要他開口，可惜，他拒絕了。」有些人，是不能留後路的，一旦死灰復燃，到頭來倒楣的還是自己，風荷從來都不是什麼善良的大好人。尤其她現在忙得很，沒工夫一個個慢慢玩，只要速戰速決。

在聽到後邊那句話時，西瑤郡君覺得自己的心飛快地跳了一下，隨即怒氣勃然，她是金枝玉葉，只能給人做正妻，她願意給董風荷一個妾室的地位已經很厚待了。她想不到，他會拒絕，她也不相信。四哥風流成性，不可能拒絕到手的美人，還是京都第一美人。

她輕蔑地笑了起來。「妳以為這樣就能騙得我死心嗎？我告訴妳，妳的話我一個字也不信，四哥他一定會是我的。到了那時，妳便是跪下來哭著求我，我也不會把妳留在杭家的。下堂之妻，就是妳的歸宿。」

風荷有些無語，這個傅西瑤，太把自己當回事了。那麼她也就不客氣了。「妳果然要與我爭，不如我現在就去請四少爺過來，讓妳對他一訴衷腸，可好？如果他回覆了妳的心意，我今日就把杭家四少夫人這個名分讓給妳。」

對於風荷的篤定，西瑤郡君有點沒底，但她生來就是驕傲自負的人，不認為她會輸給董風荷，所以她同意了。

雲碧只出去了半刻鐘，就聽到室外響起了穩健有力的腳步聲，西瑤郡君期待地望向門簾。杭天曜快步走了進來，看都沒看傅西瑤一眼，徑直走到床前，掖了掖風荷的被角，柔聲問道：「叫我有事？」不知從何時開始，他對她說話總是很溫柔很小心的。

「不是我，是郡君找你有事。」風荷嘴角噙上一縷促狹的笑意，她也想看看杭天曜會作何回答。

杭天曜略有些不滿，回頭瞥了傅西瑤一眼，語氣瞬間轉冷。「什麼事？」

傅西瑤有那麼一刻，以為他會情意綿綿地看向自己，眼中露出驚豔的光芒，她微微心疼和失落。不過，她認為那是風荷對四哥說了她的壞話，四哥對她生氣才會如此的，她綻出完美的笑容，輕聲問好。「四哥。」

「快說吧，我沒那閒工夫。」他沒有殺了她那已經是看在風荷的面上了，哪裡還有心情去應付她。

「我，你怎麼可以這樣對我，咱們小時候不是還一起玩嗎？我每次來，你都待我很好很好啊。是不是因為她，四哥，她根本沒生病，她是騙你的，你不要上了她的當。」西瑤郡君的臉慢慢脹紅，不管別人說他風流還是紈袴，她都是很喜歡他的，覺得那才是男兒本色。

杭天曜詫異地看向風荷，這丫頭怎麼就告訴她了，又在打什麼鬼主意。對上風荷輕微抱怨的黑亮眸子，他只是含笑在她頭上點了一點，親暱無比地斥道：「不聽話。」

西瑤郡君以為杭天曜會生氣，當然是生風荷的氣，她雀躍著鼓舞著等待著這一幕，誰知她等來的會是四哥對那個董風荷萬分寵溺的樣子，她又氣又驚，嘴裡的話脫口而出。「四哥，她騙你你不生她的氣嗎？四哥，這樣蛇蠍心腸的女人你幹麼還要留她在身邊，你如果願意、我，我會守在你身邊的，你明白嗎？」

杭天曜氣惱地瞪了風荷一眼——小妖精，妳想看戲，還把爺都繞了進去，回頭收拾妳。

他冷冷地笑了起來，起身繞著傅西瑤轉了一圈，西瑤的心鼓鼓的跳，四哥想要幹麼，她半是幽怨的睨了杭天曜一眼。

「妳覺得，妳哪裡比得上我家娘子嗎？論身材、論容貌、論才學，妳都遠遠不如她，我真不知妳哪兒來的勇氣，我憑什麼不要她反而要妳，我看妳給我娘子提鞋都不配。若不是我娘子攔著，妳以為我會放著妳逍遙到現在。」杭天曜看多了這樣厚臉皮主動貼上來的女人，早已不屑一顧了，何況他碗裡的肉還沒吃上一口呢，來不及看鍋裡的。

傅西瑤含羞帶怯的笑容凍在了臉上，她一直被人奉承著長大，從來沒有一個人敢對她不敬，更沒有人敢當面與她說這種話，眼淚在眼眶裡打轉。如果這個人不是她一直喜歡的四哥，她已經一巴掌招呼上去了。

「郡君，妳聽到了吧，妳輸了。」風荷嘆了一口氣，傅西瑤不過是個小女孩而已，自己這樣做實在有些太狠了，但是她要面對的太多，每次留下點尾巴，最後她會被累死。她還想日後能過上點舒心日子呢，只能狠心一點了。

杭天曜恍然大悟，原來拿他打賭了。

董風荷，算妳厲害！他看著風荷的眼神有點像要吃人。

沈烟端了一盞燕窩粥進來，風荷吃了藥，身子到底有點虛，必須每日服用一盞上等的燕窩粥。

杭天曜接過燕窩粥，擺手讓沈烟退下，風荷卻道：「味道還不錯，沈烟，給郡君也上一盞，別怠慢了客人。」

西瑤郡君抬起右手，狠狠地擦掉眼角的淚，把沈烟送過來的燕窩粥拚命砸在地上，厲聲喝罵。「董風荷，我不會放過妳的，妳等著瞧！」她瘋一般的衝了出去，也不去找她的兩個哥哥，自己跑出了杭家大門，見人就打，見東西就砸。

待她兩個哥哥知情追了出去之時，她已經跑出了一里多遠，砸了有小半條街的小攤販，傅青旭與傅青靄強自把她帶回了府裡。
就在她跑出杭家院門的同時，杭家四少夫人暈過去了，太醫診斷的結果是氣血攻心、刺激太過，囑咐要好生休養，而且不能再著了氣惱。
第二日，太皇太后再下懿旨，西瑤郡君被許給了鎮守南方的永盛侯府小侯爺，一月之內啟程送嫁，不得耽誤。
永盛侯府長年駐守大理，世代如此。小侯爺在當年與南蠻的一戰中不小心傷了左手，其他倒是還好，年紀不大，只有二十出頭。
西瑤郡君哭鬧過好幾次，欲要進宮求見太皇太后，太皇太后身子抱恙，不但她，連承平公主都沒有得到進宮的旨意。而西瑤郡君的話，除了承平公主，連她父親、兄長都沒有一個人肯信，以為她是為了推託罪責。
駙馬一怒之下索性關了西瑤郡君禁閉，讓人給她趕製嫁妝，如果再由著西瑤出去胡鬧，不只她自己，整個公主府都會受連累。現在已經有朝臣在朝堂上指出公主教女不力，要求皇上懲處，皇上那邊勉強壓了下去。

第六十九章　夫妻之道

夜色深沈，如凝在半空中的墨滴，輕輕暈染出極深極透的藍色。

莊郡王靜靜地跪著，低垂著頭，聆聽教誨。這個世上能叫一個王爺如此的只有這麼幾人，而她恰是太妃。

房子裡寂靜得只有母子兩人，沒有留一個伺候身側的下人。

太妃穿著墨綠色團花的家常衣裳，腳上一雙棗紅底福壽紋的繡鞋，面色憔悴，空氣中迴蕩著她沈痛而怨責的低沈聲音。「恪兒夭折，煜兒英年早逝，華欣只留下這麼一根獨苗，你做夫君的做父親的，有幾時盡到過你的責任，兌現你當日對華欣的承諾？還有你父王，對老四寄予了多少希望，你難道一點都不清楚，非要叫他死不瞑目嗎？

「這些年來，老四胡鬧了些，你教訓他我也不擋著，你才是人家的父親不是。可是，你想想你是怎般教育的，動輒打罵，從來不曾好生關切過他，把他丟給我這個老婆子呢還是你那賢德的王妃？好在這些年我身子骨強些，這還不是為了看到老四能安安穩穩的，倘若我哪一日去了，你是不是就打死他了事。

「老四媳婦在外頭受了委屈，這不但是她的事，更是我們莊郡王府的事，可你呢，就想把事情輕輕揭過。若這次受了委屈的是老三媳婦或是小五媳婦，你也這樣，我看不見得。你分明就是把對老四的不滿撒到了他媳婦身上，他媳婦有什麼不好，孝順我照顧老四，有什麼地方礙了你的眼？

「我知道，你就是要把王位傳給小五。小五不是不好，而是他性子單純懦弱，不是當王爺的料，你覺得以他的手腕能掌好一個王府。小五媳婦更是個耿直的性子，不懂變通，脾氣驕傲，你覺得他們夫妻能撐得住嗎？何況，你這樣對得起死去的華欣，對得起嘉郡王府？你別看著嘉郡王府這些年對我們不甚熱心就是不把老四放在心上了，人家那是對你不滿，若真不看顧老四這個外甥，會讓他們小郡主冒著危險觸犯太皇太后嗎？」

這些年來，王府的事情都是交給王爺夫妻料理，除了杭四的事情，太妃輕易不會插手，今日這麼說顯然是怨氣頗多了。王爺暗思太妃的話，自知理虧，咚咚磕著頭。「母妃，兒子知錯。兒子並不是偏心小五，而是老四這些年來委實太過胡鬧，口碑太差，兒子怎麼敢把偌大一個王府交到他手裡，以他的性子極有可能連累闔府的人呢。

「母妃是看到的，當年，兒子憐他幼年喪母，對他百般疼愛。若不是他性子脾氣整個變了，兒子在煜兒離世之後就決定把王府傳給了他，哪裡會出現今日這樣的情況。父王、華欣地下有知，想來不會怪兒子才對，兒子也是恨鐵不成鋼，才會對他愈加嚴格，更不想反把他弄成這樣。母妃，兒子這樣，都是為了王府的百年大計啊。」

太妃就這麼兩個親生兒子，三兒子好端端的就去了，那時候太妃大病了一場，便把滿腔疼愛之心轉到了大兒子和孫子們身上。眼見自己都當了爺爺的兒子跪在自己腳下泣不成聲，心中自是不好受，只她清楚為了老四她不能心軟，一定要趁著這個機會好好敲打敲打王爺。

「我不是怪你待老四刻薄，而是怪你糊塗，我年紀大了許多事情一時間沒有想明白，你正值壯年，難道都沒有看出一丁點不對勁嗎？

「老四原先聰敏好學，不說先生，就是皇上都是稱讚幾句的。一個那樣好的孩子，如何就變了個模樣，你想過沒有？還有老四前邊說親的兩個小姐，先時還好好的，怎麼說沒就沒了，難道你也相信老四剋妻嗎？總之我是不信的。有一次，老四媳婦陪我說話之時，好似故意露了句口風給我，當年聖旨賜婚之後，她嫁過來之前，曾有人暗中監視她。

「我初時嚇了一大跳，她一個閨閣中的弱女子，什麼時候惹上了仇家不成。後來我就琢磨著，會不會與老四的婚事有關呢。佟太傅家、永昌侯府，哪個不是手握重權，一旦他們的女兒成了老四的媳婦，他們定會站在老四這邊，最後兩個小姐都沒了，老四不但沒有得到他們的助力，反而還樹了個無形的敵人。

「風荷就不同了，她父親雖是個二品將軍，但京城多半人都知道她不受寵，她與她母親都不得將軍看重，沒有人會為了她出頭的。或許，這也是老四媳婦能安然嫁過來的原因吧。你別不信，回頭細想，當年老四不就是為著兩位小姐身亡之後漸漸變了嗎？」

王爺如果是個愚笨的人，不會受皇上器重，他對王府內部的爭鬥是有點了然的。但一直覺得無傷大雅，要點小心機而已，哪個高門侯府沒有這些事，只要不鬧出大事來都是睜一隻眼閉一隻眼的。不過，當時，接連發生了長子杭天煜之死及老王爺薨逝，王爺陷於悲痛傷懷之中，對杭四的關注就少了許多。

如今想來，不是沒有半點懷疑的。佟太傅之女，還是老王爺定下的，老王爺與佟太傅一生交好，對他子女瞭若指掌，不可能為自己孫子定下一個病弱的媳婦。永昌侯的女兒，自己是見過一面的，端莊大方，一看就是個有福相的，不像會突然暴斃之人。偏偏這麼不可能的事，卻發生了。

人人都說老四剋妻，自己是不信鬼神之說的，可回想起生了老四之後華欣身子一直很弱，不到三年就去了，接著自己三弟沒了，再是長子，最後是父王。自己難免有些動搖，以為老四生來不祥，對他的心更冷了幾分。但是，即便如此，老四可憐，也不能讓他一個成日流連花間的紈袴繼承了王府啊。

王爺知道太妃對這個孫子的感情不同旁人，想把王府傳給他是情有可原的，可自己不能意氣用事，杭家幾百口人，不能毀在老四手裡。他猶豫了半晌，終是說道：「母妃所說之事，兒子會暗暗查探的，但老四如果一直這副樣子，兒子依然不同意立他為世子。」

太妃早料到了兒子會這樣回答，沒有十分生氣，不過是輕嘆了一聲，望著光可鑑人的地磚回道：「你呀，到底偏心了些。這次之事，如果老四真是那個只知吃喝玩樂的人，承平公主府會被逼到這步田地？這兩個孩子，都不借用你手中的勢力，能把事情辦得完美無缺，你以為這是隨便什麼人都能行的？我以前也是小看了他們，只希望多護著他們一些，原來他們根本不需要我們護著。」

王爺大驚，他一直以為是太妃在暗中謀劃，調動了太妃幾十年來的人脈，事情竟是這樣？這比他聽到那些陰謀鬥爭還要驚懼，那些事他一個王爺從來見慣了，不至於太訝異，而杭四兩人那麼小的年紀能鬥倒承平公主府，甚至暗中幫了皇上一個大忙，他實在覺得太不可思議了些。

「別說你不信，連我都有些不敢相信，老謀深算、步步緊逼，這樣高深的計謀出於他們兩個年輕人，我當時亦是震驚不已。但我深知，我們既然都沒有出手，他們又沒有得到外人的幫助，唯一的解釋就是他們自己了。」太妃既高興又傷心，高興的是孩子終於長大了能獨立面對風雨，傷心的是孩子心裡一定覺得他們靠不住，才會自己出手的。

「母妃，他們多大點年紀啊。而且，那些文官膽敢冒著觸怒太皇太后的危險攬了此事絕不簡單啊，流言能傳播那麼快更是不簡單，嘉郡王府肯出手就罷了，蘇家那是從不結派的，竟然應承了。」王爺額上冒出了層層冷汗，這樣的出手連他都不一定能贏得那麼光彩，如果日後小五或是老三繼承王府，沒幾下就能被老四兩個玩完了。

他沒有多想，直覺地認為風荷一定參與了，他認為自己應該好好關注一下自己的子女們了。

太妃很滿意兒子不是完全沒有救，語氣緩和下來，點著頭道：「是啊，蘇家小姐是老四媳婦的閨中好友，還有曲家老太太與蘇家似乎有些瓜葛。蘇家百年望族，不惜女兒聲譽相助老四媳婦，兩家的交情可想而知。你呀，聖上之事雖然重要，但我們王府不寧，於王事有害無益啊。」

王爺再次磕了三個頭，羞愧得紅了臉，低聲應是。

「罷了，母子倆的，快起來吧。時辰不早了，你回去歇著吧，明兒還要早起上朝呢。」

太妃擺擺手，她很是有些累了。

「讓兒子伺候母妃歇著吧。」王爺跪得久了，膝蓋發麻，勉強站了起來。

太妃笑著搖頭，忙道：「不用，有下人伺候就行了，你做不慣這種事，省得添亂。」

王爺見太妃堅持，便沒有多說，行了禮，喚進下人，自己才退下。

王妃沒有歇息，尚坐著看這幾天府中的帳冊。聞聽王爺回來，趕緊放下手中的東西，快步迎了出去。

王妃一面給王爺脫著鞋襪，一面笑道：「難得母妃好興致，留王爺說了這麼久，叫妾身好等。」

王爺凝神細看王妃燈光下溫柔麻利的動作，心中閃過探究，這個與自己同床共枕了近二十年的女人，究竟是否表裡如一。自己從前愛她溫良賢慧，每次都能給自己一種真正屬於家庭的溫暖，沒有華欣那樣的氣勢逼人。不是說華欣那樣不好，她身為郡主驕矜些是正常的，偶爾會叫自己產生些許抱怨。

而魏氏，出身魏平侯府嫡女，是太皇太后的親侄孫女，竟養成了這樣一副小家碧玉才有的溫婉柔順，真是難得而費解。

王妃聽王爺沒有回話，不由抬了頭瞧他，試著喚了一聲。「王爺？」

「呃，妳在做什麼呢，怎麼不先睡？」王爺回轉神思，笑著問道。

「妾身在看府中的帳目呢，節也過完了，是該理理帳目了。」她起身，笑著端了一盞參茶遞給王爺。

王爺抿了幾口，隨意地說道：「府裡事多，妳一個人忙不過來是常理，幾個媳婦都聰慧得很，叫她們給妳搭把手也好，別苦了妳自己。」

王妃把散落的帳本收了起來，聞言回頭。「妾身也是這麼想的。老三媳婦忙著帶孩子，又是個綿軟的脾性，小五媳婦有了身子，操勞不得。唯有老四媳婦是個好的，等她身子慢慢調養好了，再讓她跟著妾身習學。咱們總要老的，這種事總有一日要交給小輩們，眼下能叫她們跟著學點更好。」

王爺把參茶放在黑漆方式小几上，不經意地問著：「妳看幾個兒媳婦裡，誰最有管家理事的天分？」

王妃愣了一愣，迅速把帳冊擺好放在書案一頭，斟酌著說道：「妾身看來，還是老四媳婦最能幹些。老三媳婦太過綿軟，下人不服，做起事來縛手縛腳的；小五家的直率坦誠，不是個細緻人，容易被人鑽了空子。老四媳婦，精明強幹，王爺想啊，自她進了門，老四都肯聽她的呢。」

是呀，做妻子的能把自家夫君拘得死死的，在長輩們看來肯定不是什麼優點。魏氏回話相當有水平。

可惜，她這次錯了一招，王爺就怕老四不服管教出去惹是生非，他若肯多聽他媳婦的話，還能少出去惹事呢，那樣倒是不錯。

王爺沒再多說，夫妻二人梳洗了歇了。

二月初的天氣，有微涼的寒意，春風拂在人面上，還有一點點刺疼。湖邊一帶的柳樹有幾棵綻出了嫩黃的新芽，湖石旁青翠的小草開始冒出了頭，但總的來說，依然過於沈寂寥落。怕是要到二月底，春天才能真的到來吧。

風荷披著雪絮絳紗的披風，扶著柳枝看湖裡兩隻不怕冷的野鴨子鳧水，背對著西邊一帶旖旎的彤雲，全身泛著飄渺的紅豔。

杭天曜循著丫鬟的指示一路找了過來，看到她的背影，他不是心安，反而有些慌亂，那樣靜靜獨立的她總叫他以為她會隨時羽化飛仙，他直覺不想失去她。

他放輕腳步，站在她的側面，細細在心裡描摹著她的鼻膩鵝脂，她的遠山含黛，她的盈盈秋水。忍不住牽了她的手在自己胸前，用自己一雙大掌包裹著她。

風荷粲然回頭，有一剎那的絕世風華閃過，柔柔的依在他懷裡，低喃著他的名字。

杭天曜的心便如沙漠一般起伏不定，在豔麗的陽光下微微舒展著，他喜歡她喚他的名字，有一種不同於旁人的親暱。他扶著她的肩膀，認真地看著她，卻不敢說出心裡那句話——

「無論妳要什麼，我都願意給妳。」

他不說，風荷卻聽到了，透過他漆黑如墨的眸子，她有一瞬間的失神，隨即便清醒過來，指著西邊就快隱入山林的夕陽，笑著道：「我要你替我留住它。」

杭天曜迷醉在她略帶促狹的笑聲裡，下一刻，已經打橫抱起她，衝著遠山狂奔，口裡大笑著。「那我們去追。」

風荷伏在他肩膀上，笑得直不起腰來，摟著他的頭問道：「你幹麼停了，咱們繼續啊。」

杭天曜緊緊抱著她，大口大口喘著氣，看著她的眼睛裡滿滿的寵溺與幸福。咬著她的耳垂笑語。「妳累死了妳的夫君，難道不怕守寡？」

「我幹麼要守寡，我改嫁。」風荷把這樣大逆不道的話說得理直氣壯。

「董風荷，算妳狠。爺我不給妳點顏色瞧瞧是不行了。」他話音未落，一把將風荷甩到自己肩膀上，扛起了她穿過一片片林子，跑回凝霜院去。

風荷雖知他不會把自己掉到地上，還是沒來由的害怕，抓著他的後背嬌呼。「好了，我錯了，爺大人不計小人過，把我放下來吧。」

杭天曜不理她，跑得更快，留下一路歡聲笑語，引得途中茜紗閣裡開了無數的窗。

風荷在寬大的床上躲閃著杭天曜，杭天曜好整以暇的守在床沿上，眼裡的笑意似在諷刺著——看妳往哪兒躲！

風荷決定以柔克剛，討好地靠近他，抓著他的衣帶，情意綿綿的喚著：「爺，你餓不餓，廚房做了紅薯餅，又香又甜，先拿來給爺墊墊飢好不好？爺累了這許久，我給爺按摩怎麼樣？」

杭天曜非常瀟灑的撇撇頭，不屑一顧的說道：「一塊紅薯餅就想打發我，世上可沒這樣的好事。」他難得遇到溫香軟玉主動到自己懷裡來，自然要好好享受享受。

「那爺喜歡什麼，說出來我親自去廚房做。」風荷說做就做，繞過杭天曜就要爬下床去。

誰知腰際被人攬著，可憐巴巴的回頭，好似下一刻就要掉下淚來。

杭天曜深覺自己不是她的對手，只得投降認栽，抱了她坐在自己腿上，故意去弄散她的衣襟，面色認真。「我過年時都沒有去給岳父岳母拜年，如今身子也好了，不如咱們明兒回趟董家。」

風荷看在他還記得自己母親的分上，饒了他那隻上下摸索的狗爪，笑著應是，不過沒忘在他胸前狠狠掐一把以洩憤。

第二日，太妃聽說夫妻二人要去董家，喜得眉開眼笑，嘴裡不住唸佛，這個孫子好似開竅了啊，那她抱重孫的日子不遠了。

董老爺上朝去了，董華辰卻是在家的。給董老太太、董夫人請安問好之後，董華辰就領了杭四去外院吃茶，風荷陪著自己母親說話。

二月底就要進行春闈了，三月初是殿試，如果沒有意外的話，董華辰一個進士是不在話下的。尤其最近他比以前更刻苦了幾分，家中無事都不回來，每日一個人清清靜靜的唸書。

杭天曜原先對董華辰是沒有什麼好印象的，不過鑑於他是風荷最親近的哥哥，自己又在討好風荷，連帶著看董華辰都順眼多了。

「今科的主考有可能是楊閣老和禮部蘇大人，大哥都是認識的，想來更有把握了些。」杭天曜連說話都變得文謅謅了些，臉上沒了素日的痞氣。

董華辰一時有點不能適應，他很難將眼前這個正襟危坐侃侃而談科舉的人與以前見了他就愛調戲的杭家四少聯繫起來，不過依然答道：「楊閣老曾有幸見過一面，兩位都是文壇泰斗，這次春闈一定可以為國取士。」

杭天曜知道華辰對他不甚熱心，說話中帶些戒備，倒也不介意，兀自說道：「大哥在京中頗有才名，一定能蟾宮折桂，妹婿先恭喜了。」

「多謝妹夫吉言。我一個文弱書生，只望有朝一日爭得功名，方能護著妹妹一二。」董華辰話鋒一轉，竟有些坦白相待的意思。

「我是風荷的夫君，自會護著她，倒不用大哥操心若此。」杭天曜倏忽間閃過陰沈之色，語氣有些不快，他總覺得董華辰對自己這個異母妹妹太好了些，其間還夾雜著兩輩人的恩怨。

華辰知他心中所想，沒有分辯，只是看著杭天曜的眼睛輕聲說道：「我本不願捲入這些爭鬥中，不過為了她，在所不辭。你待她好便罷，若不好，我們董家不怕讓女兒和離。」他言辭鏗鏘，絲毫不擔心杭天曜或者杭家會以他為仇。

杭天曜果然沒有想到他對風荷竟是這般好，連和離都能同意，一下子有些慌亂緊張，風荷已經是極難招惹的了，再加上她哥哥，杭天曜自覺自己不一定應付得了。他不由笑嘆。「算你厲害。你放心，我會對她好的，也不會容別人欺辱她。之前之事還要多謝大哥相助。」他一面說著，一面起身作了一個揖，瞧著不像作假。

董華辰既難過又安慰，便撩開此事不提，兩人說些閒話。

董夫人後來還是從杜姨娘那邊得知風荷從馬車上摔下來一事，好在那時風荷都好了，又遣了葉嬤嬤親自回來分說明白。雖如此，到底心下難安，直到今兒見了風荷始放下心。

母女二人用了午飯，圍著炕桌說什麼顏色好，要做什麼春衫，其樂融融。

不料來了一個不速之客，是從沒有踏進過僻月居一步的董鳳嬌。薄薄的春寒裡，她只穿了一件胭脂紅繡雲紋的曳地長裙，身量好似又長了些，身子漸趨圓潤，多了少女的明媚，可惜眉宇間的戾氣沒變。

風荷訝異地看了董夫人一眼，笑著問道：「二妹妹稀客，還不快去沏了茶來，二妹妹坐。」她這般說著，身子卻不動，顯見是讓鳳嬌坐在下首的椅子上。

這次，董鳳嬌沒有發怒，她挑了挑眉梢，徑直坐在了紅木雕花的玫瑰椅上，上下打量風荷，在看到她一切完好而且氣色不錯的時候，眼中難免閃過懊惱。她用命令式的口吻說道：「妳知不知道聖上已經下了旨，四月選秀，官家之女都可參加。以我的姿色家世入選是必然的，不過人家都說選秀時住在宮裡的規矩很大，妳給我找一個王府懂規矩的嬤嬤來，回頭宮裡再給我打點一下，讓我順利入選。」

她渾然不將風荷當作自己的姊姊，完全是在跟一個下人說話。

風荷並不氣，與她鬥了這些年，鳳嬌的脾氣風荷最是清楚，一貫眼高於頂，不把別人放在眼裡。要讓她來求自己，殺了她都不可能，只有她命令別人的分。

她放下手中的花樣，輕輕啜了一口茶，眉眼不抬。「老太太神通廣大，這些事自會為妳料理好，何須我多事？」

選秀的旨意她是聽說了，皇上已經有些年沒有提選秀的事了，這次主要是為了皇室子弟們遴選正妃側妃，尤其是太子年及十七，是該立太子妃的時候了。按說，這些都是早就該定下的，不過之前有傳言說太皇太后有意把西瑤配給太子，皇上故意拖著此事，如今西瑤郡君有了歸宿，皇上就不怕了。

董鳳嬌眼中惱怒，面頰緋紅，頓了頓說道：「老太太說她年紀大了，精力不夠，叫妳操持的。莫非果如別人說的，妳在杭家沒半點地位，這點子事都拿不定主意。」

「叫二妹妹見笑了，此乃皇家大事，豈是我一個不出房門的年輕媳婦做得了的。」風荷很懷疑鳳嬌的腦袋確實沒長好，她從小就愛欺負自己母女，憑什麼有事了就要叫自己幫忙出力呢，自己又不是吃飽了撐著。

「妳，董風荷，妳能不能有點出息啊，真是丟我們董家的臉。我也不要妳把我弄進宮，選個家世好的王府為妃也就夠了，難道這點也不成？」說到這時，鳳嬌的雙頰再次可疑的染上紅色，頭亦是低垂了些。

風荷不由詫異，鳳嬌的臉皮可沒有這麼容易紅啊，還是有什麼自己不清楚的情況，不會……不會是她看上了誰家的王爺世子吧？以鳳嬌的出身，那是絕對配不成王爺世子的，頂多是個側妃，以鳳嬌的性情她會願意做小？老太太不出面、杜姨娘不出面，她自己出面，不會是家裡壓根兒沒同意吧。

風荷深深看了鳳嬌一眼，正色說道：「若是老爺開口，我會考慮回去與我們太妃商議一番的，不然我不敢作主。」她這是要試探鳳嬌。

果然，鳳嬌臉上閃過不虞，狠狠盯了風荷一眼，冷言冷語。「些些小事用不著老爺求妳吧，妳放心，我嫁到王府去之後，不會再為難妳的。」

「那我就愛莫能助了。」風荷亦是冷了語氣，真當她自己多尊貴，想要自己看她的臉色行事，真是異想天開，真不知杜姨娘怎麼教出來的。

「妳等著，看回頭老太太治不治妳。」鳳嬌徹底被激怒了，指著風荷罵了一句，快步跑了出去。

風荷看得好笑，掩了嘴笑道：「多謝妳提醒，不送。」待鳳嬌走遠了，她才回頭問董夫人。「娘，鳳嬌是不是看上了哪個王府呢？」

董夫人拍了拍她的手，沒有說話，她是不想女兒糾纏到這些事裡頭去。

飛冉卻忍不住告狀。「小姐不知道，之前為了要讓夫人把二小姐收到自己名下的事，老太太與杜姨娘成天來鬧，後來得了小姐的暗示倒不來了，常常去族長家裡鬧。前段時間，聖旨下達，她們立時歡喜起來，自認沒有嫡出這個名頭二小姐也能過上人上人的好日子。

「前幾日，杜姨娘帶著二小姐出門，不知被二小姐在哪裡看到了嘉郡王府的世子，二小姐就著了魔一般，鬧著要嫁給他。老爺不同意，她就說自己反正是秀女，只要被選中了，不過求上一句，皇上就會把她指給蕭世子的。不過蕭世子已經娶了正妃，二小姐便是去了，頂多也是妾室，她聽說蕭世子是姑爺的表弟，就想著搭上小姐這條線，讓姑爺開口，這樣事情就容易多了。」

風荷聽得滿是驚異，鳳嬌居然看上了蕭尚那麼個冷面的，而且不顧蕭尚已經娶妻執意嫁給她，真不知說她是勇氣可嘉呢還是頭腦發昏了。她抬頭問道：「老爺不同意，那老太太和杜姨娘呢？」

「老太太和杜姨娘原也覺得嘉郡王府很不錯，有心攛掇著小姐替他們去忙活。老爺知道之後，登時大怒，申斥了杜姨娘一番，嚴令誰都不准在小姐面前提此事，更要二小姐打消了這個念頭。不過看來，二小姐是拿定主意了。」飛冉嘆了口氣，老太太、杜姨娘、二小姐，不愧是血脈相連的，一樣的脾性，三天不鬧就難受。夫人好不容易打起了精神過日子，她們總是這麼鬧著也不是個理。

「能到嘉郡王府當個側妃也算不錯，沒有很辱沒了鳳嬌，老爺為何定是不肯呢？」風荷認為，這才是最怪的地方，董老爺難得敢違逆老太太的意願啊。

飛冉低了頭不說話，這些她也不是很明白，反是董夫人接過了話頭答道：「一個是為著妳出嫁之後，有人指點老爺為攀附權貴犧牲女兒，若是這次真把鳳嬌嫁去做小，這個名頭不是被人坐實了嗎?第二，好似嘉郡王世子妃是個善妒的，世子房中連通房都沒幾個，而且世子立身嚴正也是大家都流傳的。」

原來如此，還有這麼一番典故。世子妃是不是善妒的自己不清楚，便是真有些也是情有可原的，哪個女子私心不是這般的，倒是蕭尚為人冷情更有可能吧。風荷想到以鳳嬌的性子嫁去了嘉郡王府，想到蕭尚的表情她就覺得好笑不已。

母女二人便不再說旁人的閒話，依舊說著體己。

未時二刻的時候，外院杭天曜遣了人來，詢問風荷什麼時候回去。董夫人怕女兒待太久了，被夫君怪責，忙催著她快走。

辭別董府，二人上了馬車。杭天曜見風荷笑得眉眼彎彎，不由翹起了唇角，問道：「什麼事情這麼高興？」

「秘密。」風荷乾脆的回了兩個字，兀自托著腮想事情。

「我看妳說不說。」杭天曜趁風荷不注意在她胳肢窩裡呵起了癢，笑得風荷前彎後倒，不住求饒。

杭天曜勉強收住手，忍著笑道：「那妳說是不說。」

風荷連忙抓住他的雙手，軟語相向。「我說還不行嘛。你知道嗎，我娘家的二小姐看上了一個人，你認識的，就是表弟，鬧著要我給她做成此事。我一想到蕭尚那個冷淡的面容，遇到刁蠻的董二小姐，一定有趣極了。」

「妳那妹妹真夠能想的，連蕭尚都敢覬覦，被那小子聽到了不死也沒好日子過。」杭天曜委實難以想像董老爺怎麼生的兩個女兒反差那麼大，沒有一個像他。

「怎麼？蕭尚脾氣這麼怪，我看他挺好的一個人啊，頂多冷漠了些。」雖然看得出來蕭尚有腹黑的潛質，但這麼黑還是少見。

杭天曜扳著風荷的頭，讓她對視著自己，語氣不善地道：「妳是我的娘子，只能想我一個人，蕭尚和尚的不是妳該想的，明白不？」

風荷好笑的去捶他，卻聽到外面有護院說話，好像外頭有什麼人請杭天曜去見一面。杭天曜用身子擋住了風荷的身形，揭起簾子一角問了幾句，一會兒回頭說道：「有個朋友叫我去說話，可能要等會兒，妳先回去，路上小心點。我很快就回來了。」

「行了，你去吧。早點回來。」風荷聽他沒有細說，看他的臉色就知有正事，擺正神色應道。

杭天曜握了握她的手，迅速跳下了馬車，風荷獨自回府。

給太妃請安回來，在院子後門口遇到了一個人，二房裡大著肚子進門的白姨娘。

她身上只有一件半新不舊的藕荷色繡花夾襖，一條同樣半新不舊的湖綠裙子，只戴了兩件銀飾，身形微凸。氣色不是很好，臉色偏白，比剛進府之時尤差，眉宇間帶些憔悴。

風荷暗想以她的心機手腕對付二夫人是不難的，但終究抵不過一個妻妾之別。

她一見風荷，略帶了一絲緊張，小心翼翼行禮。「婢妾見過四少夫人。」

「這是怎麼說的，妳比我長了一輩，又懷著身孕，行什麼禮呢。」她示意丫鬟扶她起來，話中說她比自己長一輩，但沒說是自己的長輩，也合規矩。

白姨娘有些誠惶誠恐的應道：「婢妾不敢，婢妾不過一個上不得檯面的，上次之事還要多謝四少夫人了。」

她意指自己能進府一事，不過沒有明說，顯見是個聰明人，風荷也裝著什麼都不知道的樣子。「沒有的事，妳有了二叔的孩子，都是一家子人，我照應一些也是為二叔二嬸娘分憂。」

白姨娘連連點頭，眼中含淚。「四少夫人真是個和善人，身邊的姊姊們有什麼忙不過來的，婢妾雖愚笨，也能搭把手，四少夫人儘管吩咐。」

風荷臉上的笑意更深，這麼個明白人二夫人不知用真是可惜了，既然願向自己投誠，自己豈會拒絕呢？看來，二房以後暫時不足為患了，有白姨娘這麼個暗子，再有袁氏中立，憑二夫人是興不起什麼風浪來，她正好騰出手對付那些暗中的人。

她笑著問道：「姨娘從哪裡來呢？」

「大夫說我身子骨弱，要多走動走動，今兒天氣好，就到後頭園子轉了一圈，小丫頭去尋了姊妹們玩，是以坐著等她們回來呢。聽說少夫人回了娘家，董夫人安好？」白姨娘原是坐在背風的迴廊裡，除了去凝霜院一般不會看到她。

「都好。小丫頭們不聽話，妳只管教訓，不然則是稟明了二嬸娘、二叔，他們定會給妳作主的。」風荷淺笑吟吟，轉瞬又皺了眉道：「沈烟，把我那件新製的翠色披風拿來給白姨娘披上，著了風可不好。雖說如今天氣和暖，有身子的人總要嬌貴些。」

白姨娘慌忙擺手，連道不敢。沈烟很快回凝霜院取了一件簇新的披風過來，白姨娘見風荷堅持，大著膽子上了身，一派感激的神色。風荷又命去尋了她跟前的小丫頭回來，好生送了她回去，在這邊要出了事，大家都脫不了干係。

回了房，風荷讓去庫房挑了些上好的燕窩和宮緞出來，分成四份，一份去曲家送給杭瑩，另外三份蔣氏、柔姨娘、白姨娘各自一份。燕窩是給孕婦調理身子的，宮緞就當給小孩子做幾件新衣裳穿吧。

這是明面上大家都有的，二夫人挑不出什麼錯來，只得耐著性子，讓白姨娘領了回去，總不能叫人說她貪墨一個妾室的東西吧。當然，其中兩疋顏色鮮豔的綢緞都叫她先收了去，只把幾疋顏色灰暗的給了白姨娘。她卻不知，二老爺見慣了她的紅綠之色，感到氣勢凌人，看見白姨娘樸素清淡的樣子反而覺得舒暢。

不過小事一件，不知怎麼就傳到了太妃耳朵裡，只說白姨娘可憐，身子骨差還懷著二老爺的孩子，叫丫鬟送了些日用吃穿的小東西過去。太妃賞下的，二夫人更是不敢多說，恨恨地看白氏接了。

第七十章　請君入甕

蔣氏遣散了屋中所有人，只留下自幼隨身的心腹嬤嬤趙嬤嬤，看著桌上整整齊齊擺放的燕窩和宮緞，低低呢喃著。「嬤嬤以為四嫂是什麼意思，怎麼好端端的給我們送東西來？」

趙嬤嬤細心翻看著東西，都是上好的，又對著燕窩聞了聞，終於說道：「小姐，只怕是四少夫人想要送給三姑奶奶，咱們這邊不過是順水人情，買太妃娘娘一個歡喜而已。她既然明明白白送了過來，自然不敢動什麼手腳，咱們不必太過緊張。而且，小姐若是不放心，咱們扔著不用就好。」

蔣氏溫柔地撫摸著自己的肚子，臉上泛出淡淡的粉紅色，輕笑道：「還是嬤嬤率事周全，不比我，自從有了身子之後總是疑神疑鬼的，外邊的東西一點不敢用。雖然我不服氣，可不得不承認四嫂是個聰明人，必定不會做出如此愚蠢的事情來。嬤嬤以為，咱們要不要回份禮呢？」

「依老奴的意思，回禮是要的，但不是現在。如果這邊才收了四少夫人之禮，咱們就緊趕著回禮，顯得太過生分，回頭太妃娘娘聽說了也不高興。不如往後再等機會，適當地還了她這份人情，小姐就不必覺得虧欠了。」趙嬤嬤凝神細想著，緩緩說道。

「很是這樣。祖母如今是把她寵上了天去，我肚子裡這個重孫都沒她金貴，不是賞這個就是賜那個的，她說的話無有不應。哪日她開口要了王府，我看祖母都會毫不猶豫的一口應了。」蔣氏想到這兒，就是滿腹怨氣，自己可是正正經經的嫡子媳婦，偏哪裡不如她了？

趙嬤嬤撫摸著蔣氏的頭髮，輕嘆著：「小姐放寬心保養身子要緊，這些事不必理會。太妃娘娘原待四少爺就不同些，好不容易娶了個媳婦，自然看得眼珠子一般，她的心意不是一朝一夕就能改變的。不過咱們不是還有王妃娘娘和王爺嗎？王妃就不必說了，王爺對四少爺那是恨不得打殺了，絕不會讓他承繼了王府的，只要一直拖下去，最終得利的還是咱們五少爺。」

趙嬤嬤當年是蔣氏之母身邊最得力的，後來給了女兒也是想叫女兒在婆家有個商量的人，不會由著她的性子來。趙嬤嬤感念蔣氏母親的知遇之恩，待蔣氏盡心盡力，比親女兒還勝三分，時日一長，蔣氏便也真心依賴她。許多事不便與自家夫君說的，都與趙嬤嬤商議。

蔣氏撇撇嘴，三分不滿、三分無奈。「我何嘗不知？只是心裡嚥不下這口氣而已，我們爺哪一點比不上那個四少爺了，怎麼太妃就是轉不過這個彎來，難道咱們就不是她的孫子孫媳了？都二十好幾的人了，不務正業、遊手好閒、妻妾成群，這也是咱們家的行事？總之我是一千個一萬個看不慣。」

趙嬤嬤雖知房裡沒人，還是忍不住緊張，急急掩了蔣氏的唇，苦勸道：「我的小姐，這種話放在心裡就罷了，千萬別說出來，便是五少爺那裡都不得露出一個字來。五少爺天性單純良善，把四少爺當自己的親哥哥，若聽了小姐對四少爺的褒貶之詞，一不小心還惱了小姐呢。咱們這又是何苦。」

蔣氏訕訕地紅了臉，手中絞著帕子，咬唇應道：「好嬤嬤，我知道錯了。這不是房裡沒人我才敢與嬤嬤說，我從不敢當著五少爺說這些的。」

「這才是我的好小姐。夫人當年不就與小姐說過，無論心裡有多不滿，都不能在五少爺跟前抱怨他的親人，以免生了嫌隙。太妃娘娘年紀大了，偏心些也是有的，但待小姐不算差，至少面上都過得去。小姐不知呢，外頭許多人家婆媳、祖孫不和之類的多了，都鬧到了明面上去，杭家終究算是規矩嚴謹的人家了。

「自小姐進門至今，太妃娘娘從沒有在五少爺房裡放過一個人，這已經是對小姐萬分好了。小姐如願懷了孩子，未嘗沒有這個因素在內。」趙嬤嬤亦是這個年紀的人了，知道大家族裡婆婆、祖婆婆往兒子孫子房裡放人的事，以他家小姐的性子不一定能忍著呢，那樣才有饑荒可打。好在太妃、王妃還算明理。

聞言，蔣氏的臉頰越發紅了，正羞怯之間，不意胸口發悶，胃裡翻滾，哇的一聲吐了起來。蔣氏懷孕至今，妊娠反應並不強烈，這都過了三個月了，怎麼好端端吐了起來，趙嬤嬤一個有經驗的人都嚇了一跳，急急喚人進來伺候蔣氏。

蔣氏臉色蒼白，瞧著人有些發虛，趙嬤嬤不敢小覷了，趕緊命人稟報了王妃然後傳太醫去。太醫來了之後，沒看出有什麼不對勁，只說是反應太大。

也有類似於蔣氏的情形，起初幾個月沒有一點動靜，過了三個月反而開始有反應，大家只當是蔣氏身子問題，便叫太醫開了幾帖安胎的藥。

太醫收拾脈案起身離去之先，皺了皺眉，不由住腳問道：「怎麼這麼香，房裡薰了香不成？」

「沒有。少夫人喜歡房間裡多擺幾盆花，這是花香呢。」有小丫頭笑著回答。

「哦，那就罷了。只別太多了，味道一雜孕婦聞了不慣也是有的。」太醫沒再多說，告辭離去。

這邊暫時按下不提，話說柔姨娘得了風荷的賞賜，並沒有多看，讓寶簾包起了一半，剩下一半命人送去媚姨娘房中。媚姨娘禁足未滿，最近一直情緒不佳，想不出來為何杭天曜會無端發火罰她。

收了柔姨娘送來的東西，便認真翻看起來，詫異地問道：「少爺又賞妳們家主子這麼多好東西？」語氣雖刻意壓制著，到底有幾分醋妒。

寶簾親自送的東西，不禁笑道：「少爺如今心裡眼裡只有一個少夫人，哪裡還記得我家姨娘。這是少夫人命人賞給我們姨娘的，燕窩給姨娘補身子，宮緞留著給未來的小少爺做衣裳穿。我們姨娘說她福薄，不敢獨享，勻出一半來給姨娘。姨娘在房裡靜養，也該多進補一些，他日伺候少爺的時候方能有好氣色。」

媚姨娘心下得意，柔姨娘定是自知自己身懷有孕，不能伺候少爺，便想推了自己出去分寵，生怕少夫人一個人占住了少爺。這正是她願意的，含著淺笑謝道：「回頭替我多謝妳們姨娘，勞她費心想著。今兒少爺在府還是出去了？」以前四少爺幾日不見自己，都會特意來聽自己唱曲，這有好一段時間不曾聽了，想來也是念著的。

「我們姨娘說她幾個姊妹中最親近的莫過於姨娘了，姨娘若說這謝不謝的話就生分了。少爺上午陪少夫人回少夫人娘家去了，少夫人是獨自回來的，並沒有見到少爺。」房裡溫度不低，寶簾說笑之間就有些熱意，襯得雙頰若桃，緋紅一片。

媚姨娘對寶簾的心事暗中探得幾分，既氣惱又不齒，面上卻一點沒有帶出來，順著話頭應道：「或許少爺另有事吧。我有些時日不曾去給少爺和少夫人請安，真是不安呢。」

寶簾亦是知趣，揉著帕子笑道：「少爺當日擔憂少夫人傷勢，誤罰了姨娘，其實心中還不知怎生悔恨呢。但少爺是男人又是主子，拉不下臉來也是有的，奴婢就有兩次見到少爺找我們院裡的小丫頭打聽姨娘的起居飲食呢，還叫少夫人多多照料些，別為著禁閉叫那些下人奴才委屈了姨娘。」

「果真？妳可不要哄我。」媚姨娘立時喜上眉梢，她就說嘛，少爺不可能對她那麼絕情。

「我的好姨娘，妳就放寬了心吧。別人不知，咱們還能不知少爺待妳的一片心意，當日為了姨娘都惹得公主府的傅公子生了氣呢，真是比說書還好看。」寶簾拍著手，彷彿親眼瞧見了當時的情形。

媚姨娘被她幾句奉承下來，便有些飄飄然，得意不已，暗道難怪吟蓉那賤人這般器重寶簾這丫頭呢，真是會說話。

打發走了寶簾，媚姨娘派了個小丫頭去太妃後院通過來的甬道上守著，自己對鏡梳妝打扮起來。

她出身青樓，於容貌一事格外在意，偏生得好，資質也好，對付男人從來都是小菜一碟。只見她遣退了丫鬟，揀了一件鏤金百蝶穿花雲錦襖，配上煙雲蝴蝶裙，既嫵媚又不失清純，加上她的身段窈窕，行走之間多了一分楚楚可憐的嬌態。畫了籠煙眉，幾點胭脂在雙頰上暈開，彷彿臉綻芙蓉，頰生桃花，一雙勾人的媚眼秋波粼粼。

杭天曜沒有食言，見完了朋友就直接回王府，竟然連有人邀他喝酒都推了。路過街上時，望到其中有個小販叫賣著一些竹雕的小玩意兒，什麼香盒兒啊、首飾匣啊、茶杯墊啊，他想起風荷或許喜歡，便每樣包了一個帶回來。

彼時將近晚飯時辰，丫鬟們都忙著伺候主子，一路行來沒見什麼人。杭天曜原本懸著的心放下了好多，他就怕遇到人問他手裡拿的什麼，那他杭家四少的面子算丟光了。繞過太妃的院子，就是凝霜院了，微涼的春風吹起杭天曜的袍子角，劃出優美的弧線。

「四少爺。」他猛然聽到有人喚自己，收住腳，向近處一棵花樹下望過去，俏生生站著一個小丫頭，他記得是清歌房中的。不由蹙起眉尖，淡淡問道：「什麼事？」

小丫頭素來做慣了這種事，快走了幾步上來行了禮，才道：「姨娘自知有錯，傷了少爺的心，每日在房裡不是長吁就是短嘆，奴婢瞧著人瘦了一大圈。姨娘待奴婢恩重如山，奴婢不忍姨娘難過，自作主張前來求少爺，原諒了姨娘這次吧，姨娘真是一心為少爺呢。」小丫頭一面說著，一面已經滴下淚來，握著帕子掩住嘴。

杭天曜心中微動，便改了主意，把包袱遞給小丫鬟道：「妳先去把這個交給少夫人，回說爺去看妳們姨娘了，讓少夫人自個兒先用晚飯吧。」

小丫頭頓時破涕為笑，歡喜地接過包袱，暗自得意。少爺對主子終究不一樣，不過這麼一說就等不及去看了，連少夫人都抛到了腦後。
茜紗閣裡偶爾能聞聽細細的笑語聲，杭天曜聽出來是端姨娘和純姨娘，想必兩人正在一處作耍吧，他徑直去了媚姨娘房中。
水紅的綃紗軟簾被風飄拂起，陸陸續續傳來低低的嗚咽聲。「妳不用勸我了，我不想吃。」
「姨娘，妳好歹用一些，這些日子來妳一天難得用一次飯，身上瘦得沒有一點肉，回頭少爺見了豈不心疼？少爺那日確實氣性大了些，但奴婢以為並不是對著姨娘的，而是為了少夫人無辜受傷，姨娘不過恰好撞上去。姨娘是少爺心中的人，少爺有氣自然衝姨娘發，難不成對著外面粗使的婆子使氣不成。」說話的是媚姨娘身邊的大丫鬟撫箏，王府的家生子，後來跟了媚姨娘之後才改了這個名。
媚姨娘嬌啼婉轉的綿軟之音像是情人之間的低語。「撫箏，妳也不用安慰我。少爺待我之心我最清楚，我並不是怨怪少爺冷落我，實在是愧悔得緊，不但不能為少爺少夫人分憂，還為他們添了麻煩，我是自己難受啊。」
杭天曜嘴角噙笑，一把掀了簾子大步跨進來，嚇了媚姨娘一跳，她臉上掛著殘淚，呆呆地望著杭四，隨即猛地背過身去，用帕子拭著淚，口裡哭訴。「爺，請您出去，清歌這樣如何見人。」
「我就喜歡看妳這樣，這些日子叫妳受委屈了。」杭天曜走到她正面，語氣溫軟。
「是清歌該死，少爺罰我正是為了我好，怎麼能叫委屈。少爺沒有忘了清歌，還記得來看我，便是真受了天大的委屈我也是歡喜的。」她眼角的淚卻是越擦越多，強顏歡笑。

杭天曜拉著她一起坐在炕上，對丫鬟吩咐道：「讓廚房做幾個妳們姨娘愛吃的菜來，爺今兒留在妳這兒用飯。」

撫箏未及答應，媚姨娘已經慌亂的打斷了。「爺，這樣不好吧，少夫人還等著爺呢。」

「什麼好不好的，我去哪兒吃飯莫不是她還管著不成。」杭天曜說著，擺手示意撫箏快去。

媚姨娘聽這話好似少爺對少夫人不甚滿意，越發放了心，連連叫住撫箏道：「要一個酒釀清蒸鴨子、一個水晶肘子，再要一個火腿鮮筍湯來。」

她說的幾個菜都是杭天曜素來愛吃的，引得杭天曜拉了她的柔荑嗔道：「做什麼老想著我，妳瘦了這麼多，正是該進補的時候，明兒讓少夫人給妳送一些滋補的藥材過來。」

「清歌不想著爺還能想誰。少夫人今兒才送了東西過來，可是再不必了。」她將頭靠在杭天曜肩上，吐氣如蘭，手指一圈圈畫過杭天曜胸前，指尖的豆蔻之色寶光流轉。

「哦，都是些什麼？」杭天曜饒有興趣的樣子。

不知何時，媚姨娘的衣帶就散了，錦襖半開，露出雪白一段酥胸，肉粉色裹胸高高聳起，隨著她說話而微微顫動，看得人眼中充血。而她恍然不覺，自顧回答著杭四的問話。「有上好的燕窩和綢緞，少夫人送去了吟蓉姊姊那裡，吟蓉姊姊念著我，分了一半給我，說起來還是少夫人賞的。」

屋子裡點上了燈，杭天曜似乎對案頭那盞四角平頭白紗燈極感興趣，目測著它的用料光量，笑著點頭。「那就好。吟蓉有了身子，少夫人多照應些也是該的。不過妳們幾個都是盡心伺候我的，不該厚此薄彼。」

丫鬟擺了飯上來，二人入座，媚姨娘挨著杭天曜，整個人都快坐到他身上去了，不住的餵他吃這吃那，還一個勁兒灌酒。杭天曜亦是勸媚姨娘多飲，媚姨娘的酒量一直很好，今晚倒是先醉了。杭天曜在房裡待到了子時前後，才匆匆披了衣服回凝霜院。

不過這個時候，院門早就關了，他懶得喚門房的婆子起來，直接翻了牆進去。

房裡小圓桌上還留了一盞小燈，透過橘黃的輕紗有朦朧的燭光搖曳，在寂寥的夜裡平添了一份溫暖。燭光遠遠地投射到風荷臉上，像似月圓之夜的月色，寧和細膩，經著緋色的被子一烘托，便悠然生出一股香閨瀲灩的微醺氣氛來。

杭天曜輕輕脫了靴子、衣物，換上全新的白色寢衣，躡手躡腳爬上了床。

「討厭，好濃的酒味。」風荷閉著眼嘟著唇，自己往裡邊讓了讓，翻了個身繼續睡。

杭天曜無奈地聞了聞自己身上，好似有那麼點味道，只得重新起來，去淨房用冷水就著香夷沖洗了一番，確定清爽了才敢回來。

「就妳挑剔。」他擁了風荷在懷，假裝不小心地摩擦著她的滾圓豐盈。

風荷徹底清醒，怒氣上揚，啪的一下打掉他的手，惡狠狠的警告。「你若再吵得我睡不著，我要你好看。」她的眼角殘存著迷離的風情，胸前領子裡能看到優美的鎖骨。

「娘子，為夫錯了，誰叫妳不給我留門的，我堂堂四少回自己房居然還要翻牆，傳出去有人信沒。」他情知自己錯在先，還是有那麼一點點的小委屈，風荷壓根兒就是不打算自己今晚回來。

你還委屈了？杭天曜，不給你點顏色我就不姓董。風荷一手揪了杭天曜的耳朵，咬牙切齒問道：「難不成我還該賢慧得給你送點補湯去，也是啊，要你一個人應付那麼多女子實在是有些為難，我做妻子的理應體貼。」

杭天曜才不怕呢，快速地在風荷胸前捏了一下，風荷吃痛就放開了他，又有些不服，索性拉了被子蒙到他頭上，對著面上一頓好打。一面打一面問：「錯了沒有？」

誰知自己的小腿被人抓住，她一聲驚呼，身子就往下滑，對上杭天曜得意的笑臉，好似在說——「看妳還有什麼招！」

風荷又羞又惱，哇地就哭了起來，蹭了杭天曜一臉的淚水。

杭天曜沒她變臉變得快，心虛惶恐起來，低聲下氣賠罪。「風荷，乖風荷，好風荷，妳要打要罵都由妳好不好？來，妳是要打我的左臉呢還是右邊，妳說了我自己動手，免得妳手疼，再哭明早起來就成大花貓了。我保證，我絕對沒有和媚姨娘做什麼事，我這還不是為了妳，怕妳煩勞，想親自替妳料理了。妳若不相信我，就讓、就讓我這輩子、下輩子，都去、都去當太監，好不好？」

他說得可憐，臉上表情更是可憐，糊了一臉的淚，眉頭都擠到一塊兒去了。暗自決定以後永遠要讓著這丫頭一次，她每次祭出這樣的撒手鐧來，自己還真是沒轍，總不能一個大老爺們與她比誰更能哭吧。

「你……你說的……可是真的？」風荷抽抽噎噎，像隻純潔受屈的小白兔，偏她自己臉上沒有一點難看的淚痕，只有眼角掛著一滴淚珠，好似隨時都會滑落下來。

杭天曜壯士赴死一般的深切保證，才博得風荷展顏一笑。

第二日，二人收拾齊整，幾位姨娘便來請安了。今日不但有另四位姨娘，連媚姨娘都來了。風荷訝異地望了杭天曜一眼，得到他否定的暗示。

其實媚姨娘也是一時心急糊塗了，她與丫鬟們都以為杭天曜是早上才走的，想著少爺都到她房裡安歇了，那禁足之類的就算取消了，何況她得趁著杭天曜念著她一片情意之時徹底拿下，萬沒有事行一半的理。

風荷心中暗罵杭天曜腹黑，對自己的妻妾都能下得了黑手，那自己更不該做這麼個爛好人了。她容色稍斂，不疾不徐地問道：「媚姨娘，妳的禁足到期了嗎？」

媚姨娘輕輕一顫，也只是一會兒的工夫，就定下心來，搖頭言道：「尚未。」如果少爺不在她自然不敢這麼明目張膽的來，可少爺昨晚還與她恩愛一晚，今兒總不會眼睜睜看著她被欺負。少夫人只是私心不忿自己重奪得了少爺的寵愛，故意尋釁而已。

「哦，那是誰允許妳出來的，嗯？」她略微拉長的語調聽在人耳中，就有些嚴厲的意味，叫人發虛。

媚姨娘努力鎮靜下來，自她進了王府，少爺對她之寵無人能及，即便吟蓉有了身子，兩人也只是不相上下，她不相信少夫人來了短短幾月，就能收服少爺的心。因她清楚，少爺的心沒有一個女人能收服，他是永遠不會為一個女子所停留的，自己不過是仗著年輕貌美歌喉好，方才博得一時之寵而已。

她稍顯害怕的回道：「是婢妾的錯，婢妾以為少爺昨晚取消了婢妾的禁足。」她這麼說，一來是引逗杭天曜為她說話，二是讓風荷知道她有杭四的護佑。

杭天曜留宿媚姨娘房裡之事，茜紗閣、凝霜院無人不知，大家並不為她擔心，反在心裡罵她狐狸精，成日狐媚主子。眾人都認定風荷頂多逞一時口舌之快，杭天曜是不會允許人動了她的。

風荷做出一副對她的話深信不疑的樣子來，歉然地笑向杭天曜道：「原來是夫君的意思，倒是我心急了。既如此，媚姨娘從今日起取消禁足，雲碧，去把太妃賞我的新鮮紗花取些過來，讓姨娘們每人挑兩朵，就當壓驚了。」

媚姨娘得意至極，她就說，少夫人最後還得向她賠罪，每人都有不過是個名頭而已，主要是為了賞給自己。

柔姨娘扶著腰，面上一閃而過不忿之情。

純姨娘偷偷看了風荷一眼，眼裡似乎深藏著可惜。

雲碧滿臉不快的應了一聲，就要退下。

「我什麼時候說過取消媚姨娘的禁足了嗎？」杭天曜撇著茶沫，語氣舒緩閒適，卻嚇了風荷之外所有人一跳。

媚姨娘有些慌亂，又不知自己哪裡錯了，哀怨地看向杭天曜，少爺在她的眼神下沒有一次逃脫過。

其他幾位姨娘，都一齊看了過來，連雪姨娘都不例外露出了驚異的表情。

「咦，爺，你也別嚇幾位妹妹了，說來媚姨娘當日並無大錯，提前取消禁足是該的，些些小事就由妾身作主了吧。」風荷先是不解，隨即恍然而笑，似乎以為杭天曜在開玩笑。

杭天曜迫人的目光盯著她，一言不發，屋子裡有令人窒息的沈悶，他緊抿的薄唇吐出幾個字。「妳那麼喜歡做好人？」

姨娘們有一瞬間的放鬆，原來少爺是在與少夫人置氣，瞧著不像會為難別人。不會是因為少爺留宿媚姨娘房中，少夫人醋妒使性子，惹惱了少爺吧，怪不得一早就見少爺悶悶不樂坐著。少夫人終究年輕沈不住氣，以後就是自己的機會來了。

其中唯有純姨娘面上有擔憂之色。

「妾身、妾身不知爺是何意？」風荷彷彿受驚，站了起來。

「既然不知，那就不要隨意替我拿主意。為人妻者，光有賢慧是不夠的，妳成天跟在太妃娘娘身邊，怎麼就一星半點都沒有學會。妳要明白，我才是這個家的一家之主，凡事都要聽我的，妳同樣不得例外。往後可記住了？」他視線根本沒有停留在風荷身上，說話之時神情冷淡，甚至有那麼一點厭惡。

幾個人都肯定了少爺是在藉機發作少夫人，一片看好戲的心情，等著風荷出醜。

沒有人想到，杭天曜話鋒一轉，當即變了聲氣，沈聲喝斥道：「媚姨娘，妳不得主子發話，擅自離開茜紗閣，罪加一等。杖責二十，禁足半年，若有再犯，直接逐出王府。」

屋子裡安靜得一根針掉到地上都能聽見，眾人強自壓抑的喘息聲，越發增添了詭異驚懼的氣氛。沒有人敢說話，生怕自己會成為下一個無端被責罰的對象，少爺一向是喜怒不定的，行事從來沒有章法。聽說當年他有一個極愛的小妾，最後在一次宴席上送給了一個垂涎的人。

媚姨娘臉色煞白如紙，濃豔的紅唇沒有生氣，襯得膚色更加單薄透明。她滿眼的不可置信，少爺不是與少夫人生氣嗎，怎麼最後受罰的是自己？她不明白，無論如何也想不明白，甚至這一切發生得太突然，嚇得她都不敢辯駁一句，求饒一句，只是呆愣地立在原地，簌簌發抖。

不等旁人開言，杭天曜再次吩咐道：「請富安娘子過來伺候，送媚姨娘回茜紗閣領罰，著令茜紗閣中所有人都必須到場觀刑，一個都不能少，誰不去，同罪處理。」

外邊伺候的粗使婆子早就準備好了，聞言立即進來，拉了媚姨娘就往外走，不給她半點掙扎的機會。一直被拉到了院子裡，媚姨娘才猛然醒悟，哭叫著求饒，她的聲音漸漸隱沒在院門後邊。

餘下幾位姨娘仍然沒有從震驚中恢復過來，一致望著媚姨娘遠去的方向，強烈克制著顫抖的慾望，沒有人敢出來求情。

杭天曜掃視了四人一眼，冷冷地喝道：「妳們沒有聽到爺的話嗎？還不去觀刑？」

雪姨娘第一個反應過來，告了退，快步往外走。今天的事情太不可思議，她還要安靜下來好好想想，四少爺這場氣來得邪乎。她一走，剩下三個都怕自己成為落到最後那一個，紛紛搶著告退離開。

風荷知杭天曜要拿媚姨娘做筏子警醒其他幾位姨娘，但沒有想到他會下這麼重的手，更是訝異他為何要把所有事情攬到自己身上，撇清了她。她眉心糾結，絞著帕子嘀咕道：「你是不是有什麼事瞞著我？」

「哎，真是什麼都瞞不過妳。過來，坐近一點。」杭天曜對風荷的聰敏靈慧欣賞又無奈，抱了她坐到自己腿上，親了親她的髮絲，低聲道：「我過幾天要出趟遠門，短則十天半月，長則一、兩個月。我們府裡是什麼地方，這些時日妳定是看得清楚，處處都是陰謀算計，我真不放心妳一個人留著。外邊的事情我不能怎麼辦，咱們自己院裡，我卻是可以為妳掃清些障礙的。

「雨晴和朱顏兩個安分守己，不會鬧出什麼么蛾子來，雅韻清高孤傲，應該不會冒出頭，餘下只有吟蓉、清歌兩個喜歡上躥下跳。吟蓉如今懷著身孕，又是王妃的人，我輕易不能動她，而且她最近沒心思關注到妳這兒。只有一個清歌，她出身青樓，手段骯髒，又是個會挑事的主，我怕她對妳不利，不如先把她震住了，妳今日又為她求情，她對妳的怨恨會少些。而且出於妳的手，對妳名聲不好，還不如讓我當了這回惡人，反正我本來就是個喜怒無常的人，大家不會疑心。」

若說一點都不感動，那是假的，不過風荷更多是猶疑——杭天曜幾時對她這麼好了，為了她未雨綢繆把心愛的小妾都打了，這太怪異了些。

她眼圈一紅，把雙頰貼在杭天曜臉上，許久不作聲，咬著唇角問道：「你打算哪天走，身邊帶的人都想好了嗎？外頭不比家裡，一定要妥貼穩當的人，再多帶些銀兩。家裡要告訴嗎？」

她一句話沒有提責打媚姨娘之事，只是為了表明她信任他的好意，她不能讓杭天曜覺得自己對他時常備有戒心，她要做的就是全心全意接受他為自己做的一切。

杭天曜果然放鬆了些，他就怕她會問自己，他不知該怎生回答，難不成說自己真的喜歡上了她，想要保護她，這些話他說不出口。而她這樣，一定是想明白了，知道她在自己心中的分量。

他摟著她的肩膀，壓低了聲音道：「什麼都不用帶，都備好了。家裡不知道，只當我在外頭胡混。每隔幾日會有一個與我長得一模一樣的人回來，他會留宿她們房裡，外人只當我與妳嘔氣，妳要演得像一些。如果有事，就找那人，讓他與我報信。」

他說得輕輕巧巧，聽在風荷耳裡不啻天雷，杭天曜一定有極秘密的事情要去做，連家裡人都不知情。是不是以往他每次出遠門，都會留下那個人偽裝他，又怕府裡人熟識容易發現，便讓他多在外頭鬼混，減少回府的時間。那，那幾個姨娘，她們的身子，是不是不清白？

風荷覺得，她什麼都算到了，只是沒有算到還有這樣的秘辛，杭天曜到底為什麼要這樣，他就不怕戴綠帽子？是什麼事情，使得他連男人的尊嚴都可以不顧？而他，為何要告訴自己，這個秘密太沈重，她不一定能擔得起。風荷忽然發現，她是不能與杭天曜劃清界限了，因為自己知道了他最私密的事，她不由苦笑。

杭天曜看到風荷臉上隱約的苦笑，就很有些得意，自己就是安著這個心，他要讓風荷漸漸發覺不為外人所知的他，讓她不能輕易離開自己。他雖有那麼一星半點的害怕，怕風荷會出賣他，可是他要賭一把，他不可能永遠瞞著她這一切。而且他更不願意風荷在不知情的情況下，對那個假的自己親近。

風荷無精打采的吃著飯，因為她發現自己被算計了，被可惡的杭天曜算計了。以後他不在的時候，若有人對他起疑心，自己還得為他描補過來，還不如什麼都不知來得輕鬆呢。

不過柔姨娘那個孩子真是個謎了，到底是杭天曜的呢還是那個假的？如果不是杭天曜的，而杭天曜卻以為是自己的，一直把他養大，一定很好玩，風荷想想，心情好受了些，這也不是完全吃虧的，至少自己還能跟著看一場大戲。可憐幾個姨娘，杭天曜太過分了，自己的女人都能給別人玩，他的心還真硬。

接下來三天裡，杭家四少爺與四少夫人嘔了氣，兩個人都很生氣的樣子。四少爺每天都會出門，回來不過一個時辰就會與四少夫人大吵，吵完了就走；據說還有丫鬟去凝霜院外邊時聽到屋裡傳出很大的響聲，都是瓷器桌椅的破碎聲，偶爾還有四少夫人的啼哭聲。

太妃親自罵了四少爺一通，可是四少爺不但不知悔改，還怨恨四少夫人去太妃跟前告狀，鬧得更厲害了。最後弄得四少夫人生了病，太妃都氣哭了，罵著什麼兩個小冤家，不給她省心。

臨走前一天晚上，杭天曜再次偷爬了自己家的牆，抓著風荷好一頓不捨，乘機占了不少便宜。風荷怕招了人來暴露了他的行蹤，只能忍氣吞聲不敢言語，心中把杭天曜罵得半死，在他身上留下了一塊塊瘀青。

自那之後，「杭天曜」多半時間都在外邊花天酒地，每次都要太妃打發人去喚他才肯回來，回來之後幾乎不往凝霜院去，除了媚姨娘房裡，其他幾個姨娘輪流安歇。氣得太妃半死，每日安慰著受了委屈的孫媳婦，變著法的賞她好東西。

後來這事都驚動了王爺，拎了「杭天曜」一頓好罵。自王爺聽了太妃的話之後，私底下對杭天曜的看法好轉不少，畢竟是自己兒子，變壞了也希望責任多半是別人的。尤其觀察他那些日子挺安分的，幾乎日日在家待著，沒怎麼出去胡鬧，連幾個妾室那裡都不常去，暗暗計較著太妃這個孫媳婦娶對了，還真把自己這個兒子管住了。

可惜王爺還沒歡喜幾天，就聽說兒子與媳婦鬧脾氣，連房都不肯回，日日出去拈花惹草，花錢如流水，連太妃的話都不聽了。

迫於長輩們的威脅，「杭天曜」縮著脖子踏進了凝霜院的大門，他一直遵守主子的吩咐，不敢打擾到少夫人。想到主子可能吃了他的眼神，他後背一陣發冷，暗暗禱告——主子，這絕非我自願呢，我純粹是被逼的，你要明白，我每日應付你那些姨娘們已經心有餘而力不足了，如何敢招惹少夫人呢？主子，你要相信我啊！

風荷一瞬間真有些認不出來，差點以為是真的杭天曜，不過她最終還是發現了不同的地方，那就是兩人看她的眼神不一樣。不過她相當的佩服，化妝畫得像就罷了，連表情動作都如出一轍，這得訓練多長時間啊，居然能在杭天曜最親近的幾個人那裡都過得了關。

自己如果不是早就知情，便是看出那麼微小的一點不同，也絕不會懷疑到那麼不靠譜的地方去，誰吃飽了撐著找個人假扮自己啊。風荷不由慶幸起來，杭天曜對自己還算有點良心，沒有讓這個假的與她同床而眠，不然她一定會殺了他的。

「杭天曜」驚嘆了一番少夫人的美貌之後，就想起自己此行的目標所在，非常盡忠盡職的演起戲來。這一場見面最後依然不歡而散，大概不到半個時辰，少爺就怒氣沖沖走了出來，揚言再不回來，還把二門外跟隨的幾個小廝揍了一頓出氣。而少夫人晚飯都沒有用，早上去給太妃請安時明顯的黑眼圈。

事情至此，太妃與王爺算是死了心。估計著小倆口鬧矛盾也是有的，不如給他們一點時間，日子久了也就好了，現在急也沒用。

——未完・待續，請看文創風044《嫡女策》3

勾心之最高段，鬥角絕不服輸

宅鬥絕妙好手／西蘭

嫡女策

謀劃精巧·膽大機敏·
爾虞我詐之中猶有夫妻鶼鰈情深

宅鬥不簡單啊！

人不犯我，我不出手！作為人妻的最高段數——
於上，她要鬥王妃，鬥王爺，鬥各房叔叔嬸嬸；
於中，她要鬥夫君，鬥妯娌，鬥圍繞她夫君的鶯鶯燕燕；
於下，她要鬥姨娘，鬥丫鬟，鬥各路管事。
想成為當之無愧的新主母，她可是一步也錯不得！！

說與不說，皆有其難處；
問與不問，卻都是關切有情……

文創風 044 3

風荷知道自己嫁的杭家四少，絕非等閒之輩，
更不是風流成性的紈袴子弟，他懷著莫大的秘密……
身為妻子的她不多問，配合著他作戲，
裝著跟他夫妻不睦，看著裝扮成他的假夫君在杭家出沒，
甚至看著「他」與妾室們調情、留宿其中。
她安分地打理王府事務，連府裡小姑的婚事也費心插手，
偏偏「有心人」不放過她，毫不留情地下狠招，
他的姨娘肚子裡的孩子留不住，連五少爺夫人肚裡的也出事了，
這一個個矛頭全指向她，
連一向寵她疼她的太妃都將她禁足、看管，等著聽候發落，
終於盼到他回來了，面對如此的百口莫辯、「證據確鑿」的險境，
她不怕，也不為自己多說一句，
她等著看，他是信她不信，對她有情或無情……

夫妻之間，計較的不是一時的得失，
而是長久的拉鋸戰。
她只在關鍵時刻強硬，至於平時，
她願意溫溫柔柔伺候那個男人……

文創風 047 4

他們夫妻成親至今尚未圓房，王府裡從上到下，
這明裡不說，暗裡都是極關切的。
她自然不是因為兩人沒有愛情而拒絕杭天曜，而是因為時候未到，
於她而言，圓房這事也是得經過精密計算的，要發生在最適當的時間，
從未見過面新婚初夜就把自己交給男子的女子，第一步就失了先機。
她可不願如此，更何況這王府裡「危機四伏」，需要她提著心拿捏分寸，
她不想滿盤皆輸，尤不願輸給自己的夫君……
任是杭天曜再腹黑，也想不到他的妻子從新婚當日就給他設了一個局，
他卻一步步陷進去，化為她手心的繞指柔。
對風荷他並不是完全沒有私心的，但他亦想等待去感動風荷，
想看到她心甘情願在自己身下的魅惑風姿……
不然，以他一個成熟男子，夜夜對著喜愛的妻子早就忍不住了。
過去，為了自身安全他對所有女子都是避而遠之，
只有風荷讓他覺得安心，因此他不得不忍耐著，只為了得到更多……

文創風 032 8之1〈逆天〉

即便秦歌不愛她，但在王墓考古遇見盜墓者時，他捨命救了她是事實，
於是，當那個神秘的女子說他的前世是千年前榮瑞皇帝以後繼位的東陵王，
說若當時不修陵寢，秦歌就能重生時，她毫不遲疑地同意回去逆天篡改歷史，
當見到東陵太子時，那與秦歌一般的容貌讓她確定了他便是下任東陵王，
他承諾娶她，不料後來成為太子妃的卻是她的異母姊姊──傾城美人翹眉！
為了當面問他一問，也為了讓東陵派兵援救她母親陷入爭戰中的部族，
即便被下毒毀去絕世容顏，她仍攜二婢逃出，前去參加皇八子睿王的選妃大典，
八爺上官驚鴻，一個左足微瘸、鐵具覆面的男人，她無論如何都得成為他的妃……

文創風 033 8之2〈醜顏妃〉

翹楚在太子府等待出嫁前，她的夫婿睿王卻親眼目睹太子吻了她，
而在隨後發生的行刺太子事件中，她為救太子，讓刺客誤以為他才是太子，
結果他因此受了傷，也一併褪去人前溫和不爭的假面，露出陰鷙狠戾的模樣，
她這才驚覺，他以前所有的溫情以待都是在作戲，娶她也不過是別有目的，
不過無妨的，此生只要完成來東陵及救母的任務，其他的都不重要，她不需愛情，
誰知她意外發現書房的秘密，進入一處地穴，看見一個俊美無儔的男人，
那分明是太子的臉，但他身邊不離身的鐵面卻昭示他是她的爺、她的丈夫！
老天，秦歌的前世究竟是太子上官驚灝，還是遭她背叛過的睿王上官驚鴻？

文創風 036 8之3〈佛也動情〉

他是萬佛之祖飛天，本該心如明鏡、無慾無求的，
不料在親手接生了翹家二女若藍後，命運之輪便啟動了，
明知不可，他卻悄悄對貼心善良的她動了情，
他很明白這是不被允許的，因此他一直掩飾得很好。
對誰都好、看似有情卻無情，是他向來給眾神佛的印象，
直至他的佛殿祝融肆虐，她為救寶貴典籍而喪命，
至此，他再做不來喜怒不形於色，
為免她魂飛魄散，當下他使計讓兩大古佛施展捕魂咒救她，
事後，他及天界一干動了愛恨嗔癡念的眾神佛皆得下凡歷劫，
他成了睿王上官驚鴻，而若藍則化為翹楚，
倘若再愛上她以致歷劫失敗，那她將灰飛煙滅，於是，他只能對她狠了……

非我傾城

那一世，他轉山轉水轉佛塔，不為修來生，只為途中與妳相見；

那一瞬，他墜凡成魔，不為劫滿再生，只為佑妳平安……

《非我傾城》隨書附贈東陵王朝人物關係表

文創風 037　8之4〈爺兒吃飛醋〉

大婚前先是與他的太子二哥曖昧不清，大婚後又和九弟夏王眉來眼去？
想不到翹楚這姿色平平的女人，還真有活活氣死他的本事！
她那破敗身子毒病一堆，沒幾年命好活了，竟還有閒功夫到處勾搭他的兄弟？
民間姑娘、勾欄場所的花魁，幾時看九弟真心對待過一名女子了，
而今不僅一直戴著她給的荷包，還贈她千年白狐做成的名貴狐裘，這算什麼？
怎　著，難不成九弟這次竟看上了自己的嫂嫂、看上他用過的女人嗎？
只是，他這個好弟弟似乎忘了一件事——翹楚是他的女人！
即便他上官驚鴻不愛，他上官驚驄也休想染指她一分一毫，
不論是死是活，這輩子她翹楚都只能是他八爺的妃！

文創風 040　8之5〈衝冠一怒〉

翹楚失蹤了！
上官驚鴻知道，必定是太子將她縛走了，
為了立即救出她，他不顧五哥勸阻，點兵夜闖太子府，
他很清楚，此行若搜不出翹楚，父皇必定大怒，
而這些年來他辛苦建立的一切也將毀於一旦，但他管不了這許多，
毀了便毀了吧，他無法慢慢查探，他絕不讓她再受一點苦！
為著能早點救出她，甚至連九弟他都找來幫忙了，
只因他曉得夏九素來喜愛翹楚，定能完成所託，
然則，他終究是慢了一步，她被灌了滑胎藥，大量出血！
他早已立下誓言，必登九五之位，遇神殺神，遇佛弒佛，
自降生起，他從沒畏懼過什　，如今，他卻怕極了失去她……

文創風 042　8之6〈赴黃泉〉

翹楚曉得，現如今的上官驚鴻是愛她的，很愛很愛，連命都能為她捨，
為了專寵她、得她信任，他甚至允諾不碰其他女人，他們要永遠在一起，
然則，她總會先他離開這世界的，哪能陪他到永遠呢？
她的身子幾經毒病，早便是懸在崖上的，若她死了，他怎麼辦？
或許他們不該在一起，不該要求他唯一的愛，畢竟她根本陪不了他多久……
宮裡傳來的消息，說翹楚昨夜在宮裡沒了，守護著她的老僕瘋了般見人便砍?!
一派胡言！她腹中還懷著他的孩兒，好端端的怎可能就沒了？
……是父皇！父皇不喜翹楚，定是他下的殺手！
母妃和妹妹都教父皇害死了，為何連他心愛的女人都不肯放過？
誰殺了翹楚，他就殺誰，便是當今聖上、他的父皇亦然！

藝界人生大揭密！
古代明星不能說的情與愛……
青妤記
一半是天使㊔
她的前世如此卑微孤寂，能夠再活一次，
來到這個陌生的時代，不但成為紅遍京城的傾世名伶；
還有幸遇到廝守終生的好男人，她，絕不再放手……
這一世她一定要活得足夠精彩，
才不辜負上天的眷顧！

看一個孤弱女子置身禮教束縛的古代，
如何抓住機會努力向上，
終於苦盡甘來，
在愛情、事業上春風兩得意！

1〈有鳳初啼〉

2〈春心初動〉

3〈梨園驚夢〉

4〈戲如人生〉

5〈絕代名伶〉

6〈伴花歸去〉

全套6冊已出版，越看越驚喜，

看過的人一致推薦——竟然出乎意料之外的好看！

文創風 043

嫡女策 2

國家圖書館出版品預行編目資料

嫡女策 / 西蘭著. --
初版. -- 臺北市 : 狗屋, 民101.10
面 ; 公分. --（文創風）
ISBN 978-986-240-910-7（第2冊 : 平裝）

857.7　　101018267

著作者　西蘭
編輯　王佳薇
校對　黃薇霓　邱淑梅
發行所　狗屋出版社有限公司
地址　台北市104中山區龍江路71巷15號1樓
電話　02-2776-5889～0
發行字號　局版台業字845號
法律顧問　蕭雄淋律師
總經銷　知遠文化事業有限公司
電話　02-2664-8800
初版　101年10月
國際書碼　ISBN-13　978-986-240-910-7

原著書名：《嫡女策》，由瀟湘書院科技有限公司〈www.xxsy.net〉授權出版。

定價240元
狗屋劃撥帳號：19001626
網址：love.doghouse.com.tw　E-mail：love@doghouse.com.tw